「あなたは綺麗だ。……そして立派な人だ」
リチャードは片膝をついて胸に手をあて、
騎士の礼をした。身分が露呈するかもしれない、
そんな雑念が吹き飛ぶほど、自然な行動だった。

Contents

婚約破棄だ、発情聖女。2

Konyaku haki da, Hatsujo Seijo.

プロローグ
聖女シロノの回想

夜が明ける。魔物被害による避難民の野営地にて、呻《うめ》き声や啜《すす》り泣きがあちこちから聞こえるなか、聖女シロノは東の空、帝国側の山脈から朝日が昇るのを眺めていた。

「朝が来たからって、なによ……」

シロノは十六歳の年相応の言葉使いで呟《つぶや》き、朝日に照らされていく土色の聖女装に目を落とす。激動の一年を物語る、あちこちに繕いがあるぼろぼろの聖女装だ。

シロノは豪商の娘だった。なに不自由なく暮らしてきた彼女は聖女異能を見出され、聖女技能研修校に入学。十四歳から聖女を務めて二年目だ。

この一年は地獄だった。

特別特級聖女モニカ・レグルスが『発情聖女』の烙印《らくいん》を押された事件を契機に、聖女の立場は転がり落ちるように悪くなった。

教会は「聖女は穢《けが》れた異端の存在である」と宣言し、シロノは魔物討伐基地から解雇された。代わってやってきたのは聖騎士と神官で、彼らはピカピカの装備でいばり、我が物顔で基地を支配した。しかし彼らは魔物を前に手も足も出ず、そのまま街は壊滅的な被害にあった。

惨劇は一週間続いた。

各地で似たような惨劇が続き、実家は商売上の伝手《つて》を頼って国外へと避難した。両親は国を捨てて逃げるようシロノを説得しようとしたが、シロノは頷《うなず》かなかった。聖女として、目の前で苦しんでいる人を置いて逃げるなんてできなかった。

けれど。シロノは周囲を見回す。ボロボロの急拵《きゅうごしら》えのテントが朝日に照らされている。呻き声や啜り泣き、罵倒があちこちから聞こえる。

冴え冴えとした朝日が残酷に照らし出すのは、全てを失い体《からだ》一つで逃げ出し、最後に縋《すが》りつく先に帝国を選んだ、コッフェ王国の国民たちの無残な姿だった。

聖女として動かなければ。でも、なにをすれば？

異能を使い続けた結果、頭はぼんやりとして、これがここで何度目の朝なのかも曖昧《あいまい》だ。

全てを癒せない自分の無力さが歯痒い。聖女として魔物と戦い続けてきた人生だ。まさか国に裏切られ、教会に見捨てられ、こうしてなにもできず座り込む日々を送ることになるなんて。

その時。

「魔物だ！」

どこからか聞こえた一言に、人々が騒然となる。シロノも空を見上げた。

コッフェの方角から翼竜が大きな翼を悠々と羽ばたかせて飛んでくる。怯える人間たちを嘲笑《あざわら》うように、口から小さな炎を吐きながら。

怒号が野営地を埋め尽くした。

「逃げろ！」

「聖騎士はどうした⁉」

「もうここまで来たら騎士もなにもねえよッ！　俺は自分を守るんだ！」

「来ないで、もう嫌あああッ！」

人々の混乱は嵐となり、誰もが我を失って逃げ惑う。薙《な》ぎ倒されるボロボロのテント、泣き叫ぶ子供の声。もつれあって倒れる人々の怒号、悲鳴。

「やらなきゃ……私は、聖女だから……」

シロノは自らを奮い立たせ立ち上がり、逃げる人々を背に、ボロボロの手のひらを翼竜が飛んでくる方角へと向ける。

『聖女シロノが告ぐ、我より前方に白銀の盾ッ……！』

命を削って防御魔法を構築するが、渾身の詠唱《えいしょう》にもかかわらず、防御壁は一秒も持たずに自壊する。シロノの聖女異能は、限界だった。

「嘘……」

近づく翼竜。もう終わりだ――。

『炎女神《ガヴィヤ》の威光よ！　我が視認できる限りの魔物を焼き尽くせッ！』

凜《りん》とした鋭い詠唱。続いて、大気を揺さぶる圧倒的な爆音、爆風が押し寄せた。

『散れッ！　散れッ！　散れッ！』

ドドドドドッ！　ドドドドドッ！

翼竜はあっという間に火球のようになり、そのままぼとりと墜落する。

突然の事態に硬直する人々に向けて、同じ女の詠唱が続く。

『魔女《シャトリーヤ》たちよ、あまねく者に安寧の夜の帳《とばり》を』

声を耳にしたと同時、気だるげな甘い果実の香りが漂ってくる。昂《たかぶ》っていた人々は次々と膝を折り、虚《うつ》ろな顔をして横になっていく。

白衣のマントをはためかせ、医療班らしき人々が駆け寄ってきた。

彼らは、隣国ベルクトリアス帝国の軍装を纏い、次々と避難民の救助を始めた。

シロノは呆然としていた。

「一体、これは……」

「お待たせしました。これより帝国特殊遊撃騎士団『焔隊《ヴィルカス》』が保護します！」

香りに促されて穏やかな眠気を感じながら、シロノは声の聞こえた方角へと首を伸ばす。倒れて眠る避難民の向こう側、帝国の紋章旗がはためくその一団の先頭に、この場所にひどく不釣り合いな、純白の聖女装の女がいた。

ウィンプルから溢《あふ》れる赤みがかった銀髪。

熟《う》れた苺《いちご》のような紅《あか》い瞳。

後光のように太陽を背にしたその姿は、噂にだけ聞いていた、伝説の聖女だった。

彼女が、まさか。

「発情聖女、モニカ様……！」

滂沱《ぼうだ》と涙が溢れてくる。聖女シロノは涙を流しながら、指を組んで祈りをささげた。

——発情聖女、モニカ・レグルスの凱旋帰国だ。

第1章 凱旋帰国だ、発情聖女。

＊1

コッフェ王国とベルクトリアス帝国の国境、カウスデン伯爵領の一角。草原だった場所に急拵えの清潔な仮設テントが次々と設営され、仮設本部が設置された。避難民の野営地は、あっという間にちょっとした街の様相を呈《てい》した。

「東のベラ・ボウス帝国は遊牧民族が治める国でね。彼らの家を参考に作ってみたんだけど、結構ちゃんとしてるね。これならテント暮らしとはいえ、ある程度は暮らしやすいと思うよ」

仮設拠点Aと名付けられた野営地を、私とリチャードは連れだって歩いていた。

「おお、皇弟殿下リチャード様だ……」

彼の姿を前に、人々は感激して拝んだり、見惚れたりで忙しそうだ。

「隣にいらっしゃるのは発情聖女様ではないか……」

「ありがたや、ありがたや……」

「ママー、発情聖女さんがいたよー！」

「その名前で呼んで指差しちゃいけません！」

「あはは……」

隣の私もまた、祈りを捧げられたり妙な扱いを受けているけど。

テントが立ち並ぶ『住宅街』を抜けて広場へと出る。そこではリチャード率いる『焔隊《ヴィルカス》』の皆さんが声を張り上げて、炊き出しと物資の提供を行っていた。あたたかな薬草スープの匂いがこちらにも漂ってくる。

「美味しそうな匂いね」

「モニカさんが育てた薬草入りのスープだ。麺も入ってるし、多少なりとも彼らの体を回復させるだろう」

騎士団の皆さんは私たちを目に留めると、ピシッと敬礼してくれた。


国境を越えて、私たちがはじめに行ったのは、魔物の撃退と、人々を一旦落ち着かせるための催眠魔法の発動だった。

疲れ果てた人々を眠らせ、怪我人や病人など命の危険がある人々を選別《トリアージ》する。続いて重症度の最も高い人たちを私が聖女異能で直接癒し、他の人々は重症度に応じて医療班がポーションで手当てを行った。

その間に他の騎士団員総出で、仮設テントを魔法で一気に設置した。

一昼夜を過ぎた頃には、千人近くに及ぶ避難民の皆さんは全て、雨風を凌げるプライベートな空間で、あたたかな食事を摂ることができるようになっていた。

コッフェの人々は突然現れた『焔隊《ヴィルカス》』の支援に、最初はさすがに戸惑った様子だった。けれど魔物が駆逐《くちく》され、清潔な場所で体を休め、お腹が満たされたことでようやく、ほっと安心できたようだった。

大人しく従うコッフェの国民たち。騎士団の皆さんは統制のとれた動きで救護にあたる。帝国国内あちこちを回っている間にノウハウが構築された結果だ。

「ところで」

リチャードが私の顔を覗《のぞ》き込む。

「……お腹空いた？　モニカさん」

「うっ……お腹は空いてるけど今はいいわ。というかリチャード」

お腹を隠しながら、私は気になっていることを尋《たず》ねる。

「……この支援、すごくお金かかってない？」

「当然だよ。帝国が出せる最良の支援物資をつぎ込んでるからね」

「無駄遣いじゃないの？」

「使うべき時には使わないと。モニカさんが帝国にもたらしてくれた利益から出してるから、心配しないで。マイナスになることは人道支援とはいえ、僕にだって稟議を通せないよ」

そう言って、パチっと綺麗にウインクするリチャード。私はなんだか気が抜けた。

「そ、そう……」

リチャードの説明によると、帝国特殊遊撃騎士団――通称『焔隊《ヴィルカス》』の財政は、いくつかの要因により非常に潤っているらしい。

一つはポーション事業から得られる利益。南方帝国天領サイエンドに建設したポーション工場にて製造、輸出、販売している私・監修のポーションが、国内外で爆発的に売れているらしい。

特に国外需要が凄まじくて、市場価格との兼ね合いを見ながら慎重に生産調整しているのだとか。

そしてもう一つは、至極《しごく》シンプルな要因。ベルクトリアス帝国が、魔物被害も減って治安もよくなり、平和になったことだ。

広場のベンチにて、群がる人々に求められるまま握手したり手を振ったり愛想を振りまきつつ、リチャードは私に説明してくれた。

「モニカさんが結果を出してくれたから、狸親父どもの反発を撥《は》ね返して、僕の騎士団の軍備もこれでもかと増強できたんだ。おかげ様で向かうところ敵なしだよ♡」

「儲かりすぎて、逆に危険視されたりしないの？」

不安を口にする私に、リチャードは肩をすくめる。

「だから人道支援なんて名目で、国外にお金を使っているのさ」

「あ、なるほど」

「コッフェ王国が滅亡したら帝国だって困るからね」

「……都合のいいことずくめで、なんだか逆に怖いんだけど」

「ふふ。特別特級聖女のモニカさんと、モニカさんを活《い》かしたい僕が手を組んだら、これくらいは当然の結果さ」

リチャードはいつものようにピースをする。そして観衆《ギャラリー》に笑顔で手を振りながら、ふと遠い目をしてぽつりと言い添える。

「この程度のこと、モニカさんがもたらした国益に比べたら微々《びび》たるものさ。それに、先々また利益は出るしね」

「先々の利益って？」

焔色《ファイアオパール》の瞳を細めて、彼は意味深ににっこりと笑う。

「利益は利益だよ♡　ほら、隣国コッフェが平和になったら、復興のために帝国産のポーションとか、商品とか、いろいろ必要としてくれるでしょ？」

「あっ、そうか。そうよね」

「海も平和になれば海上貿易ももっと活発になるし。いいことずくめだよ」

「……リチャードがそう言うのなら、そうなんでしょうね。うまくいきすぎな気がするけど」

あくまで私は平民聖女、政治の問題は門外漢だ。元々平民で農家の娘で、婚約破棄される前に受けた妃教育も政治のことより礼儀作法や宮廷マナーが主だった。私がどんなに頭をひねっても、皇弟殿下の計算以上のことは考えつかないだろう。

「とにかく……コッフェのことで帝国に迷惑をかけないのなら、よかったわ」

炊き出しに並んで食事を求める人々の姿に、ぎゅっと胸が痛んだ。

私が「発情聖女」じゃなかったら、彼らの日常は壊されていなかったかもしれないのに。


一週間前。ベルクトリアス帝国にて知らされた母国の緊急事態。それは聞けば聞くほど最悪のものだった。国の半分以上は魔物がはびこる無法地帯になり、農地は壊滅、多くの国民が全てを失い逃げ惑うほどの惨状だ。国も教会も全く対策を取らず、聖女を排した大神官主導の魔物対策を続けているらしい。失策がすぎる。もちろん他国への救援要請を出すこともなく、状況は秘匿《ひとく》され続けている。「聖女」に対しても、教会は未だ、穢れた存在だと表明し続けているらしい。

このままでは国が滅びてしまう。

「私が……発情聖女と罵《ののし》られてしまったせいだわ」

その話をリチャードに聞いた時、真っ先に自分の責任だと思った。

「私が追放されなければ……みんな、炊き出しなんていらなかったのに」

「モニカさん……」

みんな住み慣れた故郷や財産を失い、大切な家族を失い、傷つき、命からがらここに逃げてきた。

逃げられなかった人たちはどれだけいただろう？

救われなかったものはどれだけあっただろう？

守れなかったものの大きさに眩暈《めまい》がする。自分の不甲斐なさに、叫びたくなる。

「……モニカさん、モニカさん」

黙り込んだ私の肩を、リチャードが少し強めに叩く。

「……ッ……リチャード……」

見上げると、彼は硬い表情で私を真剣に見つめていた。

「あのね。この国のことは、決してモニカさんが責任を感じる必要ないよ」

「でも」

「思い出して。紙切れ一枚で追い出したのは誰だったか」

彼は弱気になった私を奮い立たせるように、叩いた肩を優しく手のひらで包み込む。

「いいかい。気持ちを切り替えるんだ。目の前の人々に心を痛めるのと、自分の責任だと思うことを。……この事態は、まごうかたなきコッフェ王国の政治の失策だ。王太子の一声で婚約破棄され、容易《たやす》く居場所を奪われてしまう一介の聖女だった、モニカさんが背負う問題じゃないんだ」

「……リチャード」

「モニカさんは、特別特級聖女の立場で最善を尽くしてきた。それだけだ」

リチャードが私の手を握る。顔を近づけて真剣に訴えてくる彼の眼差《まなざ》しに、私はこわばっていた心が少し解けるのを感じた。

「……そうね。後悔してうじうじしてる暇はないわよね。コッフェ王国も平和にするのが、今一番やらなきゃいけないことだわ」

「うん。それでこそモニカさんだ」

リチャードが形のいい唇を笑みの形にする。息がかかりそうなほど顔が近い。

「わわ」

意識した瞬間、私は顔が真っ赤になるのを感じた。

「モニカさん？　どうしたの？」

リチャードはいたって平静だ。気遣わしげに首を傾げる美男子を前に、心臓がばくばくしてきた。私は手を離して立ち上がり、わざとらしく大声を出す。

「よ、よーし！」

ベチンッ。

両手で頬を叩いて気合いを入れ直し、私はじんじんと痛む頬で笑顔を作った。

「が、頑張るわよ！　働くわよー！　えいえいおー！」

腕を振り上げる私を見て、リチャードがハハハと笑う。そして、改めて言い聞かせるように、優しい声音で付け加えた。

「焦《あせ》らずやっていこうね。モニカさんは元気な笑顔でみんなを照らすのが仕事だ。難しいことは僕に任せて」

「わかったわ。お願いね、リチャード」

私は頷いた。胸がドキドキして、変な汗が出ているのをごまかしながら。

そう。今の私は、コッフェ王国の破滅を食い止めることを考えなくちゃ。そして、そのためにできることをやらなくちゃ。

＊2

国境近くの仮設拠点A開設から一週間。私たち帝国から訪れた『焔隊《ヴィルカス》』の一行は、しばらく仮設拠点Aに駐屯し、集中的な救援活動と、コッフェの実態調査に取り掛かることにした。リチャードは被害の実態と対策を伝える書簡をコッフェ王宮へと出している。騎士団の皆さんは仮設拠点の運営について避難民であるコッフェ国民と協議していた。

そんな中、私はといえば――暇をしていた。

「モニカさんは後で忙しくなるし、今はなにもしなくていいよ」

とリチャードに言われていたからだ。防御魔法も騎士団の魔術部隊が担当だし、治癒も治療部隊のポーションがメインだ。やる気を出してもやることがない。

「でも、暇して食料を食い潰すのも気がひけるわね」

というわけで毎日、手が足りない場所を見つけては仕事を手伝っていた。

「さて、今日は……治療部隊の手伝いね」

テントから出て、私は治療部隊の拠点へと向かう。直射日光を遮る大きく広げたテントの下に清潔な防水布を敷き、比較的軽傷の人々を対象とした手当てと治癒を行っていた。

救援活動を始めた当初はボロボロで生気を失っていた人々も、今ではみんな体を清めて清潔な服を着て、明るい笑顔や雑談も飛び交うような雰囲気になっていた。

「ご馳走さん、聖女様！」

ポーションを飲み干したおじいさんが私にカップを返す。支援物資の服を纏った細い腕をぐるぐると回し、ご機嫌だ。

「いやあ、帝国産ポーション『聖女の雫《しずく》』は最高だな！　美味《うま》いしな！」

「あはは、どうも～」

ちょっとしょっぱいただのポーションだけどなあ。美味《おい》しいという感想をもらうとは思わず、私は愛想笑いを返す。

「ところで、聖女様」

声をひそめるおじいさん。大声で言いにくいことなのかな？　と私は耳を傾ける。

「聖女様、あんた発情聖女様だろ？」

「そ、……そんな二つ名もまあ、あると言えばありますけど」

「その……わしの下半身には効くのかい？」

「えっ」

思わず顔を見れば、おじいさんは照れ笑いを浮かべている。

「いやあ……実は前々からあっちの元気がとんとご無沙汰でなあ。せっかくだしちょこっと、発情異能ってやつで治してくれないかい」

おっとぉ。不要不急の処置依頼が来たぞ〜。

私はあくまで丁重に、申し訳なさそうに首を横に振る。

「……ごめんなさい、私も治して差し上げたいのは山々なんですけど、皆さんに平等に治療するために私の聖女異能は勝手には使えないことになってまして……」

私が言っていることは真実だ。こんな場所で聖女異能を使ってしまえば、ストレスマッハな避難民の人たちがとんでもないことになってしまう。露天乱行祭りなんて冗談じゃない。子供もいるんですよ！

しかしおじいさんは食い下がる。

「そこをなんとか！　ナッ！　若い頃はブイブイ言わせてたわしの息子が、しおしおのヘチマみたいになってんのが、悔しくてたまらないんだよ」

「え、ええと……」

その時、他にも私を見ている人々がいるのに気づいた。獲物を見つけたような鋭い眼差しに、背筋を汗が伝う。

「そうだ、そうだよ。聖女様に治してもらえばポーションは要らないんだよ」

「発情聖女様、私の傷跡も治してください。すぐに治せますよね？」

「あ、あの……」

「発情聖女様、今発情してますか？　お、俺にできることありますか？」

「え、ええと……」

だんだん増えてくる人々の圧に気圧《けお》されながら、私はしまった、と思う。

「あっこら！　皆さん！」

状況に気づいた騎士さんが私を庇《かば》おうとしてくれるけれど、人々の勢いは止まらない。

「なんとか言えよ発情聖女さん！　地元の聖女様はなんだってしてしてくれたぞ！」

「発情聖女ってくらい強いんだから、少しくらい」

「ひいい……お、落ち着いてください……！」

これまではみんな、死ぬか生きるかの瀬戸際だったから素直に従ってくれていたけど、少しずつ最悪な状況から回復していくに従って、堪《こら》えてきた不満や苦痛が次々と溢れてくるものだ。

ベルクトリアス帝国では聖女は原則、どんな場所でも不可侵の存在として扱われていた。けれど『聖女』の献身に慣れたコッフェは違う。こんなことになるからリチャードは仕事をするなと言っていたのだと、今更気づいて申し訳なくてたまらない。

遠くから五歳くらいの子供が、必死な顔で駆けてきた。

「聖女様、ママの頭、イタイイタイも治せる？　ぼくのママを……」

私に押し寄せる人々が、子供をどん、と弾き飛ばす。

「あっ！」

私は反射的に飛び出し、地面に倒れ伏した子供を抱き留める。

「大丈夫？」

「……うえええ……」

「頭は打ってない？　怪我は？」

「うえええええ！　ママー！」

怖かったのだろう。血が滲《にじ》んだ膝を見て大粒の涙をこぼし始める。甲高い子供の泣き声にますます気が立ってくる避難民の皆さん。

「えええん、痛いよ、痛いよ……」

泣かれるとぎゅっと胸が痛い。本来ならこういう子供にこそ聖女異能を使いたい。治療しても発情しないし、ポーションを子供向けに薄めるのも手間だし、そもそも泣いている子供にポーションを飲み込ませるのは難しいからだ。けれど、ここで聖女異能で癒してしまえば、ますます状況は悪くなる。どうしよう。

その時。

パンパン！

突然手を叩く音が聞こえた。

「はいはい、皆さん待った待った！　はいはいはい、ちょっと通してね、はい、ごめんなさいね」

少し訛《なま》りのある軽快な男性の声。集まった人々の合間を縫ってやってきたのは、長い黒髪に丸眼鏡をかけた派手な男だった。コッフェ王国民の顔立ちでも、ベルクトリアス帝国民の顔立ちでもない見慣れない容姿だ。張りのある生地で仕立てた丈夫そうなロングコートの下に、龍の刺繍がされた黒く光沢のある素材の長衣を纏っている。大袈裟《おおげさ》な身振りで腕を広げ、私と人々の間に立つと、ひらり、と長髪と服が軽やかな弧を描いて広がった。

「まあまあ皆さん落ち着いて。皆さんが使っているポーションは、この聖女モニカ様が倒れてしまえば供給できなくなるものなんですよ」

「っ⁉」

言いながら、彼は私を立たせてグイッと肩を抱く。

「あ、あの」

目を白黒させる私に構わず、男は大袈裟に腕を広げ、八重歯を覗かせて愛嬌たっぷりに、伸びやかに通る声で人々に訴える。

「もしこれから、いきなり魔物が来ちゃったりしたら、ね？　モニカ様には力を温存して頂かないと、み～んなが困っちゃうんですよ。でも彼女と騎士団の皆さんに任せていたら大丈夫。一国を救った実績のある彼女をね、大事にしましょう！　……とは言っても自分がシンドイとそんなこと考える余裕もなくなっちゃいますよね？　そ・こ・で！」

彼はいきなり、胸元からゴソゴソと紐がついた石を取り出して掲げる。

「これは『聖女の涙石《なみだいし》』と呼ばれる、魔除けとしてご利益が期待される縁起物！　かのベルクトリアス帝国でも霊験あらたか、運気好転、家庭円満に商売繁盛のご利益ありとの嬉しいお声が続々と集まっているものです！」

「金なんかないぞ」

ぼやくような声に、彼はにこにこと対応する。

「お代は本日は頂戴いたしません。皆さんが効果があった！　また欲しい！　ご家族様に二つ目を配りたい！　そんな時に是非ご贔屓《ひいき》に。ストラップにわたしの連絡先が書いてありますので」

彼は呆気に取られる人々の手のひらに、次々とひょいひょい石を握らせていく。その隙に騎士団の人々も、彼らにポーションを配っていく。

勢いを削がれた人々は、そのまま狐につままれたような顔をして散っていった。

「……よかった……」

私は安堵の息を漏らす。丸眼鏡の彼は最後に、私の足元でぽかんと口を開けて座り込んだままの子供の前にしゃがむ。そして『聖女の涙石』を手渡した。一番大きくて綺麗な、ハート型の石だ。

「これ、君のママさんにプレゼントだ。きっと喜ぶよ」

「うん……おじさんありがとう！」

子供は頷いて元気に走り去った。その背中を見送っていると、彼が背後から囁く。

「あらあら。あの子、特別扱いしちゃったんです？」

「……見なかったことにして」

私が子供の膝をこっそり癒していたことに目敏く気づいたらしい。妙に距離の近い彼から一歩距離をおくと、私を見透かすように目を細める。

「あの子供が気づいて言いふらさないことを祈りましょう」

「う……あ、あなたこそ。みんなに配ってたの、ポーション生成工場の産廃《ガラクタ》じゃない。ご利益なんてないのに」

彼が配っていた『聖女の涙石』は、工場で使い終わった魔霊石だ。

魔霊石の使用方法はざっくり二種類に分けられる。石に魔術式を刻んで（本当に刻むのではなく、内側に魔術式を保存するらしい）石自体をなんらかの道具とする永続的な使い方『刻印式』。魔霊石を『刻印式』で活用するには高度な技術を必要とするため、構築できるのはマルティネス教授のようなごく一部の人だけだ。無論、大量生産は難しい。私の性欲迷彩《ステルス》に使われている魔霊石は『刻印式』だ。

対してポーション工場では、魔霊石は『消耗式』で用いられている。石に籠《こ》められた魔力を他の物体に注ぐ消耗品としての使い方だ。つまり、ポーション工場の稼働によって、消耗品となった大量の『消耗式』魔霊石のガラクタが出る。

透き通ったガラス玉のようになるそれを、彼は『聖女の涙石』と箔《はく》をつけて配っているのだ。

私の指摘に彼はしれっと言う。

「サイエンドで、あれの処分に困っていたでしょ？」

「ま、まあ……」

なぜ知っているの？　警戒しながら私は頷く。彼は口の端を吊り上げて笑った。

「わたしの祖父も申しておりました、『鰯《いわし》の頭も信心から』とね。産廃処分もできて、みんなは縋るよすがを手に入れて、万々歳《ばんばんざい》、よいではありませんか」

「それはごもっともだけど……」

私は改めて姿勢を正し、彼に頭を下げてお礼を言った。

「とにかくありがとう。おかげで助かったわ」

「礼など要りません。リチャード皇弟殿下の大切な聖女様をお護《まも》りするのは、ベルクトリアス帝国民の義務」

恭しく胸に手をあて辞儀をして、彼は名乗った。

「わたしはジヌ。殿下の命でいろいろとやっている商人です」

「ジヌ……」

「そう。ジヌ・ユージニー」

珍しい名前だ。容姿も服装も、帝国ではあまり見かけない東方諸国の雰囲気が色濃い。

大陸の交易路を通じて東方から流れ、定住した移民も帝国には少なくない。彼もその類の出自なのだろう。

「これからよろしくお願いしますね、モニカ様」

ジヌは私の右手を恭しくとる。そして視線を合わせたまま、手の甲にゆっくりと唇を押し当てた。紳士の礼と言うには妙にねちっこい感じだ。

思わず固まってしまう私に、彼は「おかしいことでも？」と言わんばかりに目を細める。

「手の甲にキス、普通の挨拶《あいさつ》ですよ」

「え、あ……そ、そうね」

流し目で微笑みながら、ジヌはくるりと踵《きびす》を返して去っていった。

「なんだか胡散《うさん》く……ううん、不思議な人ね」

助けてくれた人を悪く言うのはよくないので、マイルドに言い換える。

「今までいたかしら、あんな人」

騎士団の遠征に商隊が同行するのはいつものことだ。戦はすなわち商機でもあり、同時に騎士団や疲弊《ひへい》した土地の民にとっても必要不可欠な存在だ。しかし帝国が承認しているのなら、なぜ私は彼に今まで一度も会ったことがないのだろう。随分と目立つ人なのに。

「……ま、いっか」

疑問は尽きないものの、忙しくてそのまま、ジヌへの疑問は忘れてしまった。

＊3

騒動の翌日。

私はリチャードと一緒に、カウスデン伯爵の居城に招かれた。仮設拠点Aの設営許可をくれた、国境に位置する土地の領主様だ。

迎えてくれた領主様は四十歳くらいの理知的な風貌の男性で、隣に立つのは、嫡男《ちゃくなん》として紹介された息子さん。リチャードと同年代、精悍《せいかん》な顔立ちのご子息様だ。

二人は見るからに大喜びでリチャードへと辞儀をした。

「リチャード・イル・ベルクトリアス皇弟殿下。我が居城へようこそお越しくださいました」

「ずっとテント暮らしをされていたとか。すぐに城に入ってくださってよろしかったのに」

握手しながら、リチャードがよそいきの張りのある声で答える。

「とんでもない。我々はあくまで救援に訪れた立場だ。コッフェの魔物避難民の方々に信用して頂くには、同じ場所で寝食を共にするのは大切なこと」

また彼らは私に対しても、コッフェにおける聖女への正式な辞儀——片膝を立てて跪《ひざまず》き、右手を地面に触れさせ、顔を見上げる挨拶——で迎えてくれた。

「あなた様を追放した祖国でありながら、ご帰還頂き恐悦至極《きょうえつしごく》にございます、聖女モニカ殿」

「どうぞお立ちください。私もコッフェの惨状を痛ましく思っております。このたびはご助力賜《たまわ》り感謝いたします」

私の言葉に二人は感極まった様子で目を見開く。

「ああ、なんと慈悲深い……」

「感謝いたします、聖女モニカ殿」

リチャードは私たちの様子を見て、どこか満足げな様子で頷いていた。

私たちは長い石造りの廊下を通って、食堂に案内された。

「物資が底をつきかけていて、あまりおもてなしができないのですが……」

申し訳なさそうな言葉と共に出された料理に、私は目を瞠《みは》った。コッフェ東方地方、まさにカウスデン伯爵領の郷土料理だ。

リチャードは喜色をあらわにする私を見てから、彼らへと微笑んだ。

「もてなしに感謝する。彼女には是非とも王国の味を楽しんで欲しかったから」

そして始まった晩餐。

「僕もコッフェの王宮料理以外の料理は初めてだ。ありがたく堪能させてもらおう」

そう言いながら乾杯をするリチャード。彼の髪と似た色の赤ワインに目を向けながら、私も、曖昧な愛想笑いで乾杯に参加する。

リチャードの嘘つきぃ。王宮料理より前線街のよくわからない串焼きやら混ざり物だらけの麦酒やら呑んでたくせにぃ。ああでも、あれは郷土料理というより限界メシ……？

当たり障《さわ》りのない雑談を交わしながら、私たちはありがたくほかほかの郷土料理をいただく。

カウスデン領ご嫡男のステファン様は、明らかに興奮した様子でリチャードにあれこれと帝国の話を聞いていた。

「ザランクテスの乱では十代にして破竹の勢いで成果を挙げられたとうかがっています」

「僕はがむしゃらにみんなを鼓舞しただけだ。そこにいる我が腹心ダリアスはじめ、優秀な部下たちの功績だ」

「魔物で荒廃したサイエンドはポーション工場として活用しているそうですが、元の地域住民との交渉は」

「ああ、その話だが……」

黙って話を聞いていた私は、ふと違和感を覚える。

ステファン様はリチャードの華々しい戦歴や帝国の事業についてよくご存知だけど、隣国皇弟の輝かしい話がここまで詳しく伝わるものかしら。

歓談に加わる人々――リチャードもダリアスも、その他同行した人々も、当たり前のように盛り上がる会話に参加している。違和感はないのだろう。

（そんな、ものなのかしら……）

気になるけれど、口を挟まないことにした。政治の難しい話については私は門外漢だからだ。

和《なご》やかな晩餐会後、私はカウスデン伯爵領と騎士団双方の女性陣と談話室で食後のお茶を楽しんだ。あくまで顔合わせ程度で、あまり遅くならないうちに解散になる。

セララスと一緒に廊下に出ると、廊下の途中に置かれたソファにリチャードがいた。

「待ってたの？」

「モニカさんと離れたくないからね。寝室は隣だから、一緒に行こう」

「ありがとう」

私たちは暗い廊下を歩く。

歩きながら、私は隣のリチャードを見上げた。彼は儀礼用の軍服姿で、暗い廊下ではいつも以上に背が高く感じる。

寝室へと向かいながら、私は思い切ってリチャードに尋ねた。

「ねえリチャード。……カウスデン伯爵と随分と親しげだったけれど、リチャードは以前からカウスデン伯爵と交流してたの？」

「うん。コッフェの現状を調査するにあたって、いろいろと力になってもらってたんだ」

「だから帝国に詳しかったのね」

「さすがモニカさん。よく気づいたね」

リチャードは微笑み、話を続ける。

「仮設拠点を作るにあたっての資材搬入やら避難民の状況把握やら、彼が味方になってくれなければなにもできないからね。現場の協力は大いに助かる。コッフェ王宮は何度特使を派遣してもつっぱね続けてたし」

「待って」

ぴた、と私は立ち止まる。

「……今もコッフェ王宮は、リチャードの支援を認めてないの？」

「うん」

立ち止まり、振り返ったリチャードは真顔だった。

申し訳程度に灯《とも》された灯明に照らされた瞳が、同じ炎の色で輝く。

「コッフェ王国は、国内が魔物にめちゃくちゃにされてるなんて認めないからね。モニカさんもそれは知ってるでしょう？」

「そうだけど……でも『焔隊《ヴィルカス》』を派遣して、大丈夫なの？　いくら人道支援とはいえ、領主と通じて帝国軍を動かしてるんでしょう？」

リチャードは答えず、口元に笑みを浮かべたまま質問で返す。

「心配？　モニカさん」

「だって……」

ハッとして、私は口を噤《つぐ》む。いくら二人きりとはいえ、ここでは言葉にできない。黙り込んだ私にリチャードは目を細めた。

「信じて、モニカさん」

灯明に照らされてゆらゆらと輝く赤髪と、炎を映し取ったような双眸《そうぼう》が闇に鮮やかに浮かび上がっている。微笑んでいるのに、どこか——言いようのない怖さを感じるのは、私の気のせい……？

「なんでもない。……大丈夫なら、いいの」

「モニカさんに悪いことは決してさせないから」

いつものように甘い声で、リチャードは言い聞かせるように言う。

「昨日の騒動みたいなのも起こさせないし、ちゃんと守るからね」

「……ありがとう」

「行こう、モニカさん。支援者の城館とはいえ、暗い廊下で立ち話はよくない」

「ええ」

促されるままに歩き出す。歩きながら、私は胸の奥に不思議なわだかまりを抱えていた。

リチャードは、一体なにを考えているのだろう。

＊4

あてがわれた寝室は、城内で見たどの部屋よりも柔らかな彩《いろど》りの調度品でまとめられていた。貴族女性の来賓用の部屋なのだろう。

備え付けの浴室で湯を浴びて身を清め、私はベッドに沈む。

「……疲れた」

心からの言葉が漏れた。惨状に胸を痛めたり、避難民に批判されたり、リチャードへの思いを抑えるのに苦労したり、リチャードが相変わらず秘密主義だったり。それらは聖女異能を酷使して働くのとはまた違う疲労感に繋がっていた。

「これから、リチャードはどうするつもりなんだろう」

人道支援の名目とはいえ、王宮の承認を得ないまま、コッフェ王国の領主と通じ、軍を送り込んで大丈夫なものだろうか。私には「発情聖女呼ばわりして追放した連中のみっともないザマを、僕と一緒に眺めに行こう？」なんて誘ってきたけれど。

「……わからない……あなたのことが……」

リチャードがわからない。ううん、それはこれまでずっとそうだったじゃない。

それのなにが気に入らないの、私は……。

「にゃあ」

小さな鳴き声。

「にゃあ」

また、鳴いている。

「猫の鳴き声の幻聴が聞こえる……」

猫ちゃん撫でたいなあ。そう思いながら緩慢にベッドから身を起こし、あたりを見回す。真っ暗な夜空を背景に、窓辺に白くて大きなふわふわがあった。

「幻聴じゃなかった」

私は立ち上がり、夜着の上からストールを羽織り、バルコニーに出た。バルコニーの細い手すりに、ふわふわの毛が長い大きな白猫が絶妙なバランスで乗っていた。右前脚だけ靴下を履いているように灰色だ。私が近づいても逃げず、月明かりに照らされて青白く光りながら、ぺろぺろと灰色の右前脚を舐めている。

「こんな夜更けにどうしたの？　帰れなくなったの？」

そーっと、手のひらを上にして手を差し出してみる。猫は無防備な顔をして、顎を乗せて喉を鳴らした。毛並みの心地よさと、意外なほど細い骨の感触。私は舞い上がった。

「……っ……かわいいわね、あなた」

腕に甘えてくるのをいいことに、私は抱き上げて、もふもふと撫でる。

「にゃあにゃあ」

「か、かわいい……」

撫でていると、先ほどまでのもやもやが和らいでいく気がした。人間社会のもやもやは、けもふで癒すに限る。

「あなた、香料の匂いがするわね。毛並みも綺麗だし、飼い猫さんよね」

「にゃあ」

「かわいいわねえ。城の中だってお散歩は危ないわよ？　悪いお姉さんに捕まっちゃうわよ？うりうり」

「にゃぁ～」

しばらくもふもふの毛並みを楽しんでいると、猫が腕をすり抜ける。そのまま器用に手すりから伝うように降りていき、ぴょん、と庭に向かって宙に舞う。

「あっ！」

落ちちゃう！　私は思わず手すりから身を乗り出す。そこで目に飛び込んできたのは、闇から溶け出すように現れた、黒髪の男だった。

月明かりに照らし出された彼は、猫を両手で受け止めた。見覚えのある顔だ。

「ジヌ」

「やあやあ、これはモニカ様。いい月夜に出会えるとは光栄です」

猫を襟巻きのように肩に乗せると、ジヌはニコニコと私を見上げて笑う。同じ城に泊まっていたとは意外だった。

「ジヌ、その子、あなたの猫ちゃんなの？」

「ええ、この子はサーヤ。わたしの愛しい恋人ですよ」

猫はごろごろとジヌに甘える。どこかで嗅いだ匂いがするとは思っていたけれど、そうか、ジヌの香水の匂いだったのか。

「モニカ様はあれからいかがですか？　面倒に巻き込まれていません？」

「ええ。周りのみんなも助けてくれるし、私も迂闊《うかつ》だったたって反省したわ」

「よかった。聖女も大変ですね」

ジヌがくすくすと笑った。

「サーヤもきっとモニカ様を案じて窓辺に向かったのでしょう」

「もしかして、私のひとりごと……聞いてた？」

「さあ？　悪いお姉さんのことなど、わたしはなにも」

「もう。聞いてたのね」

それから私たちは、バルコニーと庭とで他愛のない雑談に興じた。政治の話に肩が凝っていた私にとって、猫ちゃんのご飯の話や城のベッドの寝心地や天気など、日常的な雑談は癒しになった。気づけば月の位置が変わっている。猫のサーヤちゃんを撫でながら、ジヌがふっと声のトーンを低くした。

「モニカ様も、早く聖女を引退して、自由になれる日が来るといいですね」

「自由……」

「おや。楽しみじゃないんですか？」

私はうまく返事ができなかった。聖女異能はいつか消える日が来る。それを自由、という言葉で表現されたのは初めてだった。

ジヌは長い黒髪を揺らし、小首を傾げながら笑った。

「ねえモニカ様。夢はありますか？」

「ゆ、夢？　唐突ね？」

「ええ。聖女を卒業して晴れて自由の身になった時にしたいことです」

「夢なんて意識して考えたことはないわ……」

「ふふ……そうですか？」

笑った口元の八重歯が印象的だ。ジヌは、切れ長の目でじっと私を見て話す。

「わたしは将来、たくさんの猫と暮らすのが夢です。サーヤのような家族のいない猫をたくさん集めて、養って、猫だらけの屋敷を作りたいですね」

「素敵ね……」

私は猫だらけのお屋敷を思い描く。広い庭にも邸内にも、どこにいっても猫がたくさんいる屋敷。お掃除は魔導具を使うのかな。きっとかわいいだろうな。

「語る夢には人となりが出ると、わたしは考えています。どんな壮大な夢も、小さな夢も、私は出会う人にはまず聞くようにしているんです。……ねえ、モニカ様は、聖女を辞めたらなにをしたい？」

「私は……ちょっと待って。考えてみる」

答えようとしたけれど、私は言葉が出なかった。

小さな頃の夢は、故郷でお嫁さんになって、村で幸せに過ごすことだった。

そして次の夢は、聖女としてみんなを守るのが夢だった。

そして——今は。

コッフェ王国を救いたい、リチャードの傍にいたいというのが……夢で。

ううん、これじゃダメダメだ。これは『聖女モニカ』の夢なのだから。

聖女を、辞めた後の私の——夢？

「思いつかない？」

ジヌがサーヤを撫でながら問いかける。なぜか私は考えるのが怖くなってきた。

「聖女じゃない私って……想像ができなくて……」

その時。

私の背後からノック音が聞こえ、我に返った。

「ごめんジヌ。誰か来たみたい」

「そうですか。じゃあ、また。いい夜を」

にゃあ。サーヤの鳴き声を置き土産に、ジヌが闇に溶けていくように去っていく。部屋に戻って扉を開くと、そこにはリチャードが壁のように立っていた。

「モニカさん。話し声が聞こえた気がしたんだ。……誰かいたの？」

悪いことをしていたわけではないのに、ぎくりとしてしまう。

「ええ。猫がいたから捕まえてたんだけど、そしたら飼い主の人が庭にいて、少し雑談を」

「へえ、飼い猫？」

リチャードの目が細くなる。彼にしては珍しく、不快感を滲ませた顔だった。私は早口で付け加えた。

「ジヌって人よ。長い黒髪に丸眼鏡の、ちょっと訛りが強い話し方の男の人。帝国の商人で、リチャードのお知り合いって言ってたけど」

「へえ……そうか。猫を使ってくるとはね」

リチャードは考えるように顎に手を添え、炎の目元を険しくした。

「あまりモニカさんには会わせたくなかったんだけどな」

「あ……ごめんなさい」

謝る私に、リチャードは首を横に振る。

「ううん、モニカさんが謝ることじゃないよ。僕がいない時、モニカさんに接触してたのは聞いてたから。あいつの監視を緩めていたこちらの落ち度だ」

「か、監視……？」

「……仕方ないから、明日改めて、奴を紹介する席を設《もう》けるよ」

「わかったわ」

隠しておきたかった「なにか」に、ジヌは関わっているらしい。ちくりと、胸の奥が痛む。リチャードは今回も私に隠し事がある。そりゃあ私は平民聖女だし、政治は不得手《ふえて》だ。だから全てを打ち明けられているわけじゃないとは、わかっているけれど。

先ほどのジヌとの会話が頭をよぎる。『聖女』じゃない、私の夢《モニカ》――私が、リチャードのためにできることって……？

「モニカさん？」

黙り込んだ私の顔をリチャードが覗き込む。その無防備な所作と視線に、私の心臓はどきっと跳ねた。

「な、なんでもない」

よく見たらリチャードはくつろいだシャツ一枚の姿で、前髪もしっとりと濡れて、ほのかにいい匂いがする。胸板の厚さに、声の響きに、私は、はしたない感情を思い出す。目を逸《そ》らすとリチャードがひとりごとのように呟いた。

「……モニカさんは魅力的だから、あやしい男がすぐ吸い寄せられるね」

リチャードは私の髪のひとふさに唇を寄せて、いつもの優しい笑みを向けて離れた。

「あれの正体も明日、話すよ。今夜はおやすみ、モニカさん」

「ええ、おやすみなさい」

リチャードはそのまま、ドアの向こうへと消えていく。分厚い扉と壁に遮られて足音も聞こえない。

「……モニカ《私》の夢……かあ」

私はベッドに突っ伏して、そのままいい匂いがするリネンに顔を埋めて深呼吸する。

(今は考える時じゃない。今は、目の前の仕事に集中しなくちゃ)

疲れていた体はあっという間に睡魔に負けて、思考はここでぷつりと途切れた。


翌日は気持ちのいい晴れの日だった。

お昼、明るい昼食用の食堂に向かうと、リチャードとダリアスに連れられる形でジヌもやってきていた。ジヌは私を見るなり小さく手を振る。

「席に着く前に話をしておこうか」

リチャードがいつにない笑顔で私に紹介した。

「モニカさん、初めて紹介するよ。彼は商人のジヌ・ユージニー。例の僕の伯父さん、環境農村対策大臣かつ、元・南方帝国天領管理代行官のヒースコミル卿と繋がって、サイエンドのご神木を売り飛ばしてた悪徳商人だよ♡」

「なっ……あ、あの商人なの⁉」

絶句する。ジヌの作り笑いと仏頂面のダリアスを見るに、真実のようだ。

「こいつの妙な訛りは敢《あ》えて、だよ。親しみやすい商人の振りをして、相手の警戒を解くために
ね。東方諸国の言語からベルクトリアス各領地の方言、コッフェはもちろん、あと数ヶ国語は話
せるんだ」

「へ、へえ……」

「人間性は全く信用できないが、商人としては彼ほど使える者はいない。コッフェの商工会の表
裏に顔が利く帝国民は滅多《めった》にいないからね。人間性は全く信用していないけどね♡」

「へ、へえ～……」

相槌《あいづち》がこわばってしまう。怖いくらいの笑顔のまま、リチャードが続けた。

「いや～。僕もなるほどなって感心してるんだよ？　流暢《りゅうちょう》に話しかけるより人の心に入りやすい
し、猫だって交渉の手段さ」

リチャードは薄笑いを浮かべ、小首を傾げて見せた。

「モニカさんも聞かれなかった？　将来はどうしたいか、夢はあるかって」

「……聞かれたわ……」

「そうやって相手の心に踏み込んで、共感し、相手への理解を深めていき、次の手管を……」

「うふふ、でもわたしがモニカ様と仲良くしたかったのは本当ですよ？　殿下」

にっこり笑いを浮かべるジヌ。対してリチャードはますます快活な笑顔を見せる。

「ああ、そうそう。モニカさんに本名を名乗ってたのは評価してもいいかな。サイエンドの民にやったように、偽名でモニカさんを騙《だま》してたら、さすがの僕も許さなかったなあ」

「というわけでご紹介に与《あずか》りましたので改めて。よろしくお願いします、モニカ様」

「……こちらこそよろしく、ジヌ」

大袈裟な紳士の礼をするジヌに引き攣った笑いを浮かべつつ、私は複雑な気持ちになっていた。おそらくまた、私には知らされない陰謀が絡み合っている。

(『聖女』じゃない私は……リチャードの力にはなれないの、かな)

夢を問われた時のもやもやが、まだ尾を引いている。

帝国に呼ばれる時も、サイエンドやヒースコミル卿の件の時も、ヒェッツアイド辺境伯領の時だって。私は知らされないことが多い。必要以上に気負わないように、情報を絞って守ってくれているのは感謝している。けれど。

リチャードのために、ただのモニカはなにができるんだろうか。……ううん、できるんだろうかなんて思うことがそもそも、烏滸《おこ》がましいのだろう、本当は。

「どうしたの、モニカさん」

ジヌへの冷笑とは対照的な笑顔で、リチャードは黙り込んだ私に声をかける。

真昼の風に靡《なび》く赤毛と、頼もしくて綺麗な顔を見ていると、たちまち胸が甘いような痛いような、変な感じになってくる。ああまた、今日も発情が壊れている。

「なんでもないわ」

私は笑って首を振る。

(未来、か……)

結局、私はどうなりたいんだろう。

こんなことで、これからも聖女を――引退までやっていけるのだろうか。


そして。

気づかれないようため息をつくモニカを、ジヌが横目で見つめていた。

＊5

カウスデン伯爵の居城で装備や準備を整え、私たちは次の領地へと馬車で向かった。龍のようにうねうねとした川に沿って谷を抜けた先は、バルビス伯爵領だ。リチャードはすでにカウスデン伯爵を通じて交渉済みらしい。用意周到だ。

移動石板を使用しつつの馬車の旅は順調で、時折ちょっとした魔物に遭遇して討伐することはあれど、魔物で壊滅状態の国とは思えないのどかなものだった。

「こうしてると、コッフェの現状が嘘みたい」

馬車から晴れた空を見ながら、私は発情聖女として帝国を追放された時の旅路を思い出す。あの時は『赤毛さん』と二人の、のどかな旅だった。

ちらり、と馬車の座席の向かい側を見やる。群青色《ぐんじょう》の軍服を纏ったリチャードが、頬杖をついて風に髪を靡かせ、物思いに耽《ふけ》っていた。

「……思い出すわ。国を出た時のこと」

「そうだね」

私の言葉に顔を上げたリチャードが、一年前と同じように目を細めて笑う。

「あの時もこの道を通ったっけ」

笑顔にドキッとして、私はごまかすように視線を外へと向ける。リチャードは懐かしむような口調で話を続けた。

「あの時は嬉しかった。モニカさんがついてきてくれて。僕にとっては帝国に戻ることも思い切った決断だったけれど……モニカさんが一緒なら、怖いものなしだと思った」

「一応、特別特級聖女だしね、私。期待通り、両陛下を笑顔にできてよかった」

「違うよ、モニカさん」

「え？」

リチャードは真っ直ぐに私を見つめていた。強い風が吹いて、重たいウィンプルが揺れる。しゃらしゃらと魔霊石があちこちで音を立てて輝いた。

「聖女の力だけじゃない。僕はモニカさんがいてくれたから、気持ちを奮い立たせられたんだよ」

「そう、ありがとう」

私はどんな顔をすればいいのかわからないまま、曖昧に笑顔でお礼を言う。

聖女として求められるほうが、まだ気が楽だと思った。だって「モニカ・レグルス」が、リチャードにとってどんな意味を持つのか、考えるのが今は怖いから。

「……モニカさん、最近元気ない？」

「そんなことないわ」

相変わらず鋭いなあ。ごまかしてもリチャードは食い下がった。

「ジヌに嫌なこと言われた？　どうすれば気が晴れる？　首？」

「首って」

「首級《しるし》」

「い、いいいらない！　物騒だから！」

「欲しかったらいつでも言ってね♡」

「あなたが言うと冗談に聞こえないのよ……」

頭を抱える私に、あははと笑うリチャード。この人なら私が望んだら本気で、ジヌの首を持ってきそうで怖い。

「本当に大丈夫だから。コッフェに帰ってくると、やっぱりちょっと、いろいろ考えちゃうだけ。答えのないもやもやだから、働いて忙しくしてたら忘れちゃうわ」

「そう？　なら働いてもらわなきゃね」

厳しいことを言いながらも、その声音は優しく私を案じるものだった。

胸がぎゅっと痛くなる。もうやだ。発情異能なんてここ最近使っていないのに。壊れちゃったのかな、私の性欲とか、衝動とか。

移動石板での移動のあいだの、束の間の馬車の旅。

目的地であるバルビス伯爵領までの案内役の勧めで、私たちは谷間の川で水遊びに興じていた。美味しい春の川魚も獲《と》れるし、雪解け水の美しい清流は気持ちいい。そして新緑の木陰。最高の休憩地点だ。

半裸で元気いっぱいに川に入る騎士団の男性陣。そして少し離れた上流で女性陣が涼を楽しんでいる。私はというと、そこからさらに少し離れた場所で、膝から下を清流に浸してウィンプルを外し、涼んでいた。なんとなく、今は賑《にぎ》やかな場所で笑う気分になれなかったからだ。

「元気ないですね、モニカ様」

「ダリアス」

半裸でスラックスも膝までめくった、わんぱくな姿のダリアスが、岩場をひょいひょいと登ってやってきた。

「身軽ねえ」

彼の両手には焼き魚の串があった。

「モニカ様、見当たらないから探しちゃいました。はいどうぞ、俺が獲って焼いた魚です」

言いながらダリアスは、手で魔力を出す仕草を見せる。彼の第二級魔導士相当の魔力で焼かれた焼き魚らしい。

「ありがとう」

隣に座ったダリアスと一緒に、焼き魚に食いつく。ほくほくの白身がこぼれて、甘さがじゅわっと染み出してくる。

「美味しい……」

「はー、獲れたての魚に清流、最高ですね」

ダリアスはそれ以上は言わず、私の隣で清流に足を浸して無心で魚を平らげていた。放ってはおかないけれど、踏み込みすぎない。そんな彼の距離感が居心地よくてありがたい。

私は遠くで歓声を上げる騎士団の皆さんを見遣《みや》った。リチャードの赤毛は遠くからでもよく目立つ。部下と賑やかにやっている様子だった。

「……リチャードって、綺麗よね」

「ええ、ガーネットのように美しく、太陽のように眩《まぶ》しく、炎のように熱く、薔薇のように麗《うるわ》しい我々の理想の戦神です」

「相変わらずね、あなた」

私はクスッと笑って、ダリアスの顔を見上げた。童顔もあいまって、リチャードと並んでいる時は小柄に見える彼だけど、隣に座っているとやっぱり男の人だと感じる。半裸だと意外なほど筋肉質でがっちりしていてかっこいいし、爽やかでいい人だ。その上、リチャードといる時のような変な胸の痛みを感じない。

だから私は安心して、胸中を打ち明けられた。

「……聖女異能が消えてしまえば、こうしてダリアスと一緒に過ごすこともなくなるのよね」

いきなりの後ろ向きな言葉に驚いたのか、ダリアスはきょとんと目を見開く。

「いきなりどうしたんですか、モニカ様」

「うん……なんだか自分の今後が不安になって」

「俺でよかったら愚痴《ぐち》、聞きますよ」

「ありがとう」

川の流れる音が私たちの会話をかき消してくれる。きっとダリアスにしか聞こえないと安心して、私は、素直な気持ちで今の不安を吐露《とろ》した。

「私とリチャードを繋いでるのは、私の聖女異能だけだから。もしこれから聖女異能を失って、それでもリチャードの役に立てることってあるのかな、って……不安になってきちゃって」

結論なんてない、アドバイスのしようもない、だらだらとした言葉を続けていく私。ダリアスは嫌がることなく、真剣に耳を傾けてくれた。

私の言葉が途切れたところで、ダリアスがぽつりと呟いた。

「モニカ様は、寂しいんですね。殿下に頼られていないと感じて」

寂しい。その言葉に、私は探し物が見つかったような思いがした。

「そうね。……寂しいんだわ、私。聖女じゃない私だと、傍にいられないから」

口にしてますますしっくりきた。聖女じゃない私《モニカ》が寂しいのだ。リチャードとの関係が終わってしまうようで。

一人頷く私に、ダリアスが濡れた前髪をかき上げて尋ねてきた。

「モニカ様にとっては、コッフェで身分を隠していた頃の殿下と、今の殿下は別の人ですか？」

「……ううん。リチャードはずっと前から、頼もしくてかっこいい人よ」

額を晒《さら》したダリアスは、童顔でにこっと破顔する。

「モニカ様だって、殿下が『皇弟殿下』だから力になりたいわけじゃないんでしょ？　殿下もモニカ様のことをそう思われてますよ。聖女を引退してもずっと」

「でも……」

「大丈夫です。一度懐《ふところ》に入れた人間を切るような方ではありません。僕たち騎士団の処遇だってああだったんですから」

ダリアスは過去を思い出すように遠い目をした。そういえば、彼ら『焔隊《ヴィルカス》』の前身、特殊遊撃騎士団は、騎士団長のリチャードが国外追放状態だったあいだも、細々と給与を支払われていたという。

「そっか……そうよね」

不安になっている自分が、急に恥ずかしくなってきた。サイドの髪をくるくるといじる私を見て、ダリアスは「でも心配になるのはわかりますよ」と肩をすくめた。

「だって殿下、言葉より行動の方ですから」

「あるある！　それ！　もう少し言って欲しい。だから不安になってるのに！」

「あはは。みんな一度はそれ思いますよ。でも……殿下、わざとやってるんですよ」

「……え」

「責任をご自身だけで背負うためです。万が一殿下の策が失敗しても、全てはご自身だけの責任にするために。他人に肩代わりさせない方なんです」

「……」

「もっと俺たちを頼って欲しいと思います、正直。……でも考え方を変えました」

「どんなふうに？」

「俺たちの本来の働きに期待してくださっているからこそ、余計なものは背負わせないんだろうなって。最近はやっと、そう思えるようになりました」

涼しい風が吹き抜け、もやもやとした気持ちが一掃されるのを感じた。目が覚めた気がする。

ダリアスは私を見つめていた。青い双眸にはリチャードへの信頼が溢れていた。

そうだ。リチャードは言っていたじゃない。自分を信じて欲しいって。ヒェッツアイドの時だって、守りたいから黙っていたって。私がウジウジして、リチャードの行動を勝手に悪いほうに受け止めていただけなんだ。

「ふふ」

あっけなさと情けなさで、笑いが込み上げてきた。遠くでリチャードが川に飛び込んで、きらきらと水飛沫が跳ねた。

「そうね……リチャードはそういう人だわ。忘れちゃってた」

「ええ。そういうお方です。だから」

ダリアスの声が少し真面目になる。彼は数拍置いて、私を見て言った。

「俺は……モニカ様が今後も末長く、殿下を支えてくださることを願っています。全てを笑顔に隠して背負いこむ殿下の傍に寄り添うことは……モニカ様にしかできません」

「ダリアスじゃだめなの？」

「俺は戦場で剣は振るえますが、本当の意味で殿下を支えられる人は、モニカ様しか……」

その時。

ギャアギャアギャアギャアギャア！

カラスの鳴き声に似た、もっと野太く大きな獣の鳴き声。私たちは立ち上がる。

「魔物だ！」

「出陣よ！」

私は立ち上がり靴を履いて、聖女装の裾を翻《ひるがえ》して駆け出した。後ろから剣を抜いたダリアスが続く。森の中から子犬ほどの大きさの鳥獣型魔物が二四、非戦闘員のほうへと飛び出してきていた。羽を攻撃すれば、後は簡単だ。

『炎女神《カヴィヤ》の威光に散れッ』

魔物に先制攻撃の炎を放って翼を焼き落とし、私は非戦闘員の人々を背に庇《かば》って立ち塞がる。

炎で弱った魔物を、勇敢な騎士たちが一斉に攻撃して、魔物はあっけなく片付いた。

「みんな、よく戦ってくれた！　快勝だ！」

剣を握ったリチャードが高らかに告げると、みんなが雄叫びをあげた。

歓声と拍手の中、他に魔物がひそんでいないか、あたりを眺める。

「いないわね」

ホッとして戻ろうとすると、どこからか、ぬっとジヌが現れた。

「いやはや、モニカ様。さすがのご活躍でしたね」

「ひゃっ！　び、びっくりした」

炎魔法一発だけで聖女異能は使っていないけれど、つい反射的にジヌから距離をとる。ジヌはパチパチと一人拍手した。

「うんうん、かっこよかったですよ。いやあ、わたし興奮してしまいました」

「どうも……」

ぱちぱちと手を叩きながら言う彼は、こんな場所でも黒い龍刺繍の長衣を纏っている。暑くないのだろうかと余計な心配をしてしまう。

谷を流れる風に、ジヌのヒラヒラとした服や黒髪が靡く。髪を押さえるようにする彼を見上げ、私は話を切り出した。

「……ねえ、ジヌ。このあいだの話だけど」

唐突な私の言葉に、ジヌは片眉を上げた。

「おや」

「夢を訊ねてくれてありがとう。リチャードはああ言っていたけれど、あなたに言われて、自分自身の将来についてじっくり考えることができたわ」

「答えが見えたのですね」

私は、勝利に喜ぶ人々のほうへと目を向けた。清々しくて気持ちいい風も、役に立てたことも、なんて心地よいのだろう。

「……聖女を引退しても、私はリチャードの近くで働きたい。リチャードの傍で、みんなの役に立ちたい。具体的になにをすればいいのかは、わからないけれど……状況によって決めていきたい。それが、今の私の夢かな」

「なるほど」

私たちのあいだに、ごう、と風が強く吹く。髪を押さえたまま、ジヌが目を細めて微笑んだ。

「なんと美しい夢物語だ」

彼は風に乗ってこぼれた私の髪に、そっと手を伸ばして唇を寄せた。

今まで見せなかった鋭い眼差しにぞくりとする。まるで蝶が花の蜜を吸うような、獣が獲物を捕らえるような——捕食されるような気配。

「なにをするの、ジヌ」

私は髪を取り返す。

「ふふ」

指の間を抜けていく髪を眺め、ジヌは微笑した。

「モニカ様。その夢を、あなたはずっと持っていられますか？」

「えっ」

金の瞳が細く弧を描く。

「殿下のお立場が変わったとしても？」

「……それは、どういう」

「ああ、残念だ。もう時間切れですね。ではまた」

ジヌは辞儀をすると、くるりと背を向け、足早に馬車のほうへ向かっていった。どうしたのだろうと思っていると、後ろから息を切らした誰かが駆け寄ってきた。

「ちっ……見張りを撒いたと思ったら、あいつ」

「見張り？　……ぎゃ、ぎゃー！」

不穏な言葉に振り向き、私は思わず気絶しそうになった。リチャードが半裸だったからだ。戦闘で汚れた上衣を脱いで腰に巻いている。水を浴びた髪からは雫が滴《したた》り、鍛《きた》え上げられた肌を艶《なまめ》かしく伝い濡らしている。過剰な色気を摂取しないようにと、私はカーテンに隠れるようにウィンプルで顔を隠した。

「モニカさん、どうしたの？　嫌なことあった？　ジヌがどうした？　今なら処する場所、川と森のどっちも選べるよ？」

「違、違うの、刺激的、だめ……しまって……」

「おっと。これは失礼」

ウィンプルで隠した向こう側で、リチャードが笑いながらシャツを羽織ってくれた。

「でもモニカさん、他の騎士は下着一枚の奴もいるくらいなのに、どうして？　僕の裸くらい、いくらでも見てるじゃない。治療とか、いろいろ」

「どうしてって言われても……ほら、少し異能使ったし。発情だし、ほら、……あっ、え、ええと……記憶を薄れさせたいんです。あなたの体はとても刺激的だから」

リチャードはくすくすと笑う。

「はい、これでいい？」

ウィンプルの隙間から覗くと、リチャードの肌色面積は減っていた。濡れて透けたシャツは余計危険な気がしたけれど、これ以上気遣いさせるわけにもいかない。

「……ところで見張りって？　ジヌを見張っているの？　ジヌは協力関係にあるんじゃ」

「利害が一致してるから、協力関係ではあるよ。一応ね。だが悪徳商人には違いない」

「悪徳商人……」

「モニカさんは気をつけて。僕の目を盗んでモニカさんに変なことを言う時点で、彼は危険だから」

「……わかったわ。気をつける」

私は素直に頷いた。ジヌには一度助けられたけれど、彼の言葉で心が揺さぶられたのは事実だ。慎重にならないと。私は改めて心に誓う。

「ところで、モニカさん」

「ん？」

「聞いてたよ。ずっと一緒にいてくれるんだね」

一瞬ぽかんとした後、私は彼の言葉の意味に気づく。

「リ、リチャードがいいなら、だけど……」

語尾が小さくなる。

ウィンプルの隙間から覗いたまま言うと、リチャードは心から嬉しそうに、目を細めて笑った。

「ありがとう。僕も大好きだよ、モニカさん」

「っ……」

大好き。強い響きに体が熱くなる。勝手に反応してしまう自分は浅ましい。眩しそうに言われると、そういう意味じゃないとわかっていても変な気持ちになる。

ん？　そういう意味って？

一人ぐるぐると考えていると、リチャードが不意にウィンプルの中を覗き込んできた。

「きゃーッ！」

「服着たし、そろそろ寂しいから顔見せて欲しいな？」

「やっ、あなたねっ、それ、服着てるに入らな……きゃー！」

リチャードがウィンプルを両手で開く。真っ赤になった私を見て、リチャードは楽しそうに笑った。

うう。こんな調子でずっと一緒にいるの、ちょっとやっぱり無謀かな。

＊6

「じゃあリチャード、行ってくる」

「うん。またね、モニカさん」

魔物の襲撃後。

頬に赤面の名残をとどめながら、モニカさんは非戦闘員らの下に向かっていった。騎士団の世話役、商隊の一団。それに道すがら保護した女性と老人、子供を含む民間人たちだ。

彼らの姿をじっと見つめていると、モニカさんが声を張り上げた。

「みんないる？　誰か怪我した子はいない？」

「大丈夫です、人数確認終了いたしました」

「そっか、よかった」

彼女が満面の笑みを浮かべると、魔物への恐怖で固まっていた人々の空気がほっとほぐれる。

川遊びの途中で集合した子供たちはびしょ濡れだった。モニカさんはすぐにタオルを用意して、聖女装のまま地面に膝をつき、彼らを拭き始めた。

「大丈夫？　怪我してない？」

「してなーい」

「ほんと〜？　ここは？　ここは？」

「きゃはは！　くすぐったいよー」

乾いた布で一人一人ごしごしと拭いてやり、笑顔で場の空気を軽くしながら、傷や体調、顔色を確かめている。眼差しは真剣そのものだ。

その真摯《しんし》な横顔に、僕は惹《ひ》かれている。

「殿下」

背後から部下の騎士の声がかかる。

「魔物処理対応完了しました。ジヌ・ユージニーも目立った動きはないようです」

「わかった。用意でき次第出発する。非戦闘員と民間人のリーダーにも伝えろ」

「承知いたしました」

モニカさんは今も子供たちと笑っている。

「ねえねえ、なんで聖女様って頭にシーツ被《かぶ》ってるの？」

「こ、こらこら引っ張らないで〜」

嗜《たしな》める口調でありながらも、モニカさんは笑顔だ。

「ウィンプルを被ってたら、遠くからでも私が聖女ってわかるでしょ？　そのためよ」

「じゃあなんでモニカ姉ちゃん聖女なの？」

「う〜ん、生まれつき聖女だからかな〜」

「ねえねえ、どうやったら治るの？」

「はつじょーせいじょってどんな意味？」

「ねえねえ」

「ひゃー！　ちょっと、みんな待って、服を着て馬車に乗って続きのお話をしましょう！」

袖をめくって聖女装束を汚し、汗を拭って人々の中で働く彼女を見ているのが僕は好きだ。

けれどその状況では、ジヌが容易にモニカさんに近づけてしまう。

「……困ったものだな」

ジヌを利用している立場上、モニカさんとジヌの接触の全てを遮断するのは難しい。ジヌは時折、商隊の荷馬車から離れてモニカさんと接触しようとする。

彼女が自由に聖女として働く以上、商人である奴との接触は避けられない。

誰の手も届かない場所にモニカさんを閉じ込めてしまえば簡単だ。

だが、彼女はお飾りの聖女ではない。現場で働く聖女だ。

「……もう少しの辛抱か」

馬車に戻りながら、先ほど聞いたモニカさんの言葉を反芻《はんすう》する。

『聖女をやめたって、私はリチャードの傍で働くわ』

それを聞いた瞬間、嬉しくてたまらなくなった。

「相変わらずぞっこんですね、殿下」

やってきたダリアスが言う。

「当然さ」

頷いて返していると、モニカさんがこちらを見ていた。気づいたらしい。

にこりと微笑んで返すと、彼女はパッと顔を赤くして目を逸らした。

「……かわいいね」

以前は見せることがなかった態度だ。聖女異能の「発情」は魔霊石の性欲迷彩《ステルス》で顔色には出ないけれど、「感情」はすり抜けて顔に出るのを、彼女は知っているのだろうか。

服を整えて馬車へと戻る。胸の勲章に輝く宝石を手に取り、太陽にかざす。自分の髪と同じ、鮮やかな血の色に染まった魔霊石。

劣情は己に課した『制約』で凪《なぎ》にできる。仮に『制約』で抑え切れないほどの劣情が肉欲として湧いてきたとしても、劣情由来の表情は魔霊石で迷彩《ステルス》できる。けれど制約も魔霊石も万能ではない。縛れないものはある。

感情――喜怒哀楽、そして、好意。

「……そんなにかわいいと困るんだけどなあ、モニカさん……」

聖女の笑顔は、鋼鉄の『制約』をいつも容易く錆《さ》びさせる劇物だ。

「……自制心には、結構自信あったのにな」

苦笑いを一つ浮かべ、馬車の窓からダリアスへと話しかける。

「ダリアス。モニカさんに近づく者は引き続き全て入念に身辺調査を。潜入後に動きが変わる者もいるだろうから、非戦闘員、女子供、全て徹底的に」

「承知いたしました」

敬礼をするダリアスに頷き、瞑目《めいもく》して己の感情を整える。

これからまた、馬車で長い旅が続く。無邪気に接してくれる間柄を、今は保たなければならない。今は。

＊7

「うう、リチャードの刺激が強すぎる……」

私は念のため、発情抑制のドクダミ霊薬を飲んでから馬車に戻った。中にはすでにリチャードがいて、長い脚を組んでゆったりと座っていた。

「お帰り、モニカさん」

にっこり。相変わらず涼しい笑顔で笑う。軍装も一分《いちぶ》の乱れなく整えられ、先ほどまでの暴力的な雄の色気はすっかりしまわれていた。とはいえ、濃紺の詰襟もまた違った色気がすごくて危険だけれど。

二人だけが乗った馬車が動き出す。私は意識してしまって、もじもじと髪をいじりながら、窓の外ばかりを眺めていた。リチャードは私を真正面からじっと見つめているようだった。

「あの」

「……ん？」

「み、見つめすぎじゃない？　リチャード」

「いつも僕はモニカさんに見惚れてるよ？」

「そっ、そりゃ確かにいつもずっと見ててくれてるけど……ちょっとその、恥ずかしい、と、いうか……」

ちら、と彼を見遣る。にこ、と微笑まれる。ボッと頬が熱くなる。

「だ、だからそういうの……刺激が強いんだってば……」

またウィンプルをカーテンがわりに顔を隠すと、リチャードはくすくすと楽しそうに笑う。

「モニカさん、かわいいいね」

受け流し方がわからない。前は当たり前のように、リチャードのこういう態度を受け止めていたように思うのだけど。か、かわいいって。

「さっき見てたよ。子供たちと一緒だったところ。率先してケアしてくれて、ありがとう」

「そりゃあ……私は聖女だから当然よ」

「ふふ。子供たちには、未来永劫、モニカさんの優しさが心に刻まれるだろうね」

「大袈裟なんだから」

いつも涼しい顔をしていてずるい。

窓から吹く風に赤毛を靡かせるリチャードを見ながら、不意に私は思ったことを口にした。

「ねえリチャード。性欲だけじゃなく、喜怒哀楽を迷彩《ステルス》できる魔霊石って……あったりする？」

「欲しいの？」

「ほ、欲しいわけじゃないけど、あるのかなって、純粋な疑問よ」

こちらのどきどきを見透かされたようで、早口になる。私は一応コッフェの聖女技能研修校を卒業しているけれど、魔霊石については詳しくない。

リチャードは私に丁寧に説明を始めた。

「『刻印式』で理論上は可能。だが、実用化できるものを作るのは不可能、というのが答えかな、最新研究では。……ほら、性欲はどこからどう発露するのか臓器ごと明快だけど、喜怒哀楽の感情の発露は複雑だから……縛るのは難しいんだ」

「確かに……」

「対象者の感情全てを把握し、魔術式に書き上げて、試行実験、改善をしていく必要があるし、それでも足りない。年月で人も変わるからね。好きなことが嫌いになったり、嫌いなことが好きになったり。それに応じて術式を書き換えて……」

「途方もないわね」

「そう、途方もない」

リチャードは頷く。

「対して性欲を隠すだけっていうのは至極シンプルだ。だから、術式を書き込むのだって比較的容易、ミスも生じないから安全だ。そうはいっても『刻印式』自体非常に高度な技術を必要とするから大量生産はできないけど」

「なるほど……」

「とにかく魔霊石だけで完全無欠なポーカーフェイスを作るのは難しいってこと」

「……」

「ん、どうしたの？」

私はリチャードをじっと見た。リチャードは懐っこい目で首を傾げる。

「リチャードくらいポーカーフェイスが得意になりたいわ」

「モニカさんはそれでいいんだよ。表情がコロコロ変わるの、かわいいから好きだよ」

膝の上で指を組み、まさにいつもの感情の読めないカラッとした表情で笑う。

「私は困ってるのよ……」

私もポーカーフェイス、特訓しなきゃ。なんでも魔霊石に頼れるわけじゃない。頬に手を添え、私は一人決意した。

＊8

コッフェ王国、王都《セントラル》。

全ての武具と魔術、異能の発動の一切の放棄を求められる議会堂のさらに奥、『凪の間』と呼ばれる会議堂に、王族と宰相、複数の大臣、大神官、神官補佐が集まっていた。序列順に彼らが座する大理石のテーブルの真ん中には、何通もの筆圧の強い筆致の書簡が広げられている。どれも隣国、ベルクトリアス帝国皇弟、リチャード・イル・ベルクトリアスによるものだ。

最新の書簡は、コッフェ王国の無視に対する強い非難と、人道的救援活動と魔物討伐の大義の下、帝国特殊遊撃騎士団を派遣した旨が記されていた。

苦々しげに呻くのは、宰相のカンタス卿だ。

「まさか本当に、我が国に進軍してくるとは……」

皇弟自ら騎士団を率いて国境を越えてくるなど、最初の書簡を受け取った当初は誰もまともに取り合おうとしなかった。しかしこの一年弱のあいだに、皇弟リチャードは何通も同じような書簡を送ることで「コッフェに言い続けてきた」という既成事実を作った。そしてコッフェの現状を「誇張して暴露」し、他国に明かして救援活動への理解と承認を求めた。

そして遂に二週間前、堂々と国境を越えてきたのだ。

最新の書簡によれば、すでに皇弟は複数のコッフェ国内の領主と連携してしまっている。

王国が手をこまねいているうちに、侵略の大義名分が生まれていたのだ。

皇弟リチャードに対してどう対応するべきか、判断はまとまらないままだ。

「全領主に命じ、返り討ちにするほかないだろう」

これは青筋を浮かべて拳《こぶし》を握る、王国騎士団長の弁。

「相手は『苛烈《かれつ》の皇弟殿下』だ。人道支援だけでなく絶対侵略に来ている。今年頭にも、辺境伯との内通による問題で北方国から領地の割譲《かつじょう》を受けているが、彼の皇弟の働きがあるらしい」

これは大臣の弁。

「いや、人道支援の大義名分を作り上げられてしまっている。それを攻めるのには慎重にならなければ、帝国軍という蜂の巣を突くことになりかねない」

顎髭を撫でて曖昧に首をひねるのは、貴族議会議長。

「近隣国に、帝国侵略に対抗する救援要請は……やはり難しいか」

「我が国の王侯貴族と婚姻関係を持つ国々も、すでに皇弟の人道支援に対する賛意を表明しております」

これらは、有力貴族の弁。

沈黙していた国王は、嗄《しゃが》れた声で大神官へと尋ねた。

「大神官。我が国の魔物討伐はうまくいっているはずだ。付け入る隙はないだろう。つまりは領主の反乱と受け取るのが自然だ」

「仰せの通りでございます」

「帝国皇弟の侵略に寝返った領主に対して、罰則を科し、追討命令を出すか」

「それが現時点で早急に行うべきことでしょう」

「ええ」

本来のコッフェの現状を知る貴族の複数名は、目配せをし合って口を噤んだ。この議会ではほとんどの者が、本当のコッフェの惨状を知らない。大神官が音頭を取り、聖女排斥をした「結果」を伝えることは、大神官への叛意《はんい》と受け取られる。

立場を危うくしてでも現実を暴露する者などいない。義憤《ぎふん》に駆られるような者はすでにこの場から追放されている。

大神官を慮《おもんぱか》りながら、貴族の一人が発言する。

「国王陛下。帝国皇弟はもちろん、今回の件は、やはり『発情聖女』が焦点では」

その瞬間、場の空気が凍りついた。大神官が金の錫杖《しゃくじょう》で床を叩く。ダンッ！　と、強い音がフレスコ画の描かれた天井に反響した。

「あの女……あの女が皇弟を唆《そそのか》し、母国に八つ当たりの復讐を図る首謀者だ」

大神官の言葉に、誰も口を挟めない。

「皇弟はともかく、あの発情聖女だけは我が国に引き渡させ、処刑しなければならない」

特別特級聖女モニカ・レグルス、通称『発情聖女』の名が出た瞬間、共通の怨敵《おんてき》を得た独特の結束した空気で、場が盛り上がる。

「そうだ。あの発情聖女が全て悪い」

「魔物被害のほとんどない土地を……あれこれとあげつらって堂々とした顔で攻めてきている！　あの発情聖女が悪い」

「国王陛下！　国王陛下の勅命で、皇弟リチャードに発情聖女を引き渡すように返事を」

だが意外にも、国王は渋い顔をして首を縦に振らなかった。

「……慎重に行こう」

ざわめく一同。

「なぜですか国王陛下」

これは大神官。

「あの女とはわしも面識があるが、凡庸な平民だった。あれに処刑という反逆の大義名分まで与えるのは危険だ。少なくとも、『苛烈の皇弟』が我が国の聖女を大義としてやってきているのであれば、我々は慎重にならなければ」

「しかし」

この場で最も力のある人間は、大神官と国王だ。最近はこの二人が連携して国のムードを作ってきていたので、その二人の意見が分かれると、なにもまとまらなくなる。結局、結論は先延ばしになり、会議は解散となった。

＊9

「ええい、父上はなぜ早急にあの発情聖女と皇弟リチャードを追い出さないのか！　父上が弱腰だから、騎士団も動こうとしない！」

重たい椅子を蹴って舌打ちし、王太子メダイコナーは荒れていた。

そんな彼に側近として付き従うのは、灰色髪を七・三に分けたケーウント。私用の応接間で苛立ちを露《あらわ》にするいとこを、ケーウントは手のひらを擦り合わせながら必死に宥《なだ》める。

「お、王太子殿下、逆にこう考えましょう、あの発情聖女と皇弟ごときを相手にしていては、コッフェ王国の権威にかかわるとお考えなのですよ国王陛下は」

「む……まあ、そうとも言えるのだが」

ソファに座り腕を組むメダイコナーにへらへらと笑顔を作ると、ケーウントは振り返り、メイドを睨《にら》んで声に出さず「早く茶を淹れろ」と伝える。

ほどなくしてメダイコナー気に入りのローズティが淹れられ、部屋に豊かな香りが立ち上った。透き通った紅《くれない》の茶に浮かぶのは金箔だ。

「うむ……エイゼレアから輸入した茶はやはり美味いな」

金箔と同じ色の髪をかき上げ、ローズティの入ったカップを満足げに傾けるメダイコナーの傍に控えながら、ケーウントは内心、自尊心が満たされていくのを感じる。

物心ついてからずっと、心に思い描いている『大河小説　ケーウント・ストレリツィ伝』にまた新たな一説が刻まれていく。

『メイガ・シュへ送り込まれるほど落ちぶれていたストレリツィ公爵三男ケーウント。逆境でも彼は成果を上げ、王太子に目をかけられ寵愛《ちょうあい》され、側仕えの立場にまで昇りつめる——』

「しかし妙だな、あの発情聖女」

メダイコナーの言葉に、ケーウント心の大河小説は中断する。メダイコナーは首をひねりながら、ローズティに目を落としている。

「聖女時代はもちろん、王宮に出入りしていた妃教育時代も、ベルクトリアス帝国の皇族と面識ができるわけがないのだが……よりによってなぜ、あの苛烈の皇弟に取り入ることができたのか」

「確かに……」

ケーウントも首を傾げた。ケーウントの知る発情聖女モニカという女は、仕事熱心で男っ気も飾り気もなく、誰にでも気さくに話しかける優しい気の利いた女だった。だからこそ目をかけてやったのに！　と、自分を拒絶したあの生意気な顔を思い出して苛々する。しかし惨《みじ》めに婚約破棄を突きつけられ、悲しそうにホールを去っていくあの姿を思い出すと、ざまあみろと痛快な気分になれた。人の好意を踏み躙《にじ》る身のほど知らずの発情聖女が尻尾を巻いて退場するシーンは、ケーウント心の大河小説序盤の見せ場とも言えるだろう。

「そもそも皇弟は行方知れずだったはずだ。まさか……我が国に極秘に入国していたなどということはあるだろうか」

「さすがにないのでは？　皇弟たる者が、いち平民の田舎娘、発情聖女と面識を持てる場所などないはずです」

「そうだな、発情聖女が暮らしていたのはよりによって『メイガ・シュ』だ。あんな野蛮な僻地《へきち》に皇弟が潜伏《せんぷく》するわけもない。常識的に考えて」

「そうですそうです。あそこの連中、毎日淫猥《いんわい》な歌を歌って水で薄めた安酒を呷《あお》って踊ってばかりでしたから」

「場末で得た下品な性技でたらし込んだか、発情聖女め」

「そうです、そうですよ。発情聖女ごときに手玉に取られる皇弟など恐るるに足りません」

ケーウントはついぞ馴染《なじ》めなかった前線街を思い出し、次いで発情聖女の笑顔を思い出す。あの女はあんな下品で不潔な現場でも、平気で笑って楽しんでいた。正気の沙汰ではない。

（そういえば、妙に発情聖女に馴れ馴《なな》れしい男がいたな……あのいけすかない赤毛の……）

聖女モニカを目にかけてやっていたケーウントは、彼女になにかと付き纏う赤毛の男を思い出していた。ぼさぼさの髪をしたやたら背の高い、軽薄にへらへらと笑う嫌味な男だった。忌々《いまいま》しいほど腕もよくて愛想もよくて、周りから好かれていたので厄介だった。あの男も今頃はどこかでのたれ死んでいるだろう。ざまあみろ。

「殿下、大神官様がお越しです」

「通せ」

従者が頭を下げて下がるので、ケーウントも壁際まで退く。

部屋に入ってきた大神官ピッシオゼは、神官独特の香を焚きしめた匂いを漂わせ、神官を引き連れて部屋へ入ってきた。

ピッシオゼがメダイコナーに辞儀をする。

「要件を言え」

「率直に申し上げます。発情聖女討伐に、力をお貸しください」

「……！」

驚くメダイコナー。隣でケーウントも驚く。

「使える手段は全て使って、発情聖女を我が国から排除しなければなりません。国王陛下は慎重な姿勢を取っておられますが、それでは埒《らち》が明かないのです」

「それはやりたいが、しかし、私では」

躊躇《ためら》うメダイコナーに、ピッシオゼは強く訴える。

「あなた様は王太子ではありませんか。国王陛下が退位してしまえば、あなたは国王陛下ではありませんか！」

「こ、国王……」

「あなた様が問題解決し国を守れば、陛下は譲位せざるを得ない。志《こころざし》ある臣下を導き、前王に為し得なかった偉業を為す王太子殿下の登場を、貴族も国民も待っております。あなたは、あなたに恥をかかせた発情聖女を処刑し、コッフェ王国の英雄として堂々と王冠を戴《いただ》くのです」

「私は……」

「皇弟は『苛烈の皇弟殿下』の異名を持つ男。二十代の若さで己の騎士団を指揮し、帝国内外の敵対勢力を消し去り続けてきた実力者です。国王陛下のように彼を侮《あなど》っているようでは、かの滅亡したアルジェンティア公国のように、コッフェ王国も最悪滅亡、よくても帝国併合の憂き目に遭うでしょう」

「……」

「王国の危機を救えるのはあなた様だけです、メダイコナー王太子殿下」

最初は抵抗していたメダイコナーの顔が、少しずつ変わっていく。大神官という王家に勝るとも劣らない権力者の懇願と甘い言葉に、メダイコナーは目を輝かせ始めた。

「そうか……私が動かねばならぬと、私を信頼すると、言ってくれるのだな、大神官よ」

メダイコナーは単純かつ、すぐ図に乗る王太子だった。

幼い頃から美貌以外の取り柄がなく、王太子という立場も相まって無意識に、周りの言いなりとなって流されて生きてきた彼にとって、周囲の権力者が褒め称え行動を促すのであれば、当然それに流され、扇動《せんどう》されてしまうのだった。

そして隣にいる上昇欲求の強いケーウントもまた、甘い言葉に興奮する男だった。彼の頭の中ではすっかり、ケーウント心の大河小説が新展開を迎えている。

(行ける！　僕はこのまま、新国王陛下の腹心の側近として……ストレリツィ家の誰よりも、出世できる！)

興奮のあまりケーウントは、いけ好かない『赤毛』のことをすっかり忘れてしまった。

――まさか後日、最悪の状況下で、思い出すことになるとは知る由もなかった。

第2章
発情聖女モニカの使命

＊1

『滾《たぎ》れ私の聖女異能、昂れ生命力。我が魔力奔流《ほんりゅう》、天に溢れとどまること知らず！』

バルビス近郊の町、クシュリはすでに魔物に支配されていた。さっそく魔物討伐をすることになった私は、いつものように自分に聖女異能をかけ、騎士団のみんなに魔法でバフをかける。

『あまねく強き善き戦士たちを守り給《たま》え、聖女異能の加護よ、守りの盾よ』

『あっちの強く善き戦士たちも守って、聖女異能！』

「モニカ様、こっちもお願いします！」

『あっちも、こっちも、とにかく全力全開で守っちゃって、聖女異能よ！』

発情するのは聖女異能をかけた相手のみ。私が発情しても、聖女装に縫い付けられた魔霊石で顔色には出ない。うん、やっぱりこの万全の態勢は仕事がしやすいわ！

魔物は地面からドスドスと突き出して攻撃してくる岩霊《ゴーレム》。ただの岩を魔物が乗っ取ることで魔物化した存在だ。岩自体をどれだけ焼いても攻撃しても、核部分の魔物を潰さなければ砂になろうが何度でも復活してくる、厄介な敵。

「魔術班が呪文を唱える間、土の中に逃げないように攻撃し続けろ！」

ダリアスの指示に従い、雄叫びを上げて騎士たちが突撃する。

そんな彼らの足を取ろうと、地中からズジュッ！　ズジュッ！　ズジュッ！　と岩が生えてくる。地下水が染み出しているのか、水音に混じって泥混じりの飛沫が飛ぶ。

「気をつけろ！　土に飲み込まれるぞ！」

岩に足を取られて体勢を崩す騎士たちに、別方向から生えてきた岩が砕けて降り注ぐ。私は飛来する岩を防御壁で弾き飛ばし、騎士の皆さんに飛翔魔法をかけた。

『地を愛する者よ。我が祈りの解けるまで、重力を忘れ、空を自由に飛ぶ猛禽《エラーリス》となれ！』

飛べば、岩なんて怖くない！

「さあ、お前たち、コッフェの魔物に我が帝国の力を見せてやれ！」

リチャードはひらひらと岩の上を跳躍《ちょうやく》し、降り注ぐ岩を薙ぎ払いながら鼓舞する。

「ここを制圧できれば、岩霊《ゴーレム》を構築する多くの魔霊石が手に入る！　魔術班を守るんだ！」

「了解！」

騎士団の皆さんの声が揃う。士気が高い。

岩自体への攻撃は全く意味がない。ということで魔術班の皆さんが安全な一ヶ所に集まり、声を揃えて術を構成している。核の場所を探知する人、岩の動きを束縛する魔法を構築する人、岩霊《ゴーレム》が逃げないように空間を囲う人。

一心不乱に魔力を練り上げる彼らに、私は防御魔法をかけ続けた。

「聖女様！　後ろ！」

「えっ」

振り返ると、岩が飛んでくる。危ない、と反射的に腕で庇おうとしたところで、ふわっと足が浮く。私を片手で抱き上げ、リチャードが庇って岩を薙ぎ払ってくれていた。

「自分のこともちゃんと守らなきゃ、モニカさん」

「あ、ありがとう」

まるでちょっとした荷物のように私を片手で横抱きにして、剣を扱うリチャード。少しでも重くないようにと首に腕を回すと、汗ばんだ肌の匂いがふわっと漂った。頭がぐらっとする。

「う……」

リチャードの色香に涎《よだれ》が出そうになったところで、逃げるように反射的に、私は岩霊《ゴーレム》を見る。

地面から太く真っ直ぐな棒が、卑猥《ひわい》な水音を立てながら、ぬっこぬっこと、たくさん突き出しては沈んでいる。ぬちゃあ……ずぶ……ぬちゃ……。

私はあまりの光景に顔を覆った。

「うう……地面からご立派がめっちゃ生えてる……」

「静音魔法《サイレンス》入れておいてよかったね。周りにはモニカさんのひとりごとは聞こえてないよ」

「う、うん……」

リチャードの低くて柔らかい声が、むしょうにお腹に響く。ゾクゾクと反応する体に、私は違和感を覚えた。おかしい。これって発情してるわよね……？

こんなにすぐ、ダメになる体じゃなかったのに。

「モニカさん、大丈夫？　具合悪いの？」

「あ、ッ……え、ええ……ごめんなさい、平気よ」

その時、魔術班に入って詠唱していたダリアスが声を張り上げた。

「魔物の主核座標を特定、範囲指定・拘束魔法の構築完了！　総員退避を！」

岩霊《ゴーレム》が埋もれている場所の土が、予告のように輝き始める。私はリチャードの腕の中、私が飛翔魔法をかけた全員に対し、魔力を発動した。

『風神《リンドウ》よ、強き善き戦士らに、猛禽《エラーリス》の翼を！』

時間にして数秒。騎士の皆さん全員がフワッと浮かび上がる。次の瞬間、地面の土がわっと魔法の蔦《つた》となり、岩霊《ゴーレム》に絡まって締め上げる。

「モニカ様！」

「了解ッ！」

私はリチャードの腕の中、両手で空間に矢を射《い》かけるポーズを作る。身動きが取れない岩霊《ゴーレム》、その泥水に半分埋もれた岩の中、真っ赤に輝く点を見つけた。

私は魔力を籠めた光の矢を構築し、それを射った。

『浄化ッ！』

パシュンッ！

光が紅い一点を貫くと、大地が揺れる。そのまま、岩霊《ゴーレム》は瓦解した。

「うおおおお！」

騎士団の皆さんが歓声を上げる。私はぐったりとリチャードにもたれた。

「……ふう……」

魔力で生み出した蔦はあくまで魔力が作ったまやかしだ。岩霊《ゴーレム》と一緒に光になって消えていく。みんなにかけた飛翔魔法の効力が切れ、綿毛のようにみんなゆっくり地面に降りていった。

「お疲れ様、モニカさん」

リチャードは私を横抱きにしたまま微笑んだ。胸が、ドキッとする。

「あ、ありがとう。……重いでしょ？　降ろして」

「調子よくないんだから無理しないで。僕が運ぶよ」

剣をしまって両腕で抱え直し、にっこりと笑うリチャード。後光の差すような美貌だった。

「ひっ」

「モニカさん？」

「あ……」

変な声が出る。だめだ。またゾクゾクと、体が震える。

気を抜くと周りの目を気にせず、リチャードにしがみついてしまいそうだ。

「お、降ろして。なんだか変なの……私、いつもに比べると、まだあまり聖女異能使ってないはずなんだけど……」

「そうだよね。いつもならもっと豪快に木っ端微塵《こばみじん》にしそうなところを、矢で省エネにしてたし。……思い当たる節、ある？」

「う……ッ……ない、わ……」

気遣う囁き声にぞくりとする。鼓膜の奥をなぞり上げられる心地だ。このままだと「も、もっと囁いてぇ！　耳をッ！　変にしてぇッ！」なんて叫びそうになる。私はぎゅううっと太ももをつねって平静を装った。

「だ、大丈夫！　たたた多分、今、ちょっとおかしくなってるだけだから。お願い、降ろして」

「降ろさないよ」

私に甘いリチャードは、私のこういう願いは聞いてくれない。

「腰砕けてるでしょ？　駆け足で討伐拠点まで連れて行くから、しっかりしがみついててね」

「えっあっ、ちょ……ひ、ひいいいいいッ！」

軽やかに駆けていくリチャードと、しがみついた私。周りの騎士団の皆さんの視線が痛い。

「皇弟殿下とモニカ様が帰還したぞー！」

「ありがとうございます！」

「万歳！」

恥ずかしい。頭が沸騰《ふっとう》しちゃいそう。

さらに私たちが荷馬車とテントで作った討伐拠点に戻ると、コッフェの住民の皆さんが大歓声と拍手で迎えてくれた。紙吹雪まで飛んでいる。

「皇弟殿下！　モニカ様！　ありがとうございます！」

「騎士の皆さんもかっこいい！　すごい！」

「殿下ー！　こっち向いてください！」

「モニカ様ー！　発情聖女様ー！　目線くださいーッ！」

人々の熱気は凄まじい。故郷を魔物にめちゃくちゃにされ、それでも頼みの綱の聖騎士や神官が役に立たなかったのだから、助けてくれたリチャードたちはどれほど頼もしい英雄に見えているだろうか。

私は腕の中からリチャードを見上げた。私を抱えながらも笑顔で手を振って声援に応じる彼は、どう見ても大義のために身命を賭す立派な聖人君子だ。

「……大人気ね、リチャード」

「ありがたいね」

ウインクで返すリチャードに、私は発情でぼーっとした頭でぼんやりと頷いた。

＊2

バルビス伯爵領でも、リチャード率いる『焔隊《ヴィルカス》』は大歓迎された。

バルビス卿もご子息も大喜びだし、領民の皆さんも感涙しているし。

伝え聞こえてくる評判も、絶賛の嵐だった。

「帝国では皇弟殿下たるお方が、前線でこのように奮迅《ふんじん》してくださるのか」

「騎士団の士気が高く安心できる。紳士的だし、教会神官とは違って平民の話をしっかりと聞いてくれるし」

「顔もいいし強いし、最高だよな、リチャード皇弟殿下……」

こんな感じで、人々はリチャードにすっかり心酔している様子だった。

バルビス伯爵の居城に宿泊し、私たちは長旅の疲れを癒しつつ、次の討伐地の選定や領主との交渉を行っていた。居城の離れにある昼食用の食堂で丸いテーブルを囲んでいるのは、リチャードと私と、ジヌの三人。ダリアスとセララスはそれぞれリチャードと私の後ろに控えていた。

美味しい素朴な煮物料理を平らげるリチャード。相変わらずの上機嫌だ。

「仮設拠点A、仮設拠点Bの状況が噂として広まってるおかげで、次々と諸侯から救援要請が届いてるよ。いやあ、受け入れてもらえて嬉しいなあ」

「……相変わらずの人気ね、リチャード」

「モニカさんの働きのおかげさ♡」

甘い声音で笑顔を向けられると、ドキッとして食事がうまく喉を通らなくなる。

「……ど、どうも」

派手な宣伝で人の心を摑んで、流れを自分のものにするのは帝国時代からのリチャードの得意技だ。リチャードはコッフェに入ってからも積極的に魔物の討伐に参加し、私に派手な活躍をさせ、赤毛の皇弟殿下の姿と聖女モニカの凱旋《がいせん》を強烈に印象づけている。相変わらず人の心を摑むのがうまい。

私はどきどきを抑えるように冷たい水を飲む。ポーカーフェイスよ、私！

「けれどまさかまだ、コッフェから正式な騎士団派遣の許可をもらえていないなんてね……」

リチャードは頷いた。

「想像以上に膠着《こうちゃく》してるね、コッフェの政治は。ま、膠着しても勢いは止められないけど。僕たちの行動は、じきに王国中を巻き込んでいくはずだから」

「モニカ様、モニカ様。わたしも手を尽くしておりますよ」

そこに笑顔で口を挟んできたのはジヌだ。

「……あやしいお守《パワーストーン》りを配り回ったり？」

「ふふふ……それだけじゃありませんよ。吟遊詩人に各地で唄を歌わせているのも、あちこちの情報集めているのも、わたしの功績でございます。もちろん、『聖女の涙石』も配り回っておりますよ」

「それ配らないほうが評判上がるんじゃないかしら……って、う、唄ってなに⁉」

「恐れを知らぬ赤い彗星、苛烈の皇弟殿下、全てを癒し守る奇跡の異能、白き流星聖女モニカの伝説ですよ。紙芝居もありますよ」

「か、紙芝居……ッ⁉」

「比較的平和な都市部では、お二人をイメージしたアクセサリーやご当地グッズ、各地の作家に書かせたアンソロジーに、ファンブック」

「待って待って。話が広がりすぎて、理解が追いつかない。わからない単語もたくさんある」

手でストップをかける私に、ほほほと笑うジヌ。

リチャードは張りつけたような笑顔で平然と受け流していた。

「モニカさん、彼は僕が任せた仕事を大義名分に、しっかり隠れて暴利を貪ってるからね。もちろん監修は僕がしてるし、名前を使って儲けた分の売上はちゃんと徴収するから安心していてね」

「ほほほ、隠れてだなんて。商売はスピードが肝要だから、ちょっと連絡が後に回っただけですよ」

「ははは……」

笑みを浮かべながら剣呑《けんのん》な二人に、私は乾いた笑いを浮かべるしかない。

「というわけで……帝国ならば僕が根回しできるんだけど、こっちはジヌに任せているんだ」

「なるほどね」

戦果は上々。評判も鰻登《うなぎのぼ》り。その上私たちは帝国国内での魔物討伐よりずっと楽に勝ち戦を続けていた。人員も装備も足りているし、これくらいの修羅場はメイガ・シュで過ごした日々とは比較にすらならない。

誰一人欠けることなく勝利の美酒を味わう夜なんて昔は一度もなかったもの。

コッフェの国民たちは一年あまりのあいだ、無様な敗北ばかりの教会と聖騎士の有様に辟易《へきえき》していた。そこに現れたリチャードと彼率いる騎士団。鮮烈に戦果を上げるリチャードの輝きは、国民にとってどれほど美しく見えているだろう。

「あ、そうそう。評判といえば」

リチャードは美味しそうにご飯を平らげながら、付け加えるように言った。

「発情聖女って呼び方、正式にモニカさんの尊称として浸透させちゃうけど、いいよね？」

「そ、………尊称って言葉の意味ってなんだっけ⁉」

「尊敬の気持ちを込めて呼ぶ呼び方のことだよ、モニカさん♡」

「発情聖女が、尊称⁉　正気⁉」

「正気さ」

にっこり。リチャードは甘い笑顔を施政者の笑みへと変える。

「歴史上、『聖女モニカ』はすでに存在するし、パンチが弱いんだよね。歴史上たった一人しかいない『特別特級聖女』って肩書きはまあ、悪くない。でも一般人は『なんとなく強そう』としかわからないでしょ？」

「確かに。聖女異能の級数だって知らない人も多いし」

「ね。ならばモニカさんを実力・実績込みで広く知らしめるには『発情聖女』が一番なのさ」

「……うう……理屈ではわかるけどぉ」

私は頭を抱える。リチャードは目を眇め、話を続ける。

『発情聖女』を蔑称として流布《るふ》させたコッフェ王太子、王宮の地位は揺らいでいる。ならば逆手にとって、救国の聖女の尊称として利用する好機だ。僕の『苛烈の皇弟』だってそうさ。最初は悪口として誹《そし》られていたものだからね。実際、現時点でも尊称として『発情聖女』って呼ばれる時もあるでしょう？」

「……ま、まあ……」

「なら決定だ。案外すんなり受け入れられるものだよ。子宝と発情期の家畜の守護聖女として、一般家庭にもご利益ありそうだし」

「そうだけど……いや……うん、ははは……」

リチャードのウィンクに、私は笑うしかなかった。もうすでに私の手を離れ、走り出してしまっている『発情聖女』の暴走を、私は止められない。

「それに、僕が教えてもらうまで時間がかかったモニカさんの名前を、みんなが気安く口にしているのは、苛々するし」

「え」

ざらついた声の質感に、私は思わず顔を見た。

リチャードはいつものように、にっこり笑顔を向けてきた。

「まあ、そういうこと」

リチャードがにこ、と微笑んで小首を傾げる。ぼっと、顔に火がついた。

「な、なんでもないわ」

「モニカさん？」

最近、本当におかしい。リチャードを前にすると、発情した時みたいに、変になる。

＊3

おかしい時は早めにケアするに限る。というわけで。

「今日の香油はモニカ様リクエストのドクダミです。部屋の中全てが新緑の雑草畑の匂いになる最悪のチョイスですが、いかがですか？」

「癒される……ドクダミの匂いに埋もれていると、私は私を取り戻せるの」

「哀れだわ」

セララスの同情の眼差しを感じながら、私は背中のマッサージをされていた。

「モニカ様はわかりやすく聖女らしい体をしていらっしゃいますね。異能発動に使う腕と、呪文を構築する頭の凝《こ》りが激しくて、他者を癒すために前屈みになりやすいので、猫背になりやすく、肩が内巻きに」

「あっ、あっ、あああ――ッ」

「その代わり下半身の血流はとてもいいです、よく歩き回っていらっしゃるからでしょう。筋肉もよくついていらっしゃいますし、ふふ……揉みがいがありますわ」

「あう、あう、あう」

痛みに叫んだ場所が、どんどんぽかぽかとあたたかくなっていくのを感じる。白くて華奢《きゃしゃ》な腕なのに、セララスのどこにこんな腕力があるのか。すごい。

「……ねえ、セララス」

「はい」

「最近……私、なんだか壊れてる感じがするの」

「昔から壊れてませんか」

否定できない。冷や汗を流しながら黙っていると、セララスが続きを促す。

「で、どうしたんですか」

「……最近、その……発情の反応が強く出すぎるような気がして」

「ふむ」

彼女は真面目な顔で私を見下ろす。

「ずっと聖女として戦ってきたから、どれくらい異能を使ったら頭がおかしくなるのか、体が熱くなるのか把握してるの。でも最近はうまく読めないの。すぐにカーッとなっちゃったり、逆に、別の日は意外ともったり」

「魔導医師に相談は？」

「したわ。けれど体は健康そのもの、魔導回路も健全そのもの。聖女は専門外だから、わからないって」

「聖女の体調管理に関する専門家は、コッフェにはいないのですか？」

「聖女って使い捨てだからね……専門家、いないんだよなあ」

「ふむ、なるほど」

セラスが手を止め、ドクダミ油を洗い流しながら思考する。

「……では、今こうして私に触れられていても発情なさってましたか？」

「ううん、ただ気持ちいいばっかりだわ」

「……誰彼構わず浅ましく発情するってわけではないのですね」

「ええ、まあ……」

「特にどなたかに反応するってことはありますか？」

「ピエッ」

「ぴえ？」

「…………あの……まあ……誰彼構わずではないし……まあ」

私の態度で、セララスは推理モードになる。顎に手を置いて、ふむ、と唸る。

「……私以外で、一番近くにいる者はダリアスですか」

「ダリアスはそんな目で見れないわ」

「じゃあ最近接触されてるジヌ・ユージニーなる男？」

「まさか、そんな」

「騎士団で比較的モニカ様とよく接しているロドリゲス？　ギダイユ？　トマキャッス……」

「ああいや、その、ええと」

慌てる私に、セララスが猫の目を細めて問いかけた。

「それとも。リチャード・イル・ベルクトリアス……殿下ですか？」

「……」

「モニカ様、嘘つくのド下手くそですね」

「う、うう……」

「では問題ないじゃありませんか。殿下に発情しても問題ありませんよ。よかったですね」

「よ、よかったの!?」

セララスが目を見開く。

「……モニカ様はご存知ないと思いますが、殿下があれだけ心を開いていらっしゃる方は、他にいらっしゃいませんよ」

「そういうものかしら」

「ええ。少なくとも女性に対しては、きっとモニカ様が驚くほど冷淡です」

「セララスには優しいでしょ？」

「私は殿下とは……傾向が同じなので」

「同じ？」

「ふふ。性癖の凹凸の嚙み合わせ、というものです」

＊4

次の領地、ポッズエルン侯爵領へは移動石板でささっと移動できた。

「ようこそいらっしゃいました！　皇弟殿下！　発情聖女様！」

皇弟殿下という尊称に並べて発情聖女。悲惨がすぎる。

「でもなんか……慣れてきたわ……」

「ふふ、よかったよ」

大歓迎の嵐に向けて、私は諦めた笑顔で手を振る。領主はみんな、まるで帝国の配下であるかのように私たちを歓迎する。その態度と、笑顔で受け入れるリチャードの関係に、言いようもない違和感を覚える。

「ねえリチャード」

「ん？」

「……一応確認するけれど、これは人道支援よね？」

「当然さ。なにか気になる？」

「そういうわけじゃないんだけど、こう、言葉にし難い違和感が……」

「心配する必要はないよ、モニカさん」

笑顔の圧でもやもやが押し流されたところで、領主様が私に話しかけてきた。

「そうそう。聖女たちがモニカ様とお会いしたいと集まっていますよ」

「わ、私に会うために……!?」

私は嬉しくて、ぱっと悩みが吹き飛んだ。

諸連絡の打ち合わせを終え、荷解きを手早く済ませる。その後、領主夫人に案内されたサロンには聖女たちが集まっていた。

彼女たちは私を見て、目を輝かせて立ち上がった。

「特別特級聖女、『発情聖女』モニカ・レグルス様……！」

立ち上がり、彼女たちは辞儀をする。

ああ、ここでもこの呼び名が尊称になってしまっている……。

「第一級聖女、ニア・ヴィエゴと申します」

そう言うのは、私と同い年くらいの、金髪ベリーショートの聖女。特別特級の私を除いて最強の聖女だ。

「第三級聖女、トリシャ・ピスケスです。お会いできて光栄です！」

頬を紅潮させるのは、長い栗色の髪をおさげに編んだ、十四歳くらいの女の子。

「同じく第三級聖女、オーリン・ムウです。モニカ様のご帰還、お待ちしておりました」

一番丁寧に頭を下げたのは、伏し目がちでおっとりした年上の聖女だ。

「様だなんて、私たち同じ聖女なんだし普通に話してください」

「リチャード皇弟殿下の右腕、特別特級聖女のモニカ様に恐れ多いことです」

「右腕……という感じ……なんでしょうかね……？」

私は否定も肯定もできず、苦笑いでごまかした。

聖女仲間に大歓迎されたのは、コッフェに帰国して嬉しかったことの一つだ。発情聖女として罵倒され、聖女の立場を悪くした私に彼女たちは皆、優しかった。彼女たちは私に会うために次々と全国から集まってくれ、各地の現状報告をしたのちはそのまま騎士団の一行に加わってくれた。

私は彼女たちと挨拶を交わし、お互いに現状について報告し合う。

「メイガ・シュの森は広がる一方です。現在では高い壁を築き、木霊魔物《トレンティス》の侵攻を阻んでいると伝え聞きますが……」

「山岳地帯のギースメイドでは、地元の林業組合と聖女が連携して領地を守っているようです。領主は王都屋敷《タウンハウス》に籠ったきり、帰ってこないそうです」

「……どこも大変なのね」

明るく振る舞っているものの、彼女たちはみんな傷つき、苦労し、命からがら最後の助けを求めてここに来てくれている。最初は明るかった会話も、だんだん重たく苦しくなっていく。『発情聖女』としての責任が、私の心に重くのしかかった。

「私のせいで、聖女の立場が悪くなったのに……コッフェを守ってくれて、ありがとう」

「そんな……！」

「モニカ様はなにも悪くありません！」

彼女たちは口々に、私を庇ってくれた。

「聖女技能研修校時代から、モニカ様は私の憧《あこが》れでした。『発情聖女』様は聖女の希望です」

庇ってくれるのは嬉しい。期待に応えなければ、と気を引き締める。

「ありがとう。これから、国を離れていたあいだの責任を取って頑張るわね」

部屋に帰ってから、私はベッドに身を投げ出した。

天井を見上げながら、誰もいない部屋で呟く。

「私が婚約破棄されていなければ……彼女たちに苦労させることはなかったのに」

自分を歓迎してくれるコッフェの民たちだって、いずれ平和になれば気づくだろう。そもそも私が国を追い出されるような『発情聖女』でなければ、平和なコッフェが続いていたのだと。そもそも！　発情聖女が！　尊称として呼ばれているのがおかしい！　みんな冷静になって！

「……うー」

思考が真っ黒に飲み込まれそうになる前に、私はベッドから跳ね起き、軽く頬を叩いた。

「だめ、過去を振り返っちゃダメよ、モニカ！」

そうだ。今は振り返ってのんきにしている場合じゃない。

「発情聖女なんだから。みんなが、……発情聖女を求めているのだから！」

ムン、と力こぶを作ったところで、部屋のドアがノックされる。セラランスだ。

「モニカ様、ジヌ様がお越しです。追い返そうとしたのですが、しつこくて。恐れ入りますが実力行使の許可を」

「待って待って。一応用件を聞いてみましょう」

私は慌ててベッドから降りると、隣の応接用の部屋に向かう。

しばらくして、ジヌが猫のサーヤちゃんを抱っこしてやってきた。

「にゃあん」

「サーヤちゃん」

私が腕を広げると、サーヤちゃんは真っ白な毛玉のようにぽんぽんと跳ね、私の腕の中に飛び込んできた。そして猫らしく「撫でさせてあげてもいいのよ」といった様子で、私の腕に擦りついてくる。かわいい。

「ふふ、サーヤもモニカ様が恋しかったようだ」

セララスが私とジヌにお茶を淹れてくれる。

向かい合わせのソファに座って、私は話を切り出す。

「それで、用事って？　ここまでわざわざ来てくれるなんて、大切なお話があるんじゃないの？」

「いつも結構な頻度で通っているのですけどね、入れないだけですよ」

「そ、そう……」

そこまでキツく追い返さなくてもいいだろうになあ、と、リチャードの過保護に苦笑いしてしまう。商人なのだから私がお仕事の話をしてもおかしくないのに。しかしガッツがある人だ。

「今日はどうしてもモニカ様ご本人のご意見をうかがいたいことがありましてね。わたしはこの騎士団『焔隊《ヴィルカス》』の傘下に降《くだ》った聖女たちの物資を準備しているのですが、モニカ様からのご意見も取り入れたくて」

「そういうことね」

至極真っ当な話だ。追い返さなくてよかった、と思いながら、私はセララスを連れ、彼の案内で聖女用の仮住まいへと向かう。

ポッズエルン侯爵家の客室階に設《しつら》えられた部屋は、清潔なベッドと日用品が整った過ごしやすい部屋だった。

「女性に必要なものは一通り揃えております。その他、聖女様ならではの生活必需品などありましたら」

見たところ、特に過不足はなさそうだ。コッフェが聖女の立場を貶《おとし》めてから、彼女たちは苦労してきた。真新しい清潔な住環境で心機一転して欲しいと思う。

「ありがとうジヌ。きっとみんな喜ぶわ。私も折を見てみんなの要望を聞いておくわ」

「よろしくお願いいたします」

にこ。目を細めたジヌは思い出したように、「そうそう」と言いながら袖を探る。

「最後に……こちらモニカ様にプレゼントです」

「プレゼント？」

手渡されたのはガラスのボトルに入った液体だった。透き通ったとろみのある液体の中に、みずみずしいハーブの花が漬け込まれている。

「マッサージオイルです。最近海外で人気の品をちょうど手に入れることができましたので、モニカ様に。蓋を開けてみてください」

セラランスがさっと受け取って、匂いを嗅いで少し手の甲に落とし、舐める。

「問題ありません。ただの香油です」

「あ、ありがとう」

疑われてもジヌは嫌な顔一つしない。

「聞くところによると、モニカ様はそちらの銀髪のメイドのマッサージを受けているとか。それならばマッサージオイルはお好きかな、と思ってご用意いたしました」

「どこから仕入れたのその話」

「ふふ、秘密です」

胡散くさいなあ、と思いつつ、香油はありがたい。私はセララスから受け取ると、そっと匂いを嗅いでみた。宝石を模《も》した蓋を外すと、オレンジとベルガモットの爽やかな匂いが鼻腔をくすぐった。普段使っているのは甘いフローラル系だから、新鮮でよかった。

「ありがとう。大切に使うわ」

「ええ。是非」

ジヌはスッと私に顔を寄せる。内緒話の距離で、耳元を掠めるように囁いた。

「傍にいなくとも……モニカ様がわたしの香りをその身に纏ってくださると思うと、光栄です」

「っ……！」

「では、失礼」

ジヌは恭しく私の手の甲にキスをすると、先ほどまでの湿度を感じさせない軽やかな足取りで、あっという間に立ち去ってしまった。腕の中に抱いたままだったサーヤちゃんもぴょんと飛び降り、音を立てずにキャットウォークでジヌの後ろをついていった。

「……変な人」

部屋に残された私がぽつりと呟く。

「狙われているのですよ、モニカ様」

「狙う？　私を？　聖女だから？」

「……」

セララスがじとっとした眼差しで私を仰ぎ見る。

「性欲に敏感な発情聖女のわりに、露骨な求愛行動には鈍感なのですね」

「求愛行動!? だ、だってジヌとは出会ったばかりだし、私は発情聖女よ？ 求愛って」

「ではうかがいますが……彼の粘っこい劣情が籠った香油ですが、体にたっぷりすり込んで使えますか？」

「ええー……で、でも香油に罪はないし……もったいないし……」

「それをすり込んだ体で、殿下に会えます？」

急所を突かれたような一撃に、私はドキッと身をこわばらせる。

「そ、それは」

「殿下に後ろめたい気持ちになるなら、使わないのが無難です。そちらはこちらで処分いたしますがよろしいですね」

「よろしく……」

セララスに言われて初めて、私はとんでもないものをプレゼントされたことに気づいた。素肌に塗り込んで、匂い立たせるものをプレゼントするって……と、とてもいやらしい。

（そうよ。そんなもの使ってリチャードに会うなんて……風紀が乱れているわ、風紀が）

ジヌの匂いを纏った状態でリチャードに会うなんて耐えられない。

どうしてそんなふうに思ってしまうのかは、まだよくわからないけど。

＊5

　私たちは、比較的無事だった城下町近隣の土地に仮設拠点Cを、そしてポッズエルン侯爵の居城内に子供や傷病者を保護する仮設拠点Dを作った。リチャード率いる『焔隊《ヴィルカス》』は城内を拠点とし、侯爵領内の魔物討伐に、避難民保護にと、ますます大忙しになった。

　並行してリチャードはコッフェ王宮への働きかけを続けつつ、私たちの活動に賛同してくれる近隣領主たちとの会議を重ねていた。

「リチャード皇弟殿下、お会いできて嬉しゅうございます……」

「皇弟殿下、これから我々ノーマン子爵家は殿下のご命令に従います……」

　訪れる領主様たちはみんな私たちを大歓迎してくれ、とても親切に接してくれた。彼らの態度を見ていると、もはやリチャードに臣従しているようだ。

　会議には私もたびたび顔を出した。リチャードいわく、「王太子妃教育を受けた経験があって、なおかつコッフェ出身の聖女のモニカさんは是非参加して欲しい」とのことだった。

　けれど会議では、私は身の置き所がなかった。

　彼らは一通りの挨拶を済ませた後は、私を空気のように無視して話を進めた。

「復興拠点を作るのならば、ポーションを配るだけでなく聖女を置くべきだ」

「いや、聖女がいると、みんなポーションより聖女異能に頼りたいと言い出す。聖女は現場の混乱の元だ。聖女はあくまで魔物討伐の現場など要点となる場所に配置するべきだ」

「聖女一人いるのなら、現場と拠点両方の仕事を賄《まかな》うことくらいできるでしょう」

「あの……発言よろしいでしょうか」

私が声を出すと、周りが睨むようにこちらを見る。居心地の悪さを感じながらも、私は発言した。

「現在拠点に集まった聖女は十二名。復興拠点に割《さ》ける人数には足りません。彼女たちの能力は五級から二級までばらばらです。聖女異能のキャパシティの差は歴然です。効率的に彼女たちの能力を引き出すためにも、チームを組み、討伐体制の安定を図ることが必要です」

「……」

偉い人たちが一瞬沈黙する。面倒な聖女が口出しをして、という独特の嫌な空気だ。

ベルクトリアス帝国では、物珍しい聖女という立場と、リチャードの口添えのおかげで、偉いおじさんたちも渋々ながら一応私の意見に耳を傾けてくれていた。

けれど故郷では「聖女」が当たり前の存在であるぶん、また別の風当たりの強さ、やりにくさを感じた。

でも。ここで聖女側の意見を言えるのは私しかいない。私は背筋を伸ばして話を続ける。

「前線では帝国の騎士団『焔隊《ヴィルカス》』の方々だけでなく、コッフェの皆様の大切な兵力も供出して頂いてます。コッフェ王国のために敢えて皇弟殿下にご賛同くださった皆様の安全のため、そして士気を維持するためにも、聖女異能による適切な加護と安定した治療体制は大切です。そのためには」

「……はあ」

ため息混じりの声で、領主の一人が私を睨む。

「聖女は領民の苦しみに寄り添う必要がないと言いたいのか？」

そういうことじゃないんだけどなあ。と思いながら、聖女は使いたい放題だと思い込んでいる人々に、どう切り返そうか。

考えていると、隣でリチャードがテーブルに肘をついた音がした。

いつもの笑顔で、リチャードは領主に切り返す。

「我がベルクトリアス帝国では、魔物討伐において現在、彼女の現場指揮の手法を採用している。騎士団長の僕が離れた現状でも、魔物は討伐され、復興も進んでいる。聖女がいない国なのに、だ」

聖女のいない国、という言葉を強調しながら、リチャードは続ける。

「彼女の知見をコッフェで活かせるのなら成果は十分に期待できると思うが」

リチャードは微笑む。

「まあ言葉よりも実績で示していこう。モニカさんはそれができる人だから」

リチャードは押し通して会議は終了した。


その後。

私は談話室で、一緒に会議に参加していた魔導研究所の所長のマルティネス教授と午後のおやつ休憩をとっていた。

マルティネス教授が眼鏡を拭きながら言った。

「いやあ、話には聞いていましたが、『聖女』の扱いには驚くばかりですぞ。研究の上でも実に興味深い能力だというのに」

年齢は五十歳、細身でいかにも学者肌、インドアといった感じのマルティネス教授だが、意外とフットワークが軽く、今回の人道支援にも「やったぞ！　聖女研究が進む！」と喜び勇んで同行してくれていた。

ティーセットの並べられたテーブルの向かい側、ロングソファに座る私は肩をすくめた。

「コッフェの人、特に貴族にとっては聖女の労働は『当たり前』なんです。当たり前のことをして、当たり前の功績をあげても、昇給も地位向上もないんです」

「大教会の立場を脅かさぬ程度に、生かさず殺さず、というわけですな。しかし聖女が自然発生する国で魔物の全浄化が達成されていないというのは、やはり研究が……不備が……」

「まあ、その辺気になりますよねぇ」

マイボトルの水を飲みながらブツブツ言う教授を前にカップを傾けていると。

「モニカさん！　お疲れ！」

突然後ろから声をかけられ、私は「ひゃうっ」と飛び上がる。

「び、びっくりした」

「待たせたねモニカさん、マルティネス教授。反対派を詰めるのに時間かかっちゃって」

リチャードは軽やかに私の隣に座ると、ゆったりと脚を組み、控えていた執事さんに紅茶を淹れさせる。優雅にティーカップを傾けながら、リチャードは言った。

「コッフェの各都市の再興にあたっては、聖女の地位向上に賛同する人を長に指名したよ」

「反発はなかったの？」

「賢い領主は僕の意向に沿ったほうが都合がいいとわかっている。内心では受け入れ難いと思っていても、仕組みさえ押しつけてしまえば、あとは僕の意のままに順応するしかない。順応してしまえば、僕に従ってよかったと気づくだろうし」

「……」

「ん？　どうしたの、モニカさん」

顔をじっと見つめる私に、リチャードが目を瞬かせる。

「……政治の話をしていると、改めてリチャードが『為政者側』って思い出すなあ、って」

「モニカさんも慣れてね。あなたも人の上に立つ人間になっていくのだから」

「そうは言っても、平民聖女だし、発情聖女よ？」

「発情聖女だからこそ上に立つんでしょ」

「そ、それにもうすぐ十九歳だし、聖女異能もいつまでもつか」

私は言いながら、サイドの髪をつまむ。この銀髪も、聖女になってから徐々に染まってきて、今では毛先二十センチほどが桃色に染まってしまっている。リチャードは髪をつまむ私の手ごと引き寄せると、その髪にちゅっとリップ音をたてて口付ける。

「ひゃっ……リチャード⁉」

「異能を失ったって、モニカさんの経験と実績は変わらない。経歴を足場に、立場を変えていけばいいだけの話さ」

「立場を……変えていく……？」

「そう」

リチャードの綺麗な双眸が、私をじっととらえて離さない。真面目な話をしている途中なのに、脈拍が乱れ、体温が急速に上がってきたような気がする。

あれ、私、また壊れてるの……？

私はハッと、テーブルを挟んだ向かい側のマルティネス教授を思い出した。教授は眼鏡を輝かせ、私たちの様子を見ながらメモを取っている。

「今、聖女殿の意識が乱れているご様子だッ！　普段は性欲迷彩《ステルス》で隠された聖女殿の生態、今こそ解明しなければ……ッ！」

「か、観察対象にされてるー！」

あれ、私そういえば今日も聖女装を着ているのに、なんで性欲迷彩《ステルス》されてないの？　魔霊石あんまり効いてない？

「まあ……マルティネス教授がこんな人だから、安心して連れて来たんだけど」

リチャードは苦笑いして、私の手を解放した。妙な空気がうやむやになったところで、リチャードは私に、ウィンクをして笑いかけた。

「モニカさんはとにかく、聖女のみんなの希望になって。……うるさい雑草は僕が全部、焼き払ってあげるから」

「はは……物理的に焼き払いそうで、ちょっと怖いわね」

「ふふ」

笑みで私の言葉を受け流すと、「そうだ」と付け加えてまた少し真面目な顔になる。

「ところでモニカさん。最近子供たちと遊びすぎだよ」

「……ぎくり」

「もう。護衛をつけてるとはいえ、不用心だよ」

リチャードは呆れた様子だった。実はこっそり避難民の子供たちの世話を手伝っていて、城の敷地内で護衛つきという条件で、ぎりぎり黙認してもらっていたのだ。

「モニカさんは城に閉じ込めるのも似合わないし、気晴らしになるならと思って好きにしてもらってるけど……気をつけてね？　子供といえど、彼らも危険だ」

「ちょっと。リチャード、子供たちまで疑うなんて……」

「モニカさん」

リチャードは声を低くした。

「あなたはもう、ただの聖女でも、いち村娘でもないんだ。僕の右腕であり、帝国からやってきた聖女で、コッフェにとって救国の聖女なんだ。女性と子供を使うのは襲撃の常套手段」

「そんな」

「自覚して」

「……わかったわ」

心配してくれている気持ちはわかるし、私が迂闊《うかつ》なのもわかる。けれど頷きながらも、私は子供たちの様子を思って胸がズキンと痛んだ。彼らには一人でも多くの、大人のケアが必要だ。そんな立場にさせてしまったのは自分の責任だ。

発情聖女と罵られ、ほぼ追放だったとしても、国を出ると決めたのは私だから。

元々守らなければならなかったものを、取りこぼしたのは私の責任だ。

大局を見なければならないリチャードからしたら、確かに甘いのだろうけど……。聖女たちの未来を背負った責任。聖女としての責任。どうしてもまだ平民聖女の意識が抜けない。一口に自覚と言ってもなかなか難しい。

――そんな日々を送っている中、遂に決定的な事件が起きた。

＊6

「モニカ様、どうしても仮設拠点Dの子供たちを世話する手が足りないんです。午前中だけでもお力をお借りできませんか？」

朝食後。

マルティネス教授と畑仕事をしていた私の下に、メイドが息を切らせて駆け込んできた。

「世話をしていた者の一人が産気づいて、お産の準備に追われています。他の人に任せてもいいのですが、子供たちが慣れた人が一番なので……」

「わかったわ」

畑仕事で汚れた手を清めて立ち上がる。隣でマルティネス教授が渋い顔をした。

「聖女殿。殿下に咎《とが》められたばかりではありませんか」

「大丈夫。ここと一緒で城壁の区画内だし、騎士の人たちもいるし。リチャードには内緒ね」

「内緒……うーむ……難しい相談ですなあ」

「ですよねー」

「……報告はしますが、お産ならば仕方ないでしょう。理由も含めて伝えておきましょう」

「マルティネス教授……！　ありがとう！」

近くで控えていたセララスが無言でやってくる。私はセララスを引き連れて、メイドに導かれるまま、子供たちの世話へと向かった。

「ええと、仮説拠点Dは、と……」

城内はいくつかの壁で隔てられていて、仮設拠点Dはその区画の一つにあった。普段は騎士団の演習に使われているという広場には、数十人もの子供たちとその保護者、そして二名程度の騎士の姿があった。広場の向こうには古い二階建ての木造宿舎がある。今はそこが、仮設拠点Dとして利用されていた。

「……これは確かに、大人の数が足りないわね」

腰に手をあて、私は庭のあちこちで遊び回る子供たちを眺めた。生まれたてから十歳くらいまでの子供たちがまとめて詰め込まれたこの場所に、大人の姿はほとんどない。年齢もなにもかも違う子供たちがたくさんいる場所では、子供同士の揉め事やトラブルも起こりやすい。しかもこの子たちは、魔物被害から逃げてきたのだ。心身のケアのためにも、大人の目は必要だ。

「あっ！　モニカ様だー！」

「モニカお姉ちゃん、ルカ君がまた喧嘩してるの」

「モニカ姉ちゃん、また泥団子作ってー！」

ちびっ子たちは私に気づくなり、一斉に駆け寄ってきた。

それからは忙しかった。取っ組み合いで物を壊す男の子たちを宥め、魔物の襲撃を思い出して震える小さな子たちを抱き締めて『安寧の魔女《シャトリーヤ》』の安寧魔法をかける。乳幼児の世話をする大人を手伝い、汚物をまとめて魔力で浄化した。

『湿潤の女神《モコシュカ》・湿潤の女神《モコシュカ》、洗って、穢れを、金星の川へ』

宙に浮かんだ洗濯物が、真っ白な泡に包まれてぐるぐると攪拌《かくはん》される。汚れが落ちた衣服やシーツは、それぞれ、そのまま皺一つない形で籠《かご》の中に収まっていく。家事を司る女神の加護を実用化まで落とし込んだ魔術だ。

帝国では掃除も洗濯も自動運転の魔法装置が実用化されているけれど、コッフェではまだ人間の仕事だ。

「ふう……帝国でお洗濯魔法習っててよかった……」

洗濯場から宿舎に向かう。宿舎の廊下で、セララスが手際よく掃除をしてくれていた。

「窓掃除、害虫駆除、日用品の整理、終わりました」

「ありがとう」

セララスは感情のない瞳で子供たちを一瞥し、ポツリと呟く。

「私。子供、苦手なんですよね」

私は足元に突撃してきた子供を引き剝《は》がしつつ頷いた。

「セララスが得意だったら逆に驚いてるところだったわ」

「泣いた子をあやす側ではなく、涙を堪えるいい年した大人を叩いて泣かせるほうが性に合います」

「でしょうね……」

子供たちもセララスの『圧』は感じるのだろう。私には悪戯《いたずら》し放題なのに、セララスには指一本手出ししない。やんちゃな男の子たちでさえ、セララスの一瞥に逃げていく。

「洗濯終わったのですね」

細い体で、セララスはシーツの山を抱え上げた。

「こちらのシーツ、運んでまいりますね」

「ありがとう、助かるわ。さて、次は……」

ふと気配を感じて、振り返る。いつの間にか真後ろに十四歳くらいの女の子が立っていた。子供たちを世話している側なのだろう、村娘らしい服装の上から汚れたエプロンを纏っている。服こそ清潔なものを着ているが、手足は棒のように痩せていて顔色が悪く、栗色の髪もバサバサだ。もしかしたら、栄養が足りていないだけで、もっと年上かもしれない。

「モニカ様、あの……」

彼女が、言いにくそうに口籠る。私は彼女に近づいた。

「どうしたの？」

落ち窪んだ大きな目が、私を射貫《いぬ》いて離さない。ふら、と私に身を預ける。

具合が悪いのだろうか。お腹が空いたの？　そう思っていた時。

ずぶ、り。

「……ッ！」

お腹が焼けるように熱い。続いて感じたのは強烈な痛みだった。細い腕のどこにそんな力があるのか、彼女はガチガチと歯を鳴らしながら刃を深く食い込ませていく。

「モニカ様のせいだモニカ様のせいだモニカ様のせいだモニカ様が捨てたからコッフェを捨てたから、綺麗な服を着て楽しそうにして、コッフェを捨てて、許さない、許さない許さない許さない」

真っ白な聖女装束が血に染まっていく。

お腹が熱い。痛みと衝撃にパニックになりそうなのを理性で抑え、私は息を止めてあたりを見た。異変に気づいた女性と子供が近づいてこようとする。子供にこんなところ見せてはだめだ。

私は刃を刺した少女の手を掴み、女性に向けて首を横に振った。逃げて、行って！

女性がはっとした後ひとつ頷き、子供たちを遠くに連れ出していった。

私は目の前の少女を見つめた。彼女は青ざめてガタガタと震えている。

「あ……」

私を貫いたものの、実際に血が溢れ、ことの重大さに気がついたようだ。

「……モ、モニカ様がいけないんだ、私たちを……置いて……」

脂汗《あぶらあせ》が出る。彼女に、私は微笑んだ。

「ごめんね、……思い詰めさせちゃって……」

自分でもどうして笑ったのかわからない。けれど、笑わなければ、大丈夫だって許さなければと思った。その時。

「モニカ様！」

凛とした声。次の瞬間、少女は全身を縄で拘束されていた——セラランスが必死の形相《ぎょうそう》で、彼女を拘束していた。

「傷つけないで、命、は……」

「モニカ様、喋《しゃべ》ってはなりません！」

駆け寄ってくるセラランス。

私は彼女に真っ赤に染まった腹を見せる。喉の奥で息を呑む音が聞こえた。

「セララス。引き抜きながら傷口を縫合するわ……引き抜いて。ゆっくり、お願いね」

「承知いたしました」

セララスが頷く。私は自分のお腹に聖女異能をかけた。

「ぐ、あ…………っ！」

血の流れを止め、そして内側と外側から、ナイフに断たれた内臓と血肉、神経を確かめ、ナイフの動きに合わせてゆっくりと、聖女異能を使って繋ぎ合わせていく。

「はーっ……は、あっ……あ……あぐ、ぐぅぅう……ッ！」

魔力で麻酔をかけている余裕はない。傷だけでも痛いのに、魔力で縫合されていく傷口もまた、焼けるように痛い。脂汗が流れる。貧血で意識が飛びそうになるのを痛みで繋ぎとめる。その連続作業だった。

「……は、あ…………」

全てが終わり、ナイフが引き抜かれる。

「お疲れ様でした。……申し訳ございません……」

聖女装を緩め、血に濡れたお腹をセララスが拭ってくれる。傷跡一つないお臍《へそ》が日差しに照らされているのを見た瞬間、体が冷たい、と思う。

次の瞬間。私は、ぐったりと気を失った。

＊7

次に目に飛び込んできたのは、ランプの光が揺れる天井だった。ポッズエルン侯爵居城の、私にあてがわれた部屋で、私はふかふかのベッドに横たわっている。時刻は夜だろうか。頭を動かすと、ベッドサイドに座るセラフスの姿が目に入った。

私の視線にすぐ気づき、セラフスがはっと猫のような双眸を見開く。

「少々お待ちください」

立ち上がり私に一礼すると、ぱたぱたと部屋から去っていく。遠ざかっていく足音と入れ替わるように、帝国から同行している魔導医師がやってくる。診察が終わったのち、医師と入れ替わって次に入ってきたのは。

「リチャード……」

彼の表情を見て、私は言葉に詰まる。飄々《ひょうひょう》としたいつもの軽やかさは失せ、彼は真顔で私を睨んでいた。つかつかと私のベッドまで近づくと、先ほどまでセラフスや魔導医師が座っていた椅子に腰を下ろした。

「……気をつけてって、言ったよね」

彼は私を真っ直ぐ見て言った。焔色《ファイアオパール》の双眸からは重たい感情が伝わってくる。私は事の重大さを改めて痛感した。

「ごめんなさい。……このことを知ってるのは？」

「一部の関係者だけだ。子供たちはあなたの血を見てない。ここに運ぶまでに、セララスが全部処理した」

「ッ……セララスは悪くないわ、私が」

「わかってるよ。彼女も別の刺客に襲われてた。返り討ちにして無事だったが、そっちも子供だ。……あなたを守れなくて、さすがの彼女も責任を感じてる。後でフォローして」

「もちろんよ……」

私の軽々しい行動で、彼女にまで迷惑をかけてしまった。ぎゅっとシーツを握る私に、リチャードがはっきりと告げる。

「今回のことは、さすがに、モニカさんが悪いからね」

「はい」

「子供相手でも本来のあなたなら、魔力防壁で防げたはずだ。刃物の探知も怠《おこた》っていた。ある程度自分で自分の身を守れる人だからこそ、最低限の護衛だけで動いてもらってたんだよ」

「リチャードの言う通りだわ。……迂闊だった」

一言一句噛み締めるように呟く彼に、私はただ項垂《うなだ》れるしかなかった。

リチャードはしばらく厳しい顔をしていたが、眉間に皺を寄せ、首を横に振る。そして呻くように付け足した。

「……ごめん、やっぱりなしで。あなたを責めるなんて誰にもできない。僕にだって」

そう言って、彼はため息をついて荒っぽく髪をかき上げた。目の端は赤くなっていて、目の下に隈《くま》がある。彼こそひどく疲れているようだった。大変な心配をかけてしまったのだと、改めて痛感する。私は心の底から謝った。

「本当にごめんなさい」

リチャードは唇を真一文字に引き結んでいる。たまらなく、やるせない顔をしていた。呆れ果てているようにも、自分自身に対して憤《いきどお》っているようにも見えた。私は言葉を続けた。

「それにはっきり、落ち度を叱ってくれてありがとう。あなたが叱ってくれないと、私を叱ってくれる人はいないから」

リチャードと親しい聖女に、はっきりと文句を言える人がいないのはわかっている。

「私が……仮設拠点の人たちに、自分を重ねすぎてるんだわ。帝国にいた時は、言葉も文化も少し違うから落ち着いて『聖女』をしていられたけれど……。コッフェだと、昔の自分が、そこにいるような気がして」

リチャードが私の頬をなで、知らぬ間に小さく震えていた手を、両手で優しく包み込んでくれた。

「忘れてたわけではなかったのだけど……モニカさんも当事者だったね」

「リチャード……」

「うん……あなたのその向こう見ずな優しさは、今回は嫌な事件に繋がってしまったけれど、だからと言って、僕はあなたに冷淡な聖女でいて欲しいわけじゃない。困ってる人を放っておけないのは、間違いなく僕の大好きなモニカさんだ」

リチャードは言い切ると、気持ちを切り替えるようにため息をついた。

「……少し、風にあたろうか。窓を開けるよ」

「お願い」

リチャードは窓を開け、私のベッドの脇に再び戻ってくる。薄いカーテンがふわっと揺れる。外はすっかり夜になっていた。輝く星、そして眠らない城の松明《たいまつ》の灯りが、煌々と窓の外で輝いていた。リチャードは、風に目を眇める。

「モニカさん……あなたは今難しい状況にいるよね。コッフェの連中は相変わらず、あなたや聖女という存在を侮ってる。聖女によって助けられても、意見を聞かず、使いっ走りにしても、過労になるほど働かせても、なんとも思わない」

リチャードは私の手を握って、ぽつぽつと言葉を紡ぐ。

「意識を変えるように働きかけてはいるけれど……彼らと接する中で、モニカさんがじくじくと自分の価値を下げているのもわかってた」

「そんなこと」

「あるよ。あなたの立場を考えるなら、安易に用事を頼むことなんてできない。味方の顔をして僕に臣従してきた連中も、意識の下では聖女を侮ってるコッフェの悪習を変えられないままだ」

リチャードの手に力が籠る。

「……そしてよりによって……暗殺に子供を使って『お前のせいで』と言わせた」

「でも」

私は反射的に言葉を重ねる。あの子が暗殺なんてしなきゃいけなくなったのも、不幸になったのも、みんな発情聖女《わたし》のせいで――。

「あの子の言葉は間違っていないわ」

「間違いだ。絶対」

「ッ……！」

リチャードはキッパリと言う。そして強い眼差しで、私に訴えた。

「いいかい、モニカさん。権力者は責任を取るために、その権威を持ってる。モニカさんを追い出したのも、追い出した後の失策も、全ては権力者の責任だ。それなのになぜ、あの子供は、己を守ってくれなかったコッフェ王国や領主に刃を向けない？」

「あ……」

「共感して慰めるあなたに、お前のせいだと刃を向ける？　違うでしょう？」

リチャードは怒っていた。私にではなく、コッフェの権力者たちに対し、リチャード・イル・ベルクトリアス皇弟殿下として。

「リチャード……」

「コッフェの王宮も議会も、未だ話し合いにも応じず、領主たちの訴えにも耳を貸さない。聖女を貶めたのは過《あやま》ちだとも認めない。……ねえ、モニカさん」

リチャードは私をじっと見つめた。激情をはらんだ焔色《ファイアオパール》の強い輝きに、私は吸い込まれる。

形のいい唇が、動く。

「今、覚悟を決めて」

「……覚悟……？」

「モニカさんは聖女で平民だからと、まるで悪いことのように言う。けれど、それはモニカさんにしかない強い武器なんだ。他でもない『発情聖女』が人々の未来を作るんだ。モニカさんは負けないで。……どんなに苦しくても、抑え込まれようとも、あなたの思う正義を信じて、ふてぶてしく笑うんだ。その覚悟を今、決めて。モニカさんの強い笑顔に国民も、聖女たちも救われる」

「リチャードが……『苛烈の皇弟陛下』として、帝国の希望であり続けたような働きを、私に求めてるの？」

「そうだよ」

リチャードははっきりと言い切った。

「特別特級聖女モニカ・レグルスは、コッフェに新たな歴史を刻む。刻まなければならないんだ。そのためならば、僕はなんだってやる」

「リチャード……」

「話が長くなったね。とにかくモニカさんは、自分を大事にして。そして、自信を持つことがあなたの役目だ。わかった？」

「ええ。……また私が迷いそうになった時は、どうか導いて」

「もちろんさ」

目を細め、リチャードは柔らかな表情に戻った。ランプで照らされ、整った彫りの深い目鼻立ちがより鮮明に感じられる。綺麗な人が微笑むとなんて魅力的なんだろう。当たり前のことを不意に実感して、私は、胸が甘く苦しくなる。

私の表情に気づいて、リチャードは首を傾げた。

「どうしたの？」

「……ええと……手、そろそろ離して欲しいな……」

固く握り締められていた手が気になってきた。手汗が出てきそうで恥ずかしい。真面目で真剣な話をしていたのに、急に変になる、自分の浅ましさや壊れた体が恥ずかしい。

「僕は繫いでいたいな。だめ？」

「え、あのっ……だめじゃ、ないんだけど」

「ああ、モニカさんが生きてる。……嬉しい」

リチャードは柔らかく微笑む。そして私の手を取り、自分の頰に引き寄せた。

手のひらを唇が掠めて、変な声が出そうになる。

夜、二人以外誰もいない部屋のベッドで。リチャードと発情聖女二人きり。

こ、これはだめでしょう、倫理的に……！

「私、その……あのッ、リチャードに言わなきゃいけないことがあるの」

「うん。聞くよ？」

「……さ、最近、ちょっと、聖女異能を使わない時でも……変になることが多くて」

パキン。

硬いものが割れるような音が近くで響く。

「あれ、なんの音？」

「悪くなっていた服の金具が壊れたかな。……で？　話を続けて？」

面白がるように片眉を上げるリチャード。そういえば今、私は性欲迷彩《ステルス》の服を着ていない。真っ白な簡素なネグリジェだ。ということは私の紅潮した顔も、変にこわばった体もばれているということで。恥ずかしいと思えば思うほど、リチャードの視線を、触れた手を意識してしまう。

「ほら、このあいだも、マルティネス教授の前で、性欲迷彩《ステルス》が効いてなかったでしょ？　だ、だから……リチャードのこと、変な目で見てても、気にしないでくれると助かるの。……嫌だったら言ってね。き、気持ち悪いって思ったら……すぐに離れてね」

言ってしまった。性欲迷彩《ステルス》から漏れるほど発情がおかしいと明かしてしまったら、余計心配をかけてしまう。

恐る恐るリチャードの顔を見ると、彼はものすごく優しく微笑んでいた。

あろうことか、指を絡められる。

「ひゃ」

「モニカさんなら大歓迎だよ。どんな目で見られても、どんなものを求められても。僕はあなたにだけなら、なんだって差し出すよ。僕の体だって」

「か、からだ」

あまりの爆弾発言に、私は唖然《あぜん》とする。

「だめよ。ふしだらだわ。不純異性交遊だわ。だって、私、あなたの恋人でも、婚約者でもないのに」

――恋人。

その言葉を口にした瞬間、ひやりと、冷たいものに触れた気がした。

（私は………リチャードに……皇弟殿下になにを言っているの……？）

忘れかけていた。リチャードと私のあいだには、決定的な身分の差があることを。リチャードがどんなに気さくで、呼び捨てで呼ばせてくれて、優しくても――彼はまごうかたなき皇弟殿下だ。

「モニカさん。僕は」

「わ、私、着替えるわね。汗かいちゃってるし。……夜も遅いし、また明日改めてお話ししましょう」

なにかを言いかけたリチャードを遮り、手を離し、私は笑顔で取り繕う。

「リチャードとはちゃんと、発情が壊れてない時に接したいの。……心配かけてごめんなさい」

「……うん。モニカさんがそう思うのなら、僕は尊重するよ」

リチャードは私の髪にキスをして、ベッドサイドから立ち上がった。

「セラランスを呼んでくるよ。また明日ね」

「ええ、また明日」

部屋を出る背中を見送っていると、リチャードは扉の前で立ち止まった。

「モニカさん」

背中を向けたまま、リチャードが私の名前を呼ぶ。

「……さっきは、人々の未来のために、なんて言ったけれど……」

どんな表情をしているのか見えない。彼は彼らしくない絞り出すような声音で、低く、言葉を続けた。

「そんなものどうだっていい。……本当は……あなたがいなければ、僕が」

「リチャード……？」

「ごめん、なんでもないよ。……じゃあね。おやすみ、モニカさん」

軽い調子で付け加えると、リチャードは最後まで振り返らず、部屋を後にした。

＊8

コッフェ王宮、王太子メダイコナーの私的な談話室にて。

豪奢な部屋の中、グラスが割れる音と、壁を蹴る音、ケーウントの罵声が響いた。

「くそッ……発情聖女の暗殺は失敗したか！」

「も、申し訳ございません……」

跪くのは報告に訪れた神官。頭を上げられず震える彼に、舌打ちするケーウント。その後ろでは椅子に座ったメダイコナーが、冷ややかに神官を見下ろしていた。

「行け。沙汰を待つがいいさ」

「はっ……」

逃げるように神官が去ると、メダイコナーは流れるような金髪をかき上げて嘆息した。

「で、お前たちはどう思う。あの忌々しい皇弟と発情聖女を」

彼の目の前、テーブルには複数の権力者が顔を並べていた。ケーウントの父、現内務大臣を務めるストレリツィ公爵もいた。

「発情聖女さえ始末できれば皇弟の戦力も削がれるはずでしたが……」

そう呟くのは大神官補佐。彼は、教会の管理する孤児院で孤児たちを洗脳し、発情聖女モニカ・レグルスの暗殺者に仕立て上げていた。

しかし暗殺は失敗し、全ての潜入者は捕らえられてしまった。大神官補佐の隣では、大神官ピッシゼオが深く頷く。

「捕らえられたのは全て、使い捨てのコマ。こちらに痛手はないが……皇弟らは想像以上に厄介だ。教会としては今後も、皇弟率いる騎士団『焔隊《ヴィルカス》』との交戦を支持する」

「ああ」

それに首肯《しゅこう》したのは外務大臣だ。

「国王陛下の判断を待っていては遅すぎる。正面から『焔隊《ヴィルカス》』の侵略を阻むほかないだろう」

国王は今も様子見のまま動かない。議会は今や、慎重路線の国王派と交戦路線の王太子派に真っ二つに分かれていた。ここに集まっているのは王太子派の中心メンバーだった。国防大臣が拳を握り、強く訴える。

「騎士団内部でも、皇弟の侵略に対する交戦の気運が上がっている。すでに我が国第三の都市アニアィムを持つワース公爵も陰で皇弟と繋がり始めたと聞く。このままでは危険だ」

それからしばらく、王太子派は額を付き合わせて意見を交わした。語れば語るほど白熱し、皇弟リチャードと発情聖女への交戦意欲が高まった。

「貴殿らの思い、しかと受け止めた」

メダイコナーは立ち上がり、テーブルを叩いた。

「我が父に代わって貴殿らに求める。私は皇弟との徹底した交戦を望んでいる。我がコッフェ王国を帝国侵略から守りたい者は、私に協力して欲しい」

「王太子殿下の御旗の下に、必ずや愛国者が集まります。次期国王陛下」

一同が深い辞儀を捧げ、メダイコナーの唇の端が吊り上がる。

「私の近衛兵も戦力に加えよう。目指すは発情聖女の異端裁判、そして処刑だ」

盛り上がる彼らの部屋の外、一人のメイドが控えていた。彼女は部屋から誰か出てくる前に、使用人用の通路へと入り、真っ暗闇をネズミのように駆け抜ける。複雑な使用人通路の奥、とある道具置き場の中に入り、誰もいないことを確認して胸からペンダントを取り出す。

そこには暗がりで淡く光る、『聖女の涙石』があった。メイドはそれを手のひらに包んで唇を寄せ、ヒソヒソと早口で話しかけた。しばらくして『聖女の涙石』は輝きを失った。メイドはペンダントを胸にしまい直すと、なにごともなかったかのように使用人の部屋へと戻った。

＊9

同時刻。第三の都市アニアィム、ワース公爵の別邸にて。

リチャードは椅子に座り、ランプに照らされた壁を眺めていた。

透明な手がサラサラと筆記をするように、金の文字が壁に浮かび上がってくる。

「なるほど、参加者は王太子、ケーウントの親父の内務大臣を筆頭に、あとは外務大臣、国防大臣、大神官と補佐……顔を合わせたこともあるのに、ひどいなあ」

冷淡な微笑を浮かべ、リチャードは脚をゆったりと組む。

「聖女暗殺の首謀者は王太子。我が騎士団を攻めるとはっきり明言。王太子の近衛兵に教会の聖騎士も合流、ねえ……」

彼の後ろにはジヌ、そしてダリアスが控えている。

「速度と魔力から、発信源は王宮で間違いないかと思われます。以前お伝えした通り、使い捨ての発信器なので、『聖女の涙石』として市井《しせい》に配っているガラクタと見分けはつきませんのでご安心を」

ジヌがあちこちで『聖女の涙石』を配り回っている理由はこれだ。

「いやはや、殿下。あろうことか元政敵の飼っていた一介の商人に諜報をやらせるとは大胆なご判断です」

「お前は信用していないが、お前の打算的なところは信用している」

リチャードは振り返らず、薄笑いを浮かべて答えた。

「伯父さんの情報精度が前々から気になっていたんだ。明らかに諜報に長けた民間人を徴用していたからな」

「わたしとしても今後は是非ともリチャード殿下と末長くお付き合いさせて頂きたいと思っております、ええ」

ジヌとリチャード、二人の利害は一致していた。コッフェの諜報活動と暗躍に長けた商人の利用価値は高く、またジヌとしても、帝国で新たな後ろ盾が必要だからだ。

「ところで」

リチャードは声を鋭くする。

「聖女モニカへの接触は続けているようだな?」

「いやいや、負傷なさって大変そうなのでお見舞いの品を贈っているだけですよ？　ベッドリネンとか、珍しいぬいぐるみとか、香水とか。細工なんてしておりませんし、わたし本人はちぃっともお会いしてませんし」

ゆったりとした袖を振って否定するジヌを、リチャードはぎろりと睨み上げる。

「目的は」

「単なる社交ですよ。気落ちしているご様子なので。むしろ、わたしが彼女に無反応だったら、かえっておかしいでしょう?」

「命令だ、必要以上に彼女に接触するな」

「はいはい。もちろん気をつけております。……ですが我々、同じ目的で同じ場所にいる以上、接触不可避な場合もあるのでご容赦を」

「接触不可避か否かはお前が決めることではない」

「動きを阻害されてはこちらもスムーズに仕事できませんよぉ。わたしの働きを信じて、『制約』を結ばせていないのでしょう?」

互いの利益の一致がなければ一触即発だ。ダリアスがかちゃりと剣を鳴らす。ジヌは大袈裟に肩をすくめて笑った。

「おお怖い。猛犬が噛みつく前にわたしは失礼します。おやすみなさいませ」

戯《おど》けながら部屋を後にするジヌを、リチャードはじっと真顔で見つめていた。

＊10

暗殺者の襲撃後、リチャードは早急に対策してくれた。

大人の避難民はもちろんのこと、子供たちの出自を改めて徹底的にチェックし、出入りの業者のチェックも欠かさない。騎士団の警備態制も見直され、領主間会議でも私の今後の扱いについて入念に配慮されることになった。

私本人はといえば、すっかりポッズエルン侯爵居城の部屋に軟禁状態だ。

「……退屈……」

私は天井を仰ぎため息をつく。話し相手はセララスと、毎日訪れてくれるダリアスのみ、許されていた。

「私がこうしてる間にも、国の人たちは困ってるかもしれないのに」

「危険ですからね。ここにいてください」

「はい……」

セララスはあれからものすごく私に厳しくなり、一秒たりとも私から目を離さない。迷惑をかけたのだから当然だ。

彼女は私の手元を眺める。

「こういう時くらい休んでいてもいいでしょうに、相変わらず仕事はやめられないんですね」

「ええ……なんか仕事してないと落ち着かなくて……」

私は魔力を籠めた糸で刺繍をしていた。これから夏になる。虫除けは大切だ。虫除けの効果があるハーブの汁を練り込んで色止めをした糸で、聖女異能を込めて刺繍する。腰紐やリボンに使ってもらうだけでも、かなり効果があるのだ。

元農家の娘だったので幼い頃から働くか子守りをしていたし、聖女になってからもハードワーク。働いてないと落ち着かない。

「ああ、でも部屋から出たい……体が鈍っちゃう」

ぼやきながら背伸びをしていると、唐突にドアが開く。その開け方で誰が来たのかすぐにわかった。リチャードだ。

「モニカさん、元気？」

「あ、リチャード！　部屋から出ていい⁉」

「だめ」

「あっはい」

「それはそうと……モニカさんに見て欲しいものがあるんだ」

リチャードの後ろについてきていたメイドさんが、一礼してトルソーごと服を持ってくる。ひと目見て私は思わず口を覆った。忘れもしない、この衣装は。

「ノワシロの……服……」

花の刺繍が施された生成りのブラウスと飾りエプロン、黒い丈夫な生地で作られたシンプルなスカートに、太めの腰紐とベスト。忘れていた村での暮らしや思い出が蘇《よみがえ》ってくる。私はリチャードを振り返った。

「ど、どうしてここに、これが」

「ノワシロに親戚がいた人たちが、わざわざやってきて譲ってくれたんだ。ノワシロ生まれのモニカさんが持っているべきだって」

「そんな……まだ、残ってたなんて……」

「着てみれば？」

「でも」

「僕が見てみたいな。それに持ってきてくれた人たちも喜ぶよ」

「そ、それなら……遠慮なく」

リチャードが部屋を出たので、私はさっそくセラスの手を借りて着替えた。カチューシャまで揃えてあったので、髪型もいつもと変えることにした。幼い頃に見ていたお姉さんたちと同じように、髪を一本のおさげにまとめて前に垂らして。

怖々と覗いた鏡の中には、まさに、昔村にいたお姉さんたちの姿そのままの私がいた。

部屋に入ってきたリチャードが、私を見て目を輝かせる。

「モニカさん、かわいいね」

「そ、そうかな」

「うん、かわいい。すっごくかわいい」

リチャードは私の周りをくるくる回ってあちこち眺めてくる。

「聖女になってなかったら、こんな感じだったんだね、モニカさん」

「……な、なんだか恥ずかしくなってきたわ」

「どうして？　とてもかわいいよ」

「うう」

「普段の凜として神々しいモニカさんもかっこいいし、ドレスアップして優雅なモニカさんも綺麗だし、おさげのモニカさんもまた違ったよさがあるよ」

「う……」

「ああ、こんなに髪伸びてたんだ？　その髪型だと染まったピンクのグラデーションがますます綺麗だね」

「……ぅ……」

「……殿下。誉め殺しもそろそろ切り上げてください。次にモニカ様が異能で発情した際、地元の伝統衣装にさえ昂ってしまうようになります」

「せ、セララスも言葉選んでよぉ……」

未だに、にこにこと眺めているリチャードの眼差しに耐え切れないけれど、顔を隠すウィンプルがないので逃げられない。三つ編みで顔を隠してみようとするけれどもちろん無謀で、三つ編みを持ったままもじもじする羽目になる。

そんな私を見て、リチャードがふむ、と顎を撫でる。

「……その照れようだと、あっちを着てもらうのは無理だな」

「あ、あっちって？」

「婚礼衣装」

「ぶっ」

「この衣装を譲ってもらう時に聞いたよ。婚礼衣装を結婚前に試着しておくと、幸せな結婚ができるんだって？」

「い、いいわっ！　コッフェが落ち着かないのに、結婚なんて考えてる場合じゃないもの」

「そう？　無理強いはしないけど」

　顔をブンブンと横に振りながら、私ははっと我に返り、自分が着ている服を見返す。古いけれど――古いからこそ、とても丁寧に手入れされてきた年月を感じさせる服だ。

「リチャード」

「どうしたの？」

「私、この服はいただけないわ。……こんなに綺麗な保存状態ってことは……きっと、持ち主の方に大切な思い出がある、代えのない服だわ」

　着古したエプロンドレスにも、丁寧な運針の刺繍一つにも、筆舌に尽くし難い思いが籠められている。気づいた途端、素直に袖を通してはしゃいでしまった自分が恥ずかしくなった。

「脱いでくるわ。私、この服は直接お返しして、お礼を言いたいの。着させてもらったし、それだけでも十分よ」

「そうか。モニカさんらしいね」

　リチャードは微笑んで頷いた。

「持ち主の意向としては、モニカさんに譲って、管理の行き届いた場所での保管が希望だったけど……また改めて話をしよう」

「ありがとう。もしよかったら、型紙を取らせてもらったり、縫い方や刺繍を教えてもらったりしたいな」

「もちろん。すでに話は進めてるよ」

「ありがとう！」

「身元確認と『制約』を済ませてからね」

「制約……ダリアスがしてるみたいな、あれのこと？」

私は目を瞬かせる。

ダリアスは童貞を捨てたら股間が爆発する魔術制約を課して、己の魔力を高めている人だ。

「あれ、魔力がある程度ないとできないんじゃない？　普通の人は魔力はほとんどないのに」

「能力強化しない『行動制約』だけなら静電気レベルの魔力があれば十分さ」

「へえ……初耳だわ」

「だよね。あまりに使い勝手が凶悪だから帝国では禁呪扱いだよ」

「きっ⁉」

「コッフェではどうなのか知らないけどね」

「禁呪……えっと……私が知らないってことはやっぱりコッフェでも禁じゅ」

リチャードの指が、私の唇に押しつけられ。笑顔で続きの言葉を遮った。

「コッフェではどうなのか、知らないけどね？」

そして強調するように復唱する。つまり気づかないままでいろってこと、ね。

顔を引き攣らせる私の前で、リチャードは話を続ける。

「今回、モニカさんに誰も危害を加えられないように、コッフェから僕に寝返った人たちには一律制約をかけてもらうことにしたんだ。モニカさんに危害を加えたら……ちょっと嫌な目に遭う程度の制約をね」

「嫌な目……って？」

「一生涯モニカさんに危害を加える気を起こさないなら、支障はないよ。実際『制約』させてることは隠してるし。コッフェで禁呪かどうかは知らないけどね」

ウィンクをバチンと決めながら言う言葉ではない。

「こ、国際的にまずいことをしてない……？」

「そうだよね、善良な発情聖女モニカさんに傷を負わせたり、魔物の襲撃から民を守らなかったり。本当に国際的にまずいよね、コッフェは」

リチャードは大袈裟に首を横に振ると、私に顔を寄せ、目を眇めた。

「秘密を共有してるってことだね、僕たち」

「ひ……」

怖い。怖すぎる。他国の国民に禁呪を施すなんて、怖すぎる。けれど、守ってもらう立場の私が「それはちょっと……」と言うわけにもいかない。

私の表情を読み取ったのか、リチャードはにっこりと笑った。

「大丈夫。この国がモニカさんを丁重に扱うのなら、なにも悪いことは起きないよ」

＊11

モニカさんと別れ、関係者との折衝《せっしょう》を済ませたのち。僕は執務室の窓から外を眺めていた。ワース公爵の別邸は高台に位置しているため、平らかなコッフェ王国を一望できる。のどかな晴れの日和を見つめながら、ぽつりと呟く。

「あーあ。燃やしたいなあ、国ごと」

「剣呑ですね、殿下」

「剣呑にもなるさ、ダリアス。モニカさんの故郷の装束を土産にして、暗殺を企てる連中の国だからね」

ダリアスは笑いもせず、悲しげに眉根を寄せる。

「……本当のこと、モニカ様に知らせないようにしなければなりませんね」

ノワシロの伝統衣装を手に近づいてきたのは善良な農村の女たち、という風貌の者だったが、その実は教会の手先だった。衣装に使われた縫い糸に異能が織り込まれ、特定の相手――この場合はモニカさんが身に纏った瞬間に鋼鉄の鋭さで身を締め上げ捻じ切る罠が込められたものだった。

糸は引き抜かれ、すでにダリアスによって焼却処分された。異能を織り込んだ神官も焼却による報復を通じ、こちらに有能な魔導士がいることに気づいただろう。

衣装はその後検品され、ジヌの紹介で呼び寄せた縫製師の手により再度縫い合わされ、安全な衣装としてモニカさんが袖を通すことになった。モニカさんは心から嬉しそうにして、疑うことなく喜んで感謝していた。本当は死んでもいいと思われていたというのに。

手先の女たちは『制約』により無害化した。しばらく教育を施した上で、その後の処遇を決める予定だ。

「……この国を燃やさないでいるのは、利用価値があるからだ」

怒り混じりの声で呟く。

「モニカさんが悲しまないのであれば、全てを武力制圧しているところだ」

「殿下がお望みならば、不肖ダリアス・サイはいつでも火を投じる所存です」

「ああ。その時は頼むぞ、ダリアス」

ダリアスが果物の籠を持ってくる。そこから柘榴《ざくろ》をつまむと、丸ごと齧《かじ》りついた。滴る柘榴の汁を舐め取り、目を細める。

「彼女は帝国所属の『発情聖女』だ。彼女に危害を及ぼしたコッフェ国民ならば、僕の権限を持って粛清できる」

彼女の腹を刺し貫いた子供の出どころについても調査済みだ。

子供を洗脳した教会支部と関係者は全て掌握。彼らのうち忠誠を誓うと膝を折り『制約』を施した者は表向き許し、手駒として扱っている。

モニカさんの血をもって、予定より早く、コッフェの中枢部を掌握していっている。皮肉だっ

た。

　現時点では『制約』だけで、誰も殺していない。罪を憎んで人を憎まず、コッフェ王国を救う人道的施政者、リチャード・イル・ベルクトリアス。

「……僕のほうが皇帝に向いているなんて、みんなは言うけど嘘だ」

　自嘲的な笑みがこぼれる。

「僕が皇帝になってしまえば、国民全てに『制約』を課すだろう。……それは独裁となんら変わらなくなる」

　兄ならもっと穏便なやり方で、コッフェを救ったはずだ。ここまでひどくなる前に、援助を行っていただろう。

　だからこそ今回、コッフェの件に関しては先に兄から全権を得ていた。施政者としては甘い兄より冷徹に、コッフェ王国の力を削ぎ落とし、人心を掴み、自然と自分たちを歓迎するように仕向ける。

「モニカさんを傷つけ続けた国を、僕は絶対に許さない」

　脳裏には、己に道を示してくれた聖女との出会いがよみがえっていた。

幕間

苛烈の皇弟殿下の信仰

＊1

五年前、コッフェ王国三大都市の一つアニアィムにて。リチャードは労働者たちが集まる酒場にいた。仄明るいランプの下、罵声とも歓声とも奇声とも言えぬ声が飛び交い、男たちは樽をテーブルにして安酒を呷る。生白い肌をした酌婦がまるで蛾《が》のように、ひらひらと器用にテーブルのあいだを縫って酒を運ぶ。

リチャードは樽テーブルに肘をつき、筋肉質な坊主頭の男と腕相撲をやっていた。

「お綺麗なツラして、やるじゃぁねえか、若造……ッ」

「ふふ、路銀《ろぎん》全然ないから、お手柔らかによろしく！」

金をかけた野次馬が騒ぐ。

「うおおおッ！　いけッ！　赤毛の兄ちゃん！」

「負けんじゃねえぞ！　『鋼腕のボブ』！」

坊主男『鋼腕のボブ』は必死に腕を倒そうとする。リチャードはかけられる圧力をいなしながら、ボブの実力をじっと冷静に分析した。太い腕は確かに見事だが、過酷な重労働と酒にやられて、持久力は部下の平均より下回る。新顔の若造に負けてたまるかと、焦って力の掛け方が分散している。

勝つのは容易い。

しかし児戯《ゲーム》に付き合うのはあくまで、情報収集と交流のためだ。

「うおおおッ！　ボブの頭がタコみたいになってやがるッ！」

「いけぇぇッ！　兄ちゃんイけんぞ！」

はたして、ギリギリの接戦を演出してリチャードが勝利した。

大接戦で精一杯やり切れて満足したのか、ボブが握手を求めてくる。

「おう！　兄ちゃんやるじゃねえか！」

「どうも。僕がまずい連中に狙われたら、おじさん助けてね？」

「あははははは」

どっと、場が笑いに包まれる。相手の面子《めんつ》も保ちながら好勝負で沸かせ、ほどよく楽しませてやれば仲間になれる。さらに、賭けで集めた利益を場にいる野次馬と好敵手に酒で還元すれば、彼らは乾杯をして満足げな顔で散っていった。

リチャードを構いたい連中は、自然と残ってテーブルを囲む。

「楽しかったぜ、兄ちゃん！」

「珍しい赤毛だな、さては帝国だな？」

興味津々な連中に、リチャードは苦笑いしながら訳ありを装う。

「兄貴と揉めて家を飛び出したんだ。次男っていろいろ面倒でね。ここなら生活できるって聞いたから来たけど、案外タチの悪い仕事も多くて呆れてたんだ。大将らはどう？」

彼らは嬉々《きき》として、リチャードに情報を与えてくれた。

「ルグレイ船に乗るのはやめておけ、新入りは海棲魔物の餌にされるぜ」

「エイゼレアの商船の荷出しはキッツイけどよ、金は即金で払いがいい。ただし商品の扱いがうるさくてな……」

「そうそう、兄ちゃん、あいつは知ってるか？　……」

宵越《よいご》しの金は持たず、と言わんばかりに酒に溺《おぼ》れる彼らは孤独な境遇の男ばかりで、懐いてみせれば容易く懐に入れてくれる。

彼らの愚痴と身の上話と武勇伝に、にこにこと耳を傾け、共に埃《ほこり》の浮いた、混ざり物だらけの麦酒を流し込む。場所は変わっても、社交の基本はどこでも同じだ。

なぜ情報が必要か。

国を追われたリチャードは、名と身分を隠せる潜伏地を探していたからだ。

無一文の傭兵のふりをしなくとも、国外に『皇弟殿下』の協力者の当てはある。しかしリチャードは身分を捨てることを選んだ。せっかく皇弟の身分を捨てて市井を見聞する機会だから、というよりも正直なところ、捨て鉢な選択だった。

リチャードは兄が大切だった。

幼い頃から血気盛んで口でも態度でも大人をやりこめることが多く、生意気で不気味だと恐れられていたリチャードにとって、穏やかで心優しく情に厚い兄はかけがえのない理解者であり、自分にはない徳を持つ、敬愛する存在だった。

父が遠征先で不審死を遂げ、母と妹はお産で逝去した。

残された愛兄はお飾り皇帝となり、リチャードは暴馬に手綱《たづな》をつけようとするように六家の息女たちと次々と見合いさせられた。

見合いだけならまだしも、令嬢たちは次々と、まだ少年だったリチャードに文字通り襲いかかった。偶然を装って日中二人きりにされるなどかわいいもので、リチャードが手をつけたのだと脅されることも日常だった。夜、既成事実を作られないために、ベッドで寝ている時も気を抜けずに不眠気味になった時期もある。

リチャードは近衛騎士を特殊遊撃騎士団（現『焔隊《ヴィルカス》』）として編成すると、危険な地へと向かうようになった。

兄のためというのはもちろん、令嬢たちから逃れるためでもあった。

それでも、親に命じられた令嬢たちは辺境まで追いかけてきた。志が高いならともかく、大半は世間知らずの温室育ちだった。追いかけてきては汚い、田舎だと誇る。故郷を失い泣き濡れる民たちの前で平気で「汚い」と眉を顰《ひそ》める。疲れ果てた騎士たちに当然のように護衛を命じ、それどころか保護した亡国の姫をライバルだと決めつけて誇ることさえあった。夜になれば薄絹を纏い、リチャードに色香を向けてくる令嬢たち。その旅費と薄絹代があれば、どれだけ国に貢献できることか。リチャードには全てが汚くて、独善的で、不愉快なものとして映った。

なぜ母と妹は死んだのに、彼女たちは生きて綺麗な服を着て、厚かましく微笑し、肌を押し付けてくるのか。

鬱憤《うっぷん》を晴らすように、リチャードはがむしゃらに、国内を縦横無尽に戦った。

しかしそれすら裏目に出てしまう。功績を上げすぎたリチャードの力を危惧した勢力により、兄への謀反の疑いありと噂されるようになったのだ。

兄の立場を守りたいと最も願っていた自分が、兄を転覆させる最強の切り札になってしまった事実に気づいた時——リチャードは皇位継承権を放棄し、国外へ逃げるように飛び出した。


コッフェ王国に入国後。リチャードは余所者の多いアニアィムにしばらく潜伏することにした。

その後は余所者が多い港町を中心に渡り歩くつもりだった。魔物退治の傭兵として働くこともあれば、商人の護衛として働くこともあった。目立つ容姿にそそられて貴族から声をかけられることもあったが、皇弟の身分を隠すために拒否した。

過酷な仕事で体をいじめ抜いていると、帝国でのうさが晴れる気がした。

そんな自暴自棄に近い日々を過ごしていたある日。港町で雇われ、素潜り漁でウニを取りながら魔物を退治しているリチャードの手際を見ていた漁師が話を持ちかけてきた。日に焼けて歯がいくつか抜けた、肝臓を悪くして痩せ細った老人だった。

「赤毛の兄ちゃん、そんなに腕が立つなら、いっちょ魔物の森『メイガ・シュ』に行くのはどうだい。この国で最も強い魔物が溢れる場所で、いつでも命知らずの連中が募集されてらあ」

「へえ」

「あそこなら余所者だろうが、脛《すね》に傷がある奴だろうが、実力さえありゃあ金も食うものにも困らない。その代わりに、訳ありの女しかいないから上等な別嬪《べっぴん》さんを抱きたきゃあつまらねえらしいけどな」

がはは、と歯の抜けた口を大きく開けて笑う老人に、リチャードも笑う。

都合がいいと思った。

リチャードはたびたび、宿泊地を求めて娼館に泊まっていた。客が取れず暇をしている女を選び、寝床と湯だけを借りて体を休めるには都合がいいからだ。訳あり女ばかりが集まる最果ての地ならば、情報集めには好都合だ。

皇弟殿下の肩書きを脱ぎ捨て、過酷な日々を過ごすあいだにリチャードはいつしか帝国に戻るための計画を立てていた。

ウニ漁の時期が終わった頃、リチャードはさっそくメイガ・シュ行きの乗合馬車に乗り込んだ。

長旅の末に辿り着いたそこでリチャードが真っ先に目にしたのは、罵声と怒号を浴びながら、一人懸命に治療をする『聖女さん』の姿だった。

＊2

その日の夕暮れ。聖女はまだ墓地にいて、夕飯も食べず、必死に亡骸を葬り続けていた。布地の多い聖女装は土と血ですっかり汚れ切っている。

「聖女さん。……聖女さん、聖女さん」

何度か背中に語りかけると、彼女ははっとして振り返る。

「あ……ごめんなさい、私、まだ『聖女さん』で呼ばれ慣れてなくて」

申し訳なさそうに眉を下げる聖女。

ウィンプルから溢《こぼ》れる銀髪が綺麗な、まだ幼さの残る少女だった。

「……ええと、どなた？」

「僕は……リ」

名前を言いそうになって口を噤む。すると聖女は先に「赤毛さんって呼んでいい？」と尋ねてきた。頭の回転の速い子だ。感心しながら、リチャードは頷いた。

「うん、その呼び方でいいよ。手伝うよ。君の腕では難しいでしょ？」

「平気。私、……たくさんの人、埋めるの慣れてるから」

彼女の目が昏《くら》くなる。リチャードは彼女の返事を待たず、スコップを持って土を掘りながら言う。

「大丈夫、僕も慣れてるから」

「……そう。ありがとう。じゃあ一緒にやりましょう、早く終わらせなきゃ」

彼女はそう言ったのち、ぎこちなく、自分の胸に手を当てる。

『大地よ。私に力の祝福を』

夕闇に一瞬、彼女の体が淡く光る。

それからの彼女の働きにリチャードは言葉を失った。華奢な普通の女の子なのに、成人男性の亡骸を容易く横抱きにして、そっと穴に横たえ、優しく寝かせるように土をかけていく。重労働にもかかわらず、彼女の仕事ぶりは目を疑うほどに速く、丁寧だった。

彼女の言う「平気」が本当なのだと、リチャードは戦慄《わなな》いた。

「聖女さん、すごいね。ここに来るまで何人か聖女さんを見てきたけれど、君ほど強い人は初めて見る」

リチャードが見た『聖女』は魔導士に毛が生えたようなものばかりだった。磨けばもっと使い道もあるだろうにというもったいなさを感じた。彼女たちは能力というよりも、聖女という存在で周りを鼓舞し、やる気を奮い立たせる立場だった。かわいい女の子に質のいいポーションを配らせるのと、現状あまり変わらないなと、そのくらいの認識だったのだ。

だが、彼女は違った。

「一応、特別特級聖女だからね」

「特別特級?」

こちらの疑問に、彼女は詳しく説明してくれた。コッフェの聖女にはランクがあるらしく、彼女は最上位の力を持つらしい。聖女異能で自分を活性化させたら、魔導士で言う二級レベルに強くなると。帝国に残してきたダリアスを思い出した。

「すごい能力だけど、反動はないの?」

「うーん……体がだんだんほてっちゃって、ぼーっとしちゃうくらいかなあ。実戦に出るのはメイガ・シュが初めてだから、様子を見ながら使ってるわ」

「すごいね」

「……すごくなんかないわ」

彼女は嬉しくなさそうに俯いた。

「……私は彼らを守れなかった」

肩が震える。彼女は気を取り直すように、亡骸に土をかけていく。一人一人に労いの言葉をかけ、頬と手を撫で、祈りを捧げて。

彼らは聖女異能で治療されたからか魔物に殺されたとは思えないほど綺麗な顔で眠りについていて、慣れた彼女の様子は一人一人を寝かしつける母親のよう
にすら見える。

　丁寧ながら手際のいいその動きが、彼女のこれまで辿ってきた人生の凄絶さを物語っていた。
こんなに背中が小さくて、手も小さな、幼さの残る女の子なのに。

「村のみんなも……私がもっと早く目覚めてたら、みんなを守れたの。今更強い聖女です、なん
て言われても……誰も守れなかったら……意味がないわ……」

「聖女さん……」

「ごめんなさい。みんなの心の支えにならなきゃいけないのに」

　頬を叩き、彼女は涙を拭ってにっこりと微笑んだ。

　夕日が、彼女の汚れた頬を照らす。涙に濡れた睫毛《まつげ》に、ぎゅっと、リチャードは心臓を捻じら
れるような衝撃を受けた。

　立ちすくむリチャードに構わず、彼女はテキパキと埋葬を進める。

「うん、泣いてる場合じゃないわ。まずはみんなに安らかに大地に還ってもらわないと。そうじ

ゃなきゃ、魂は天に昇れないわ。そして、私は……ちゃんとしっかりしてるところ、前線基地のみんなに見せて、信頼されなくちゃ」

よし、と拳を握って彼女は明るい笑顔で埋葬を続ける。

立ちすくんで微動《びどう》だにしないリチャードにようやく気づいた聖女は、大きな目を向けて首を傾げる。

「どうしたの？」

「…………うん、ごめん…………ちょっと、感動してた」

「感動？」

「・・・あなたは綺麗だ。……そして立派な人だ」

突然の告白に困惑気味に手を止める聖女。リチャードは彼女に近づき、片膝をついて胸に手をあて、騎士の礼をした。身分が露呈するかもしれない、そんな雑念が吹き飛ぶほど、自然な行動だった。

「赤毛さん……？」

困惑する彼女は、今まさに落ちんとする夕日に照らされて神々しい。リチャードは『皇弟』として生まれた意味を忘れていた自分に気づかされていた。生まれ持って与えられた力をどう振るいたいのか。『皇弟』として、リチャードはなにをしたいのか。権力争いに勝つためでもなく、自分を追い出した人々に復讐するためでもなく。兄やこの人のような、高潔で立派な人の志を守るための力になりたい。

力が欲しい。もっと、強くなりたい――リチャードは前向きにそう願った。

「聖女さん」

かりそめの名を呼ぶだけで、『制約』が軋《きし》むのを感じた。

（ああ、これが……恋って、こういうものなのか）

心が突き動かされる『感情』は『制約』では止められない。そして突き動かす『感情』は、『制約』をなによりも揺るがす。

感情――喜怒哀楽、嫌悪そして、好意。

自分に、柔らかな感情が残っているのが新鮮だった。体に走る違和感すら心地よくて、嬉しくて。目の前のこの人に初めて心を捧げられることに喜びを感じた。

「聖女さん」

愛おしい気持ちを込めてリチャードは彼女を呼んだ。

名前を聞けないのが口惜しいけれど、ある意味、聞けなくてよかった。今この感動に、彼女の本名まで聞いてしまったら、激情のあまり『制約』が壊れるかもしれないから。

「あなたと出会うために、僕はここに来たのかもしれない」

「お、大袈裟すぎない？」

リチャードの感銘を共有しない彼女は、当然、非常に困惑している様子だった。それでも構わない。リチャードは彼女に心からの微笑みを向ける。

「これからよろしくね。僕に、いろいろ教えて欲しいな」

「教えて欲しいって……私もまだ新人よ？」

「じゃあ新人同士、助け合っていこう？」

「変な人ね、あなた」

困惑した様子だったが、聖女は観念したように肩をすくめると、手に持ったスコップを土に置く。そしてスカートの端で手を払って差し出した。小さいながらも、肉体労働をする手は皮も厚く、爪も短い。労働者階級の手だ。己に無遠慮に這い回ってきた、令嬢たちの白魚の手とは違う。

リチャードには、あまりにも逞《たくま》しく頼もしく、いたいけで、美しい手に見えた。

「じゃあ……これからよろしくね、赤毛さん」

「うん。よろしく、聖女さん」

リチャードは泣きそうな気持ちになった。

「どうしたの？　怪我をしたの？」

彼女が心配そうに顔を覗き込む。リチャードは首を横に振って笑った。

「ううん。……あなたが素敵だから、壊れてしまいそうなだけさ」

この時初めて、リチャードは生まれてきてよかったと——心から思えた。

第3章
変わっていく関係

＊1

私は護衛兼話し相手のダリアスと一緒に、アニアィムの中心部に位置するコッフェ三大学院の一つ、アニアィム大学の総合図書館を訪れていた。個室を借りて集中して情報収集を進めたのち、テラスにてダリアスと共にドクダミ霊薬茶を飲んだ。

「はあ……いつものキツい匂い、キツい味。生きてるって感じ」

「最近ずっと籠ってお仕事なさっていたので、発情隠す必要なかったですからねえ」

「そうなのよ。……でも、やっぱりこうして外に出ると楽しいわ。ありがとう、忙しいだろうに付き合ってくれて」

「俺だってずっと、男臭くてヒリヒリした場所ばかりにいると息が詰まります。モニカ様とたまにお話ししなきゃやってられません」

笑いながら話すダリアス。多分本心だろう。

暗殺者に刺されて以降、私が軟禁状態の部屋で衣装を楽しんだり、部屋で仕事に取り組んでいたあいだに、リチャードはたちまちコッフェの各支援者、協力者、臣従者らの意見を取りまとめ、人道支援のルート決定を進めていた。ダリアスもそれに付き合っているのなら、いろいろと張り詰めてしんどかったはずだ。

「ところで、新聞を読んだのだけど」

コッフェのお菓子をつまみながら、私はダリアスに尋ねる。

「教会の一部が遂にリチャードに臣従したんですって？」

「ええ。モニカ様への暗殺未遂事件を、国内外で大々的に報じたことはご存知ですよね？」

私は頷いた。リチャードは事件をコッフェ国内だけでなく、帝国、さらには世界の主要各国にまで大々的に伝えたらしい。

『屈辱的な二つ名をつけられ、故郷を追放されたにもかかわらず、人道的な信念をもって故郷を救うべく帰国した大聖女モニカ・レグルス。彼女はベルクトリアス帝国の支援を得ながら救国を続けていたが、そんな彼女をあろうことか凶刃が襲う。哀れ魔物遺児の子供を洗脳した者は、教会関係者？　王宮？　貴族？　世界各国から非難の声が』

国によって違うものの、だいたいはこんな報道だった。コッフェ王国には世界中から非難の声が集中し、帝国では聖女モニカと我らが皇弟殿下の威光に国民感情が盛り上がっているらしい。

「コッフェとの貿易停止を宣言した国も多いんでしょう？」

「ええ。逆に帝国は盛況ですよ。最近エイゼレア王国が、帝国との貿易を申し出ましたしね」

「エイゼレア⁉」

私は思わず身を乗り出して復唱する。

「嘘でしょ？　あの国、帝国を東方蛮族って馬鹿にしてた国じゃない」

「今の国王陛下が海外貿易に積極的な方なんですよ」

「なんだか、私のお腹の話から始まっているのに、ことが大きくなりすぎて頭パンクしそう」

「あはは。難しいことは殿下が全部やってくれるので、モニカ様はのんびりと、できることをなさっていればいいと思いますよ」

「リチャードは体調崩したりしてない？　コッフェの気候、蒸し暑いから……」

故郷の衣装を着せてもらった日から、リチャードとは会っていない。もう一週間ほどにもなるだろうか。もうすぐ暑くなってくる頃だから心配だ。

ダリアスは両手でカップを持ったまま、意味ありげな笑みを浮かべた。

「殿下のこと、気になります？」

「え……そ、そりゃあ気になるわよ」

なんだか違う意味にとられたような気がして、頬が熱くなる。意識するとどんどん恥ずかしくなってきて、ドキドキしてきた。

「ふふ、赤くなってますね。このお顔を殿下がご覧になったらどんなにお喜びになるでしょう」

「からかわないでよ、発情の調子が最近おかしくて、すぐこう……変になりやすくなってるんだから。性欲迷彩《ステルス》も効かない時あるし。今とか」

頬をパタパタ煽ぎながら、私は話を変えることにした。

「そ、それこそ、ダリアスはどうなの？」

「どうなの、とは？」

「……セララスと同郷なんでしょう？　前に言ってたじゃない。同郷の人としか、どうのって。もしかしてセララスと」

「彼女は違います」

私が言い終わる前に、ダリアスは穏やかに否定した。

「俺たちの祖国――アルジェンティア公国が存在した頃、俺は騎士の家柄で、彼女はもっと高貴な立場の方でした。いくら同郷と言えど、彼女は恋愛対象ではありません。彼女への想いは信仰、と言いましょうか」

「……ダリアス……」

「どっちかというと殿下に対する思いのほうがよほど邪《よこしま》ですよ、ははは」

「一気に話が俗っぽくなったわね」

「まあ、俺は絶対彼女はそういう目で見られません。モニカ様と殿下の関係とは違って」

「え」

ドキッとする私に、ダリアスが歯を見せて笑う。

「実際のところ、モニカ様、殿下のことどう思ってます？　ここだけの話教えてくださいよ」

「う、うう……」

話が戻ってきた。戻ってこないで欲しい。私はティーカップを傾けながらなんとかごまかそうと視線をさまよわせる。

「リチャードはかっこよくて尊敬してるわ。その……それだけよ」

「それだけなんですか？」

「だって私、発情聖女よ？　自分の感覚が、ただむらむらして変になってるのか、その……も、もっと別の意味があるのかとか、なにもわからないし。そもそも……あの人は皇弟殿下よ。身分が違いすぎるわ」

「じゃあ、俺とキスできます？」

「え、」

前髪の隙間から鋭い青瞳が覗く。犬歯の尖った口元が、誘うようにニヤッと笑った。顔に影が落ちかける、その時。

『風《リンドウ》よ——ッッ！』

ドカーン。

ダリアスが思いっ切り吹き飛ぶ。私は我に返って青ざめる。

「ダ、ダリアスー！」

くるっと壁に両脚をついて受け身を取り、ダリアスは平然と戻ってくる。

「あはは。冗談ですよ」

「ご、ごめん……」

「こちらこそ申し訳ありません、試すようなことしちゃって」

吹っ飛んだ椅子を戻して座り直しながらダリアスは続けた。

「心が乱れるのは発情以外ってこともありますよ」

「以外？」

「モニカ様がご自覚なさるのも、時間の問題ですね」

「自覚って……」

「同じことを殿下にされて、風で吹っ飛ばすかどうかってことですよ」

「それは……」

私は頬が熱くなるのを感じながらドクダミ霊薬茶を口にした。

考えてはいけないことに、無理やり苦味で蓋をするように。

＊2

コッフェ王国は東側から急速な勢いで、リチャードの傘下に入った。平民は安全を確保してくれる権力者に喜んで従うし、領主たちもまた、己の領地の荒廃を避けたいのは当然だった。反リチャード派の領地に至っては平民の反乱も発生しているらしい。

また、教会も完全に二分し新たに『聖女会派』が生まれた。これまでの大司祭を中心に据えた体制ではない、聖女の加護と保護を重んじる会派だ。

会派の紋章を見せられたけれど、なんだか私の横顔を使われているような気がするのは、気のせいだろうか。

厳戒態勢の敷かれたルートで、私たちは一路、王国第二の都市ウィスラーに向かっている。その旅路の中でも、各地の拠点に『焔隊《ヴィルカス》』の紋章旗が立てられ、コッフェの民が、あたたかな歓声をもってリチャード率いる騎士団を受け入れている姿を見ることになった。

馬車の中、リチャードと二人っきり。

次の目的地の居城に着いてからはしばらく休憩の時間が取れないからと、バゲットサンドを食べながらの旅だ。頭の中に、先日ダリアスに言われた言葉が響く。

（同じことを……リチャードにされて……吹っ飛ばすかどうか……）

二人でいるとなんだか動悸がおかしくなるので、私はなるべくリチャードを見ないように意識した。すると自然と窓の外ばかり見ることになり、荒れ果てた畑に真新しいリチャードの紋章旗が立てられているのが目につく。

二人っきりで浮かれていた気持ちが少しだけ冷める。私は呟いた。

「コッフェ王国はこの状況、止めないのかしら」

「止められないよ」

バゲットサンドを咀嚼し、指についた赤いソースを舐め取りながら、リチャードは当然のように答えた。

「王宮も議会も教会も、こちらの勢いに決断が追いついていない。議会が僕を退けるのを優先すれば、実害を被《こうむ》ってる領主たちの反発は強くなる。かといって、教会の魔物討伐方法に異を唱えることは、大神官を全否定することになるので叶わない。発情聖女にゴメンナサイをしてしまえば——今度は追い出した王家の権威の失墜だ。国王退位と王太子メダイコナーの廃嫡は免《まぬか》れない」

「国政って、立派な偉い人たちが集まってやってるはずなのに、どうしてこんな最悪なことになっちゃうの？　平民の私が言っちゃうのもなんだけど」

「コッフェは長年平和を享受《きょうじゅ》しすぎていた。三方を海に囲まれ、魔物がいるから他国の侵略からも守られ、その魔物は聖女がせっせと退治してくれる。聖女がいるから、医療も軍備も頭打ちのまま、前例を守るだけになって技術も進歩しない。魔物さえなんとかなれば温暖で水にも恵まれ、最高の土地だからね」

リチャードは、大きく口を開けてがつがつとバゲットサンドを平らげ、唇を舐めた。皇弟殿下然とした見目麗しい装いで見せる雄めいた仕草が、大変に目の毒なので、私は目を逸らす。

（あの唇が……近づいたら……）

私は風で吹き飛ばせるだろうか。それとも。

「モニカさん、頻繁に首が真横を向くけど、凝ってるの？」

「最近ちょっとしたことで頭が変になるから、意識して禁欲に取り組んでるの」

答えながらバゲットサンドに齧りつき、私は真面目に考える。

確かに帝国は驚くほど議論が盛んで改革に貪欲だ。私のような胡散くさい女もいつの間にか当たり前のように馴染んでしまったし、新しい発案がどんどん実施されていく。コッフェでも王太子妃として平民聖女の私が取り立てられたこともあるけれど、基本的には保守的で、前例ありきの風土だ。

「そんなコッフェが……帝国を受け入れなければならないほどの状態になってしまったのね」

「人道的支援という名目とはいえ、危険視されたら面倒だからね。そこはうまくやっているよ」

リチャードはこともなげに答える。

うまくやっている、の言葉通り、どの拠点でも大きな混乱は生じていないようだ。帝国は元々領地を広げる時、その土地独自の文化や統治を尊重している。その帝国のやり方がコッフェでも役に立っているということだろう。

「あ、見て、リチャード。畑の向こうに人がいるわ」

二人で窓から顔を出す。畑の向こうにはこの土地の農家だろう、平民らしき人々が二十人ほど集まっていた。彼らは私たちの馬車に、揃って深く頭を下げた。

荒れ果てた畑と、頭を下げて感謝を示す人々。

「……私たちの馬車が通るまで、待ってたんでしょうね」

ずきりと胸が痛む。少しでも運命が違えば、私はあそこにいた。

元平民で、農村育ちで、王太子と婚約したこともある、帝国所属の発情聖女。

私——モニカ・レグルスにしかできないことは、きっとあるはずだ。

「リチャード。私、あの人たちの役に立ちたいわ」

「……あまり共感して、しんどくならないようにね。モニカさん」

「うん、わかってる。もう同じ失敗はしないわ」

リチャードが私を見て、微笑んでくれる。聖女として労われているだけだとわかっていても、場違いな甘い気持ちに鼓動がはねてしまう。

(ああ、また、私おかしくなってる……皇弟殿下《リチャード》相手に、こんな)

体は聖女の異能で治せるけれど、壊れた感情の戻し方はわからない。

発情聖女として、浅ましくて。私はぐっと、拳を握った。

＊3

『焔隊《ヴィルカス》』の紋章旗が揺れる、サルベドー侯爵の居城。特殊遊撃騎士団と侯爵の騎士団が演習をする庭、その片隅に私と聖女たちはいた。

『聖女異能の声を聞け。サーヤちゃんの痛いの、飛んでいけ〜』

私が手をかざした相手――ジヌの愛猫サーヤちゃんの前脚の擦り傷が、みるみる綺麗になっていく。ついでに毛並みを撫でれば、つやつやと光沢が出る。

「はい、これが自由略唱よ」

聖女たちが感嘆の声を上げた。

ふかふかのサーヤちゃんは集まる視線にツンと顎と尻尾を上げてぐるりと回ると、お尻を振って優雅に歩き去っていく。ぴょん、とジヌの腕の中に入り、ぐるぐるとのどを鳴らして甘えている。ジヌはにっこりと笑って私たちに会釈した。

「ありがとうございますモニカ様、彼女も大喜びです」

「にゃあ」

聖女の一人が、しみじみと呟く。

「聖女異能って、決まった呪文でなくとも発動するんですね」

「ええ。魔術士の魔力行使は声紋で術式を『世界』に響かせて発動するものだから、あまり自由はないわ。でも聖女異能って『聖女自身』に作用して発動させるものだからね。慣れないうちは集中力が必要だけど、慣れたら自由な言葉で発動できるわ」

「練習してみます！」

「これなら短時間で効率よく発動できます！」

私の言葉に、聖女たちがわっと盛り上がる。聖女は十九歳の私より年下がほとんどだ。こうして集まって盛り上がっていると、まるで女学校みたいだ。

そして私たちの様子を、演習場の若い騎士たちが眺めている。私は彼らに向かって手を振った。

「皆さん怪我したらこっちにお越しくださいね！　講習にご協力よろしくお願いします！」

「ハッ！　よろしくお願いしますッ！」

凛々しい騎士の敬礼に、こちらも頰を染めて顔を見合わせ合う聖女たち。なんだかとても健全な初々《ういうい》しい男女の気配に、私はお姉さんとしてニコニコしてしまう。

「さあ、彼らの胸を借りて練習しましょう！」

「はい！」

演習の中でさっそく、怪我をした人がこちらにやってきた。聖女ニアが腕まくりする。

「それでは自由略唱、行きます！　『騎士様のお怪我、治ってください』」

「おお……！」

無事に騎士の怪我は治っているようだ。

彼女たちに、自由略唱の練習をしてもらう理由はいくつかある。技能研修校で教えられる以外のことも、創意工夫でできるようになると知り、自信をつけてもらうこと。詠唱は長ければ長いほど正確に聖女異能を発動できるが、同時に体力も使う。自由詠唱をうまく活用して、力を温存しながら細く長く現場を回せるようになれば、一人一人できることも増える。

私は『発情聖女』。彼女たちの意識や働き方を変えてより働きやすくするのは、私にしかできない責務だ。

視界の端に長い黒髪が揺れる。私たちの様子を、サーヤちゃんを抱いたジヌがにこにこしながら眺めていた。彼は時々聖女たちも話しかけたり、彼女たちもサーヤちゃんを触りに行ったりして、仲良くしているようだった。

じっと見ていると目が合う。ジヌはにこりと笑って会釈した。

「あなた、いつの間に聖女たちと仲良くなったの」

ジヌは八重歯を見せて笑う。

「彼女たちの滞在にかかわる世話を、うちの商会が任されているんですよ。仲良くならないと、ホントの需要《ニーズ》ってわからないでしょ？」

私たちの話を聞いて、聖女たちもにこにこしながら頷く。

「ジヌさんがくださる化粧水、すっごくもちもちになるんですよ」

「着の身着のままで来たんですが、服も生活用品も全部揃えて頂いて」

「どもども一。ご要望があったらなんでも言ってね」

彼は聖女たちにスムーズに受け入れられている。胡散くさいけどありがたい。胡散くさいけど。

「ありがとう、聖女たちの居心地をよくしてくれて」

「いえいえ。コッフェが平和になってくれると、わたしも助かりますから」

うん、確かに全然悪くはないんだけど……なんだろう、ジヌに対するこのなんとも言えない違和感は。

商人だから、リチャードと協力関係なのもわかる。商売だから聖女に優しいのもわかる。けれど、本当にそれだけなのだろうか。

うーん。またここにも権謀術数の匂いがする。

「……」

「……別に……」

「いかがなさいました、モニカ様？」

「わたしが信頼できない？」

ジヌは意味深に微笑むと、私にぐっと、顔を近づけた。

「っ……!?」

思わず距離を取ると、ジヌはふふふ、と笑う。

その時、聖女がはしゃいだ声を出した。

「リチャード殿下だわ」

声に釣られて、私は演習場へと目を向ける。

そこではリチャードが手合わせに参加していた。いつもの儀礼用の軍装ではない、他の騎士とほぼ変わらないシンプルな軍装で、模擬試合用の剣で相手を次々と打ち倒していく。皇弟殿下から一本取ってやろうと気合いが入った騎士たちを前に、まるでリチャードはダンスをするように軽くあしらい続けた。

周りの聖女や見学の騎士たちが感嘆する。最後の一人を払い、転がった彼に手を貸すと、自然とあたりから拍手が響いた。

よれよれになった騎士たちが治療のためにこちらへやってくる。

模擬剣をしまったリチャードも軽やかにこちらに駆けてきた。私を見て笑顔で手を振ったリチャードが、ぴたりと足を止める。

演習場の端から、日傘を差しかけられたドレス姿の人物が近づいてきたからだ。

「あ、あれはサルベドー侯爵令嬢ですね」

メイドが差しかけた白い日傘の陰から、ミント色のドレスと長い金髪が覗いている。リチャードは日傘の中から話しかけられている様子だった。

「侯爵はご令嬢と殿下を結婚させるおつもりでしょうか」

「殿下の相手としては身分が……」

「でも、お綺麗な方ですし、殿下が気に入ればうまくいくのでは」

聖女たちと騎士たちが、好奇心を滲ませた声音でひそひそと噂する。リチャードは笑顔で首を横に振って断ると、私の方へと駆けてきた。

「モニカさん！」

話しかけられて、咄嗟に声が出ない。その場にいる人々が一斉に彼に辞儀をする。注目の中、リチャードは私の前に屈んで顔を差し出す。

「汗拭いて欲しいな」

「え、……ええ……」

汗を拭くと、リチャードは焔色《ファイアオパール》の瞳を細めて私を見つめる。

「見ててくれたよね。モニカさんが見ててくれたから勝てたよ♡」

「……あ……」

衆目の前で、私はどんな顔をすればいいのかわからない。

私の困惑を楽しむように、リチャードはにっこりと笑う。日傘の令嬢はこちらを見て立ち尽くしている様子だった。周りの聖女たちも、サルベドー侯爵の騎士もこちらに大注目だ。

(これって……リチャードはわざとやってるのよね!? どうして!?)

ただただ私は青ざめるしかなかった。


私だけがたっぷり気まずい思いをした時間は、昼食の時間を知らせる鐘の音と共に解散となった。その後、私はリチャードと人気《ひとけ》のない城の屋上庭園で二人きりになっていた。

「リチャード……生きた心地しなかったわよ……」

「あはは。あのご令嬢、しつこくって」

「みんなびっくりしてたじゃない」

「モニカさんと僕が仲がいいところ、みんなに示しておかなきゃいけないからね」

肝を冷やした私の気持ちなんてどこ吹く風といった様子でリチャードは微笑む。

屋上庭園では、薬草やハーブが青々と元気に茂っている。アーチを作ったり観賞用としての見応えもあるけれど、基本的に有事を意識した庭なのだろう。薔薇も食用のもので、魔力回復に役立つ魔力薔薇の品種だ。

「で、相談ってなに？　モニカさん」

そう。私は相談があって、彼を屋上庭園に誘ったのだった。

「私、コッフェの畑を治してみたい。雪魔獣《ビッグフット》にリチャードが襲われた時、私の聖女異能が暴走して土地に花を咲かせたでしょう？　あの暴走を応用すれば、魔物に穢されて耕作できなくなってる土地も、回復できると思うの」

私の言葉に、リチャードは珍しく表情を硬くした。

「させられない」

「お願い」

「モニカさんの身の安全を保証できない。そもそも予定よりずっと、僕はあなたを働かせてしまってるんだ。これ以上の無理は騎士団長としても、僕個人としても、認められない」

「働くのは慣れてるわ。むしろ今だって、農家の娘だった頃よりは全然働いてないわ」

むきっ、と力こぶを作って見せても、リチャードの表情は明るくならない。

「仕事中毒《ワーカホリック》なのはモニカさんらしいよ。でも」

リチャードが心配するように眉根を寄せる。それでも私は言いつのった。

「でもこのままじゃ、いくら平和になっても、人道支援しても、コッフェは飢えてしまうわ。それはリチャードもわかってるでしょ？」

「まあね」

リチャードはあっさりと肯定した。

「魔物のせいで駄目になってしまった畑はもちろん、避難で手入れができなかった農地も、全てめちゃくちゃだわ。これを回復させなければ、本当の支援にはならない。焼け石に水」

訴える私に、リチャードは沈黙する。その沈黙がなにを意味するのかわからない。

彼はしばらく沈黙したのちに、再び首を横に振った。

「危険だ」

リチャードは真顔のまま、言葉を紡ぐ。

「……モニカさん、ヒェッツアイドの時は一週間寝込んだでしょ。あの時は帝国、しかも僕が守れる場所で安静に休めたけれど、コッフェでは危険だ。このあいだだって暗殺者が来たし」

「……っ」

いつもなら私も折れていただろう。リチャードに迷惑をかけるのは本意じゃない。けれど私は元コッフェの平民として、彼に訴えるべき事情があった。

「リチャード聞いて。今なら雨季に間に合うの」

「雨季……」

私の言葉に、リチャードは軽く目を見開く。

「来年以降も帝国が支援し続けるのは現実的じゃないでしょ？　今なら秋の収穫祭には間に合うわ。私が畑の回復に専念して、魔物討伐や救援は聖女たちが行う、どう？」

「あなたの働きは、他の聖女にはできないよ」

「できるようにしたわ。まだ理論上、だけど」

「えっ」

「見て」

私は手に持った書類の束を渡した。

「聖女の能力と強さをリストにしておいたわ。連携を取れば、私の普段の仕事も十五人いればこなせると思う。聖女は現在二十二人。多少空きが出ても余裕がある」

リチャードの下に集まってくれた聖女たちの経験、能力、個性。適性に合った働き方をさせれば、特別特級聖女《わたし》の代わりは十分できる。むしろ、私がいなくてもなんとかなるようにしなきゃいけない、持続可能な平和維持を考えるのならば。

そして、逆に私がやらなければならないことは。

「発情聖女《わたし》じゃなければ、畑の活性化なんてできない。前例がないことをやる時こそ、私が働くべきでしょう」

リチャードは沈黙する。そして呻くように、ひとりごとのように、彼は言葉を吐いた。

「こんな国に……モニカさんがそこまでする必要があるの？」

「私の祖国だもの」

「あなたを捨てた国なのに？」

いつもの柔和な笑みが消えている。昏い瞳の色に、心臓が跳ねる。

「僕はモニカさんを不幸にするこの国に、栄えて欲しいなんて思わない。あなたが自らを犠牲にして守ったのに、それを踏み台に幸せになるなんてもってのほかだ」

「リチャード」

「僕は全てを壊してしまいたい、本音を言うとね。この国も、浅ましくモニカさんに頼り切りになる諸侯も、令嬢も、国民でさえ」

リチャードのいつにない態度に、表情に、私は言い返せない。彼は辛辣《しんらつ》な言葉を口にしているはずなのに、私にはなぜか、リチャードが今にも泣き出しそうに見えていた。

「でも」

リチャードは根負けしたように、力なく微笑む。

「……モニカさんが守りたいと思うのならば、僕はあなたの意思に従う」

リチャードは両手を私に伸ばしてきた。髪を掬い取って口付けられ、ビクッとする。体の内側を生あたたかい風が吹き抜けていくような、ぞくぞくとした心地がした。頬が熱くなる。リチャードはそういうつもりじゃないのに。

また発情が壊れている。壊れないで、私の体。説得の時くらい落ち着いて……。

「約束して、モニカさん」

私の髪に口付けたまま、リチャードは、切実な目で私へと訴えた。

「土地は浄化していいよ。その代わり、聖女異能を出した後、治るまで僕の傍から離れないで。安全な場所に、強力な魔法防壁を張って、部屋に閉じ込めるよ。セララスとダリアス以外、誰にも会わせない。危険人物は処刑も辞さない。あなたを守るために厳しめでいくよ、それでいい？」

私は頷いた。

「畑を治させてくれるなら、あとは全てリチャードの言う通りにするわ」

「……僕の言う通りだなんて、迂闊な約束しちゃダメだよ……」

「迂闊だなんて」

私が返事をしようとした瞬間。

——パキッ。

「え、今の音って……」

ガラスが割れるような、乾いた音がリチャードのほうから聞こえる。

「気にしないで。事故だよ」

眉を下げてリチャードは微笑んだ。

＊4

モニカさんが去っていったのち。

「おやおやよろしいのですか、殿下」

面白がるような声が、どこからともなく聞こえる。

僕は視線をモニカさんが消えたほうへ向けたまま答える。

「いい加減出てきたらどうだ、ジヌ」

ジヌは庭園の奥から仰々《ぎょうぎょう》しく出てきて、丁寧に辞儀をした。

「聞けば、殿下は恋愛感情の機微を全くお持ちではないとのことで。にしては、妙にモニカ様に入れ込まれますね」

長い髪の毛をかき上げ、眼鏡の奥の切れ長の目を細め、蛇のような印象の男はにやりと八重歯を覗かせる。それに対して僕は目を眇めて冷笑で返す。

「詮索してゴシップにでもして、儲けるつもりかい？」

「とんでもない。ただ、皇弟殿下の選ばれるお相手は誰なのか、臣民として興味深く思っているだけですよ」

ククク、とジヌが口元を袖で隠して笑う。

「わたしとしてはモニカ様が尽力なさるのはありがたいですけれどね。『聖女の涙石』も配りやすいですし。いずれモニカ様の聖女異能には絶対的な限界が訪れる。ならば引退前にコッフェ王国で奇跡を起こして、全てを手中に収めるほうが皇弟殿下としても都合がいいでしょうしね？」

これ以上聞く必要はないと、立ち去ろうとしたところで。

「そうそう、ここに来たのはちゃんと理由があるんですよ」

ジヌがさりげなく近づいてくる。

「王太子殿下が挙兵しました。仔細、今お話ししても？」

自分の目が、昏い『皇弟殿下』の色に染まったのがわかった。

＊5

後日、リチャードは遂に一つの居城を手に入れた。テレストラザ子爵の居城だ。魔物の出没で廃城となっていた場所を、『焔隊《ヴィルカス》』の皆さんと聖女隊で奪還することに成功したのだ。転移魔法なしに王都まで丸二日で移動できる、使い勝手のいい城だ。

テレストラザ城、その離宮――元々領主夫人や子供たちが暮らしていた別邸が、丸ごと私の住まいになった。

「モニカさんが前線に出なくても、戦えるようになってきたよ」

身の安全のため後衛への配置が増えた私に、リチャードはにこにこと戦果を報告してくれる。

コッフェの国民はといえば、リチャードをあちこちで大歓迎。遂にコッフェ王国の七割の貴族が、リチャードに下ることになった。

「信じられないけど、コッフェがほとんどリチャードのものになったってことよね……」

談話室にて報告を聞きながら感嘆する私に、リチャードはにっこり笑って指を二本立てる。

「これでモニカさんも安心して倒れられるね。城も手に入れたし、『制約』させた人間しかモニカさんに近づけないように徹底してるし」

その言葉に、私は思わず目を瞬かせる。

「……私が安心して倒れられるように、そこまでやってくれているの？」

「当然でしょ？　モニカさんが二度と危険な目に遭わないためにね。二度と」

細くなる焔色《ファイアオパール》の瞳。その視線の鋭さに、私はゾクっとする。苛烈の皇弟殿下怖い。根回しが怖い。

「モニカさん、回復させる耕作地の選定と、下準備が整ったよ」

リチャードは話題を変えた。私は自然と背筋が伸びる。

「……いよいよね」

「うん。頑張ってね、モニカさん。……場所は、ノワシロだ」

＊6

領民が反乱を起こし、領地の居城を燃やしている。

その一報を受けて内務大臣ストレリツィ公爵は執務室で思わず立ち上がった。

二十代で爵位を継ぎ、以来政界で大きな権威を振るい続けてきた五十歳近くの男だ。

彼はすぐさま馬車を走らせた。移動石板で直接転移してしまえば、移動石板の前に領民が待ち構えている恐れがあるからだ。

今にも雨が降りそうな曇天の下、三日かけて帰還した領地はすでに灰燼《かいじん》に帰していた。領地の田園は全て真っ黒に焼け果て、あちこちにボロボロになった鎧《よろい》や剣が散乱している。捨てた城は丸焦げになり、先祖代々守り通してきた財宝は全て失われているようだ。

命からがら逃げおおせた騎士が、膝をついて報告をする。

「領民らはケーウント様が王太子殿下を唆し、発情聖女を追放したと怒りをあらわにし……ケーウント様を引き渡さなければ城を燃やすと暴れ始めました。知らせをお送りする前に興奮した領民が油分の多い魔物の死体をあちこちに放って、あっという間に火を……」

丸焦げになった居城になんとか入り、見晴らしのいいテラスだった場所から領地を一望する。なるほど、あちこちで黒い点を中心に火が燃え広がった痕跡がある。

「……領民はどうなった。他の騎士は」

「領民は全員逃げました。他の……騎士は……」

彼は口を噤む。ストレリツィ公爵は、奥歯が折れるほど噛み締めて、空を睨んだ。幸運にも家族は皆王都屋敷《タウンハウス》に集まっていたタイミングだったので、身内の命は守られた。しかし多くのものを失いすぎた。

「……潮目が変わったな」

なぜ、たかが領民が、息子ケーウントが王太子の側近になったことを知っているのか。効率的すぎる反乱と、領地の焼きっぷり。いくらうまく逃亡したと言えど、近場で一人も捕らえられないのは、明らかに不自然だ。

曇天から雨がぽつ、ぽつと降り出す。

ストレリツィ公爵は額で雨を浴びながら、記憶を辿り皇弟リチャード・イル・ベルクトリアスの顔を思い出す。前皇帝が生きていた頃、何度か歓談の場で会ったことがある。まだ幼かった皇子は、穏やかで落ち着いた兄に比べ、ずっとぎらぎらとした炎の瞳で人の顔を見据える、苛烈な性格を滲ませた少年だった。

「あれが、こう成長したか……恐ろしいものよ」

ストレリツィ公爵は口の端を歪め、丸焦げになった室内へと戻る。

続いて騎士に命じた。

「至急王都に戻る。準備せよ」

「はっ」

＊7

一週間後。

雨季が近づいてむっとする湿度の荒野に、私は立っていた。鼻をつく汚物の匂いが充満し、見渡す限りどろどろとした油のようなものが広がっている。魔物の体液や排泄物、死体が絡まり合って土地を穢しているのだ。

あちこちで大小の魔物が蠢《うごめ》いている。遮蔽《しゃへい》魔法を張った私たちはまだ見つかっていない。隣にはダリアス、そして珍しく軍装を纏ったセラスもいた。

「……もう、なにもないわね」

懐かしい故郷の土地に昔の面影はなかった。唯一目に留まるのは、たんこぶのように丸く突出した小高い丘。元ノワシロの村の中心部だった場所だ。今では村人を埋葬した目印の記念碑が、大きな石板として建てられているだけ。

旧ノワシロ村地区——ここは国土の西端を覆う森、メイガ・シュと王都の間に位置する場所。メイガ・シュ制圧のためにも、王都防衛のためにも重要な拠点だという。すでに無人の土地なので、万が一作戦に失敗してもコッフェに大きな影響を及ぼさない。最初の浄化の地として納得のいく選定だった。

「モニカさん」

騎士団に指示を出していたリチャードが、鎧を鳴らして近づいてきた。

そして気遣うように、彼は優しい声音で付け足した。

「……できる？」

「ええ。村で眠るみんなのためにも、今生きるコッフェの人々のためにも、果たしてみせるわ」

私は強く頷き、前方を見据えた。

『……遮蔽、解除』

解除詠唱の瞬間、魔物たちの視線が一気に私へと集中する。蝙蝠型、大蛇型、羊型。数え切れないほどの魔物の殺気が、こちらへと集中した。

ざあっと吹き荒《すさ》ぶ一陣の風。

鎧が擦れ合う音が響く。騎士団が一斉に配置に着いた気配がする。今日の作戦では、騎士団は全員出撃することになっている。後方支援として、コッフェ避難民の皆さんが荷馬車で固めた布陣の奥に待機している。

私は深呼吸した。手が震えているのは、仇を打てる興奮か、過去を思い出す恐怖の戦慄か。悲しみ、怒り、緊張、覚悟。いろんな激情が原色で混ざり合い、私の中で大きな奔流となる。

胸の前でぎゅっと拳を握り、私はしっかり大地を踏み締め、立った。

「来なさい。……私は、もう負けない！」

地面に跪き、両手をつける。

『私は聖女モニカ・レグルス、旧《ふる》き大陸の申し子。私の聖女異能の声を聞け。大地よ、呼び声に応じ、在るべき豊かな大地を解放せよ！』

私の呪文を合図に、ダリアスが叫んだ！

「行け！　聖女モニカを守れ！　人の手に再びこの土地を取り戻せ！」

「うおおおおおお！」

かくして激闘が始まった。

あちこちで魔術の炸裂する爆音、土煙、怒号、武器の唸る音、聖女たちの叫び。

『大地よ。妖邪の澱《おり》を退け、蘇れ、在るべき姿に立ち返れ』

私は目を閉じて、土地と意識を一つにしていた。

肉体は母なる大地より生じ、魂は天へと還る――聖女は肉体に依る力、大地の異能だ。私は地に息づく草木に語りかける。虫に、命に語りかける。

『思い出せ、慈愛の陽光を。草原の息吹を。正しき輪廻《りんね》の命の育みを。……私は知っている、この大地が、どれほど豊かだったのか』

不意に、五感が溶ける。

手足が地面と絡み合って消えたような感覚がした。

言葉ではなく心で、私は詠唱を続けた。

『私を育んでくれた大地。私に血肉を与えてくれた恵み。今モニカ・レグルスは己の聖女異能を過不足なく大地に分け与える』

ぐん、と大地に引っ張られるような感覚がした。

雪魔獣《ビッグフット》の時よりも、異能が暴走している。歯を食いしばって、自分を保つ。けれど、どんどん吸い上げられていく。おかしい、と思った次の瞬間に思い至る。

(そうか……ヒェッツアイドの時より、私と土地の相性がよすぎるんだ……！)

私はこの土地に生まれ育ってきた。先祖代々ここの暮らしだ。

自分という存在を形作っている大地は、あまりにも聖女異能を与えるのに相性がよすぎる。語りかけすぎた。

「いけ、ない……理性が、……」

「モニカ様！」

「ダリアス、気を抜かないで！　彼女は私が」

倒れる私を受け止めるセラフス。私は彼女にしがみつき、最後の力を振り絞る。空では魔導士たちがどんどん魔物を撃ち落としている。騎士の雄叫びも聞こえる。

騒々しい音も、プツリと遠くなった。

＊8

その頃。モニカを護衛するダリアスは違和感を覚えていた。

彼女の様子が、どこかおかしい。

炎魔法を帯びた剣で魔物を真一文字に薙ぎ払いながら、ダリアスは背後に守るモニカを振り返った。彼女とセラフスは半透明の乳白色の防御壁により守られていて、基本的に魔物の危害が及ぶことはない。

モニカは地面に手をついたまま詠唱を止めていた。くずおれるような体勢だ。セラフスも戦闘体勢を取りながら、彼女の様子を案じている様子だった。

「うあああぁッ‼」

声を張り上げながら、ダリアスは目の前に飛来した翼竜型魔物を落とす。そして地面から生えてくる触手を薙ぎ払う。

汗を拭った次の瞬間、セラランスの叫び声が聞こえた。

「モニカ様！」

弾かれるように見た瞬間、ダリアスは我が目を疑った。ウィンプルから溢《こぼ》れるモニカの銀髪が、内側から発光するようなピンク色に輝いている。セラランスが彼女の顔を上向かせる。虚ろな瞳は今まで見たことのない色で発光していた。

魔術でも、こんな恍惚《こうこつ》とした顔になることはない。

聖女モニカが——人じゃない、なにかに見えて。

ダリアスは背筋が凍るような感触を覚えた。

モニカの唇が動く。読唇できない。わかったのは——それが古代語だということだけ。

「え、……一体」

次の瞬間、大地が、モニカを中心に地面が光り輝いた。

光の柱があたり一面を一瞬にして覆い尽くす。

「……ッ！」

ダリアスは反射的に顔を覆う。鮮烈な眩《まばゆ》さに反して、あたたかな感覚が身を包む。まるで、優しい体温に包み込まれるような。心地よい熱風に撫でられるような。濃い花の芳香が匂い立つ。

ぞくりと、体の奥を甘く撫でられるような感触に、ダリアスは反射的に唇を噛み切る。発情を誘発する匂いだ。痛みが、過ちを犯しそうになる体を冷ます。

しばらくして、光が淡く薄く、消えていく。

芯を撫で上げるような匂いは消え、体は落ち着いていた。

怖々と目を開くと、あたり一面、大地が美しい新緑と花に覆われていた。

「……これは……………」

魔物はすっかり消え、澱んでいた大気は清々しい風を運ぶ。

はっと我に返り、ダリアスはモニカとセララスを振り返る。

崩れ落ちたモニカを、セララスが華奢な体で潰れそうになりながら支えていた。

「ッ……」

「セララス様！」

ダリアスは叫ぶと、彼女からモニカの体を受け取り、仰向けに抱き抱えた。乱れたウィンプルから溢《こぼ》れる髪は元の桃色がかった銀髪に戻っている。気を失っているだけに見えるけれど。

モニカの聖女装に縫い込まれた魔霊石のいくつかが砕けている。

「どれだけの負荷を、モニカ様は……」

「モニカさん！」

その時。魔物の体液を浴び、壮絶な戦闘を感じさせる姿で殿下が走ってくる。

駆け寄り、モニカの頬をぺちぺちと叩き、ダリアスの主は必死の形相で名を呼ぶ。

「モニカさん！　モニカさん！　モニカさん！」

ふる、と睫毛が震える。

熟れたチェリー色をした瞳が、見つめる皇弟殿下をぼんやりと見上げた。

へら、と笑う。

「やったわ、リチャード……」

力なくピースサインをするのは、殿下の真似か。

殿下が一瞬表情を悔しげに歪め——にこりと微笑み、「お疲れ様、モニカさん」と言った。

モニカを横抱きにすると、殿下は部下の二人に低く命じた。

「ダリアスは全体の確認を。セララスはついてきて、モニカさんの世話を」

＊9

（私は……一体……）

大地と一体になったところまでは、覚えている。

私が意識を取り戻したのは、リチャードに抱き上げられて馬車に運ばれている時だった。あたり一面に魔物の死体すらなく、真新しい新緑と季節外れの花が、強い芳香を漂わせて強烈な狂い咲きの春を告げている。

「成功したのね……」

「ああ」

リチャードが短く答える。笑みのない、無感情な声音だった。

「モニカ様！　ありがとうございます！」

「モニカ様！」

私たちを、騎士団と後方支援の皆さん、聖女たちが大歓声と大きな拍手で出迎える。リチャードの歩みに合わせて、人の波が自然と左右に割れる。私は半ばふわふわとした感覚のままリチャードに運ばれ、大型の馬車に備え付けられたベッドに横たえられた。セラランスと侍女たちが手際よく湯と着替えの用意をする。

枕元に跪き、リチャードが私の手を握って、深くため息をついた。

「……無茶しすぎ。びっくりしたよ」

「私、なにをしたの？」

「覚えてないの？」

「あんまり……」

「もう」

リチャードは呆れるように首を横に振った。

「モニカさん、髪をピンクにして変なことになってたんだよ」

「心配かけたわ。ごめんなさい」

私はぼんやりと天井を見つめながら、先ほどの感覚を思い出す。

聖女として、自分を縛りつけていた限界を一つ乗り越えられたような気がした。

「リチャード。私、もっとうまく、聖女異能使いこなせるかもしれない。これなら」

「はい、ストップ」

「むぐ」

私の言葉を遮って、リチャードが蒸しタオルを顔に乗せてくる。

顔をごしごしと拭いてくれながら、リチャードは私を諭《さと》した。

「今は働くことは考えないで。成功したし、また忙しくなるよ。……お願いだから、もうしばらく寝てて」

「わかったわ」

彼に心配をかけるのは本意ではない。苦々しそうな顔をして私の顔を拭くリチャードの手を押さえ、私は問いかけた。

「そうだ。リチャードは怪我してない？」

「当然。モニカさんが張ってくれた防御壁もあったしね」

「よかった。……もしもの時は、ちゃんと他の聖女にも頼ってね」

「嫌だ。僕は、モニカさんがいい」

「むぐっ……ちょ、ちょっと、ストップ、ストッ」

顔をぐりぐりと拭く手が止まる。見つめ合う。

「モニカさん？」

「……あ……」

綺麗な顔に見つめられ、私は呼吸の仕方がわからなくなる。ああ、だめだ。今日もまた、リチャードの前だと、体がおかしい。今日だって自分に聖女異能をかけてはいないから、発情しないはずなのに。発情状態《いつものの気配》みたいな感覚が込み上げてきて……。

「具合悪いの？　どこか痛む？　モニカさん？」

「あ……違う、の……」

リチャードに抱きかかえられていた心地よさや、匂いに気持ちが安らぐ感覚とか、ずっと体温を感じていたいような感覚が、理性や衝動を突き抜けて私をおかしくする。

「……リチャード、離れて。異能がおかしいの。さ、最近、ちょっとした刺激が、刺激で」

「モニカ様のおっしゃる通りです。離れてください殿下」

パン、と布巾を広げながらやってくるのはセララスだ。

「モニカ様のお体を清めます」

「じゃあまた後で、モニカさん」

リチャードはいつものにこやかさでウィンクをする。そしてシーツに流れる私の髪に口付けて、軽やかに立ち去った。

「はああ……」

私は顔を押さえて、深呼吸する。刺激が強い。

「はいはい、さっさと着替えますよモニカ様。大人しく寝ていてください」

「ありがとう……」

リチャードが行って気が抜けたからか、指一本動かすのもだるくて、私は申し訳なく思いながらもセララスにされるがまま脱がしてもらう。

「ああ、これは全身ガチガチですね。今朝、施術したばかりだというのに、枯れ木のようにバキバキの指も入らないこの体……」

私を脱がせて清めるついでに、セララスはあちこちを確かめる。いつもは痛みを感じるツボさえ、もはや痛みも感じない。私、実年齢と肉体年齢の差がすごいことになってそう。

「ふふ」

されるがままになる私に、不意に、セララスが言葉をかけた。

「モニカ様、実に平静ではありませんか」

「え？」

セララスは私の手を揉みながら、思わせぶりに微笑んで見下ろす。

「発情がおかしくなっていらっしゃるというの、どうなったんですか？」

「……あれ？」

先ほどまでの体の昂りが、嘘のように引いている。発情してしまったら、セララスに触れられることは絶対無理だったし、馬車の揺れ一つですら変な感覚に陥っていたのに。

「モニカ様は壊れていらっしゃらないんですよ。今日の暴走はともかく」

全てを理解している口ぶりで、セララスは淡々と、私の手に香油を塗ってほぐしていく。私が大好きな、甘いバニラの香り。嗅覚と触覚で心地よくなっていき、自然と、思考も回転を止めていく。

「……壊れていないの、かしら……でも……」

私はリチャードを思い出す。あの眼差しと匂いを思い出すだけで、私は、やっぱり胸の奥がぎゅっと、異能が暴走した時みたいな変な気持ちになる。

「壊れてるわよ……だって……」

泥のような眠気がやってきて、私は言葉を続けられなくなる。

「おやすみなさいませ、モニカ様」

私の髪を撫で、セララスが優しく呟いた。

＊10

モニカが微睡《まどろみ》に落ちているその時。

『焔隊《ヴィルカス》』は新たなる局面にいた。

「伝令！　十二時の方角より敵軍動き出しました！」

リチャードは鋭い炎の瞳をして、遠くを見遣る。

花畑と化した旧ノワシロ地区のはるか向こうに、軍勢の気配が見える。目視できる限りで敵は百前後。斥候《せっこう》の調査では聖騎士が三分の二、その残りは王宮近衛騎士との推察だった。こちらが真横から攻撃できる位置に来るまで、息をひそめて待ち構えていたようだ。

リチャードは敵を見つめ目を眇める。

「動かなければ、支援のつもりということで見逃してやったのだが、やはりあちらの大将はそういうつもりなんだろうね」

『焔狼《ヴィルカス》』はすでに、撤退のふりをして迎撃態勢を整えていた。引き連れていた大掛かりな荷馬車は、視界を遮るもののない場所で陣形を隠すためのものだ。

そして、後方支援の平民のふりをしていたのは、リチャードに降《くだ》ったコッフェの騎士たちだ。彼らには視界の開けた場所で、囮《おとり》として振る舞わせている。農民の服を着て、のんきな様子を演じて笑い合い、持ち寄った兵糧を食べてもらう。彼らには全員『制約』をかけたので、裏切ることはない。

相手方への忠誠心が強いのなら自爆覚悟で『制約』を捨てて内通する者もいるだろうが、相手はあの王太子だ。こちらの士気は元々高く、またモニカの魅《み》せた『奇跡』で興奮している。

リチャードは配置確認に歩きながら、声を落として全員に告げる。

「相手が動くまで待て。矢の一本、魔術の一撃でも浴びた瞬間――やれ」

そして馬車をのんきな速度で走らせる。誘うようにじわじわと。

矢が飛んできた瞬間、馬車をぴたりと止めてリチャードは叫んだ。

「コッフェの支援者もいる人道支援の軍に矢を射る者たち！　愚かにも魔物討伐で傷ついた我らに矢を向けるとは、なんたる狼藉《ろうぜき》！　我はリチャード・イル・ベルクトリアス！　善良なるコッフェの国民と我が部下、そして国土の宝たる聖女を守るために、汝らを退ける！」

そして腕を大きく振り、剣を掲げた。

「突撃！」

『強き善き戦士と馬に聖女異能の加護を、守りの盾を！』

聖女たちが一斉に加護を施し、馬より速く駆ける第一陣が一気に飛び出していく。派手に飛び出してきた兵に敵が引きつけられたところで、リチャードは左腕で大きく合図を出した。

合図に合わせ、唯一の高台になっていた場所――ノワシロ村の墓地から、少数の魔導士兵が勢いよく魔法を飛ばした。

敵が騎士団の猛攻に気を取られているところに、横殴りの魔術が降り注ぐ。

バチバチバチバチッ！

まるで花火のように炸裂する魔術の輝きに、剣がぶつかり合う音が重なる。

魔術の光を双眸に反射させながら、リチャードは冷笑を浮かべた。

「魔物討伐で疲弊したところを叩くつもりだったようだけど。……平和ボケした連中と僕たちでは、踏んできた場数が違うからね」

帝国から連れてきた『焔隊《ヴィルカス》』だけでなく、コッフェの騎士の士気も高い。

「おお！　俺たちを守る帝国軍を支援しろ！」

「俺たちもいるってわかってるのに、よくも矢を射かけやがったな！」

決着がつくのは時間の問題だろう。リチャードは想像以上にあっけなく退いていく敵軍に、興が削がれる思いだった。

「これで……コッフェ王国が、僕たちを襲ったという証拠が生まれた」

久しぶりに遠慮なく交戦する口実がある相手だというのに。

「ダリアス。モニカさんの馬車は無事？」

「敵の矢と魔術はもちろん、味方側のコッフェ国民も近づいておりません」

リチャードは頷き、モニカのベッドを設えた馬車を振り返った。

「……モニカさん？」

その時、リチャードは馬車の窓から外を見つめるモニカの姿を見た。

インナーの白いワンピースを纏っただけ、髪も解いた姿。

彼女の瞳が、髪が、桃色に光っているのが遠目からもわかった。モニカの唇が動く。

やめて――そう、紡いだ気がした。

「聖女異能の暴走が来る！　総員、備えろッ！」

リチャードが叫んだ次の瞬間。

ドドドドドドドドドッ！

地面から突き出すように、太い幹のような蔦が生え、敵の騎士団を飲み込む。

「な、なんだ!?」

あっという間の出来事だった。呆然と立ちすくむリチャード側の騎士たちの前で、コッフェ聖騎士と王宮近衛騎士たちが、次々と触手に搦《から》め捕《と》られ、動きを拘束されていく。蔦が鎧と剣をバキバキに砕く。一緒に服まで破かれ、彼らの悲鳴と絶叫があたりにこだました。

リチャードは馬車に駆けていく。馬車の中にはぐったりとしたモニカと、彼女を支えるセララスの姿があった。髪の光は徐々に落ち着いてきているようだ。

セララスがリチャードを見上げた。

「突然、身を起こしたかと思うと……窓の外を見てうわごとのように『やめて』と……古代大陸語でした。おそらく、彼女は無意識に詠唱していました」

彼女が飛び出さないようにしたのだろう、セララスの縄でモニカは手足を拘束されていた。リチャードはベッドに横たえ、彼女の名前を呼ぶ。

「モニカさん、モニカさん」

「……リチャード？」

にこ、とモニカがとろけるように笑う。戦場に不釣り合いなその笑顔に胸が射貫かれるような感覚がした。

「リチャード……私役に立った……？　血の匂いがして、だから私……今度は、誰も死なせずに済んだ……？」

「……モニカさん」

その笑顔はいつもよりもずっと幼くて、いたいけに見えた。リチャードはたまらず、モニカをかき抱いた。腕の中にすっぽりと収まる彼女は熱っぽい。意識が落ちるのと同時に、髪や瞳の光も、馬車外の蔦の暴走も落ち着いた。

どちらからともなく、リチャードとセラスは深く安堵の息を吐く。

「……引き続き、彼女を頼む」

「かしこまりました」

リチャードはぐっと奥歯を噛み締め、モニカをセラスに返して馬車を出た。

後処理のあいだも、リチャードはずっとモニカの笑顔が忘れられない。リチャードの目の前に引き摺り出された敵の軍勢は、皆、蔦によって鎧も砕かれ服もずたずたのあられもない様相を呈していた。指揮官は教会神官。騎士の内訳は読み通り、聖騎士が三分の二ほど、残りが王宮近衛騎士だった。

こちらとの戦闘が怖かったのか、蔦が恐ろしかったのか、彼らは一様にガタガタと震え、従順で扱いやすかった。

帰還の道中、馬車で同乗したダリアスが捕虜の処断を尋ねてきた。

「彼らはいかがいたしましょう」

「モニカさんが血を見たくないと言うからねえ」

言われなければ極刑に処すような物言いに、ダリアスが苦笑う。

「では丁重に捕虜として。全員『制約』で縛れば極刑と変わらないでしょうし」

＊11

王宮にて襲撃失敗の報が入った瞬間。

「……なんだって？」

ケーウントの真横で、メダイコナーはガシャンとティーカップを取り落とした。

「どうすればいいんだ、僕は、僕は……」

爪を噛みながら、ぐるぐると応接間を歩き回るメダイコナー。その彼のそばに立ち、ケーウントはただなにも言えずひやひやとした思いで立ちすくんでいた。

大神官ピッシオゼの進言により、メダイコナーは二つ返事で意気揚々と挙兵に手を貸した。本来なら大戦果をあげて、国王に報告するつもりだったのだ。

それがどうだ。近衛兵を失い、勝手に許可を出して資金を出した。手堅い勝利を得るどころか、多くの手勢を帝国側に捕虜として奪われることになった。

今は箝口令を敷いているが、国王の耳に入るのも時間の問題だ。だからメダイコナーは、延々と応接間を歩き回り続けている。もう半日ほど、全く同じ動きをし続けている。

「なんとか言え、ケーウント！」

「ヒッ」

ケーウントがびくつくと、舌打ちをしてメダイコナーは再びぐるぐると回り始める。

ケーウントもなにかうまいことを言いたい。しかしメダイコナーにまだ言っていないことがあった。ケーウントの実家――ストレリツィ公爵家の領地が、領民によって燃やされてしまったことを。

「もういい、今日は下がれ」

「は、ハッ！」

ただ黙りこくったままのケーウントに、メダイコナーは吐き捨てるように告げた。

これ幸いと逃げるように部屋を後にしたケーウントは、足早に王宮を出て馬車に乗ろうとした。

しかし乗り場に向かって使用人に馬車の用意を命じたところ、使用人は気まずそうな、困惑した顔をする。

「……おいどういうことだ」

「王太子補佐官様の……馬車はございません」

「なんだと⁉」

「恐れながら……ストレリツィ公爵が、馬車を王都屋敷《タウンハウス》へ戻すようにとご命令で」

「なぜ……父は……？」

父の行動の意味がわからない。とりあえずケーウントは頭を下げ続ける使用人に、代わりの馬車を用意するように命じた。王宮にはもしもの場合のため、予備の馬車が数台準備してある。

スムーズに乗り場にやってきた馬車に乗り、ケーウントは実家、王都屋敷《タウンハウス》へと向かわせる。雨が、ぽつぽつと降ってきた。

時間にして三十分ほど、馬車がようやく到着したが、問題が発生した。

門番が固く門を閉ざしているのだ。

「ちッ……僕の馬車だと気づいていないな。名前を覚えてクビにしてやる」

いつもと違う王宮の馬車だから、察しの悪い門番が門を開かないのだろう。仕方なく雨に濡れながら馬車を下りて、ケーウントは門番に顔を見せる。

「お前！　僕の顔に見覚えがないとは言わせないぞ！　さっさと開けろ！」

しかし体格のいい門番は、微動だにせずケーウントに言い返した。

「ストレリツィ公爵のご命令で、ケーウント様をお通しするわけにはまいりません」

一瞬、言葉の意味がわからなかった。

「は……？　どういうことだ？」

「私は門番ですので、これ以上のことを申し上げる権限がございません。ご了承ください」

「おい、馬鹿にするな、おい……！」

雨足はどんどん強くなる。声すら聞こえにくくなるほどの豪雨の中、ケーウントは爪先立ちになり、門番の胸ぐらを掴んで訴えた。しかしどんなに声を荒らげても、罵倒しても、門番は頑《かたく》なな態度を崩さなかった。

後ろで馬が迷惑そうに雨を払う。御者《ぎょしゃ》も困り果てた様子だった。

「くそ、なぜ、だ、父上はなにを考えていらっしゃる……！」

苛立ちが頂点に達した時。門に馬車が近づいてくる。

豪奢な黒塗りの馬車を見間違えることはない。父ストレリツィ公爵の馬車だ。

「父上！」

ケーウントは走り寄り、馬車の前に両手を広げる。

そして馬車の横につけ、石畳に膝をつき、車中の父に叫んだ。

「父上、門番が開けてくれません！　おかげでびしょ濡れです、僕も馬車に入れてください」

やけにゆっくりと、父親は馬車のカーテンを開ける。

そしてケーウントを一瞥すると――カーテンをシャッと閉じたのだ。

「え……？」

呆然とするケーウントの前を、ゆうゆうと馬車が通り過ぎていく。

石畳に膝をついたまま、ケーウントは門が開いて父だけを通していくのを、呆然と見送ったのだった。


「ケーウント様」

どれくらい、門の前で呆然としていただろうか。

ほどなくして執事が門の中からやってきて、ケーウントに傘を差しかける。

そして白髪の執事は、ケーウントの手を拭き、そこに手紙をのせた。

「こちらストレリツィ公爵よりお手紙でございます。どうぞ」

呆然と、手紙の封を切って開く。

便箋に書かれた文字を目で追うにつれて、ケーウントは目を見開き、戦慄く。

「ストレリツィ公爵家は……皇弟殿下のご英断を支持する側につくことになった……三男のお前が、王太子側ならば……今後コッフェ王国の未来がどちらに転ぼうが、ス、……ストレリツィ家の家名は守られる……って……」

信じられなかった。

父が、まさか、憎き発情聖女モニカに拐《たぶら》かされた皇弟につくなんて。

＊12

私たちは転移石板を何度か使い、拠点であるテレストラザ子爵居城へは二日後の午後には到着した。

一旦中継地点の領地で身を清めた私とリチャードは、同じ馬車に同乗することになった。リチャードは馬車乗り場で私を見るなり、ツカツカと近づいて真顔であちこちを確認する。

「リ、リチャード？」

「モニカさん、具合はどう？　おかしいところはない？　あれからよく眠れてる？　食事は？立って歩いて大丈夫？　抱き上げようか？」

「い、いい！　いいから！」

ぺたぺた触れられて真っ赤になって、私はリチャードと距離を取る。

「最近あなた、ちょっと距離近くない……？」

鼓動がばくばくして、私は胸を押さえて深呼吸する。リチャードはきょとんとしていたけれど、すぐにいつもの笑顔に戻った。

「そうかな？　モニカさんがかわいいから、つい近くなっちゃうのかも」

「こ、このあいだ言ったでしょ？　最近……その、発情が変になってるから。危ないから、迂闊なこと、やめて、ね？」

「モニカさんがそう言うのなら止めるね」

リチャードはあっさり頷くと、そのまま当然のように私を横抱きにした。

「い、言ったそばからー！」

「馬車に乗せるあいだだけだよ。はい、おろしたよ」

座席にふわっと降ろされて、私は一応お礼を言う。

「ありがとう……」

リチャードは改めて私をまじまじと見つめ、そして噛み締めるように言った。

「よかった。モニカさんが正気に戻ってくれて」

凱旋した居城には多くのコッフェの民が集まり、大歓声で私たちを迎えてくれた。

「ありがとう！　発情聖女！」

「ありがとう！　この国を救ってくれてありがとう！　皇弟殿下万歳！」

沿道からかけられる声に私は思わず引き攣り笑いする。

「さすがに皇弟殿下万歳はまずいんじゃないかな、あ……」

一応笑顔を作って手を振る私を、リチャードはずっと見つめていた。

「リチャードは手を振ってあげないの？」

「僕？」

一瞬、その表情がひどく冷めたものに見えたのは気のせいだろうか。

リチャードは私から目を逸らさないまま、口元だけに笑みを浮かべて答えた。

「僕は腹立たしいけれどね」

「え」

意外な言葉だった。

聞き返す私から窓の外へと視線を移し、リチャードは堰を切ったように言葉を続けた。

「モニカさんが無名の頃からどれだけ苦労して、心を砕いて、泣きながら、怖い思いをしながら、それでも必死に国のために尽力していたか知らない連中が……知ろうともしなかった連中が、おこぼれに与って、こういう調子のいい時だけ、モニカさんを歓迎してモニカさんに笑顔を見せてもらっているのが耐え難い」

「リ、リチャード……？」

「ああ、だめだね。……モニカさんの言う通り、この国を再訪してから、僕は我慢の限界がきているみたい」

前髪をくしゃりと掻き乱すリチャード。表情は見えない。私は手を振ることも忘れ、目の前の彼に釘付けになっていた。

顔を覆う大きな手、その指のあいだから、リチャードの焔色《ファイアオパール》の瞳が覗いた。

視線が交差した瞬間。私の体を、本能的な震えが走り抜けた。

例えるならば、獰猛《どうもう》な獣に狙いを定められた瞬間のような本能的な震え。

「あ、……ごめんね」

私の怯えに気づいたのだろう。リチャードがはっと我に返り、眉尻を下げて申し訳なさそうに笑う。

「モニカさんを睨んでも、仕方ないのにね」

「う、ううん……大丈夫。私のこと、慮ってくれてありがとう……」

私は鼓動をどきどきと高鳴らせたまま、笑顔を作って首を横に振った。

「今後……コッフェがモニカさんや聖女たちを大事にしてくれるように取り計らっていかないとね」

空気を変えるように明るい声音で締めると、リチャードはよそいきの笑顔で沿道に手を振り返し始めた。私もそれに倣《なら》って手を振って返す。

表面上は平静を取り繕っていても、私はどきどきが抑えられないでいた。恐怖がなかったといえば嘘になる。けれど、恐怖より大きかったのは——興奮だった。

一瞬垣間見えた、リチャードの表情はあまりに鮮烈だった。

(あれが、リチャードの……本当の表情なら)

リチャードは私がびくついたのを見て、謝ってくれたけど、私は、むしろ。

(……あの瞳で強く見つめられたら、私………)

もっと見つめられたいと思った。もっと私の名前を呼んで、その熱をぶつけて欲しいと思ってしまった。その感情に名前をつけるとすれば。

(発情……)

ヒヤリと、冷たい汗が背中を流れた。

(私は……リチャードに……リチャード相手だけに……発情が壊れてる……?)

リチャードは私を今後も重用してくれると言っていた。

ビジネスパートナーとして、一方的に発情しまくっているのは最悪の展開なのでは?

(最悪すぎるわ。……今は、考えないでおきましょう)

私は思考に蓋をして、とにかく明るくコッフェの民に応えることに集中した。

＊13

モニカさんと別れ、僕は寝室の扉を閉めるとそこにもたれた。

天を仰げば、天井に描かれた天使たちがこちらを嘲笑うかのような笑顔で見下ろしている。呻くように口から溢れる。

「……限界だなあ、僕も」

コッフェに来てからいよいよ『制約』に綻《ほころ》びが生じてきていることは重々わかっていた。ダリアスの『制約』のように、具体的な行動をトリガーにした『制約』は強固だ。欲情しようが体が昂ろうが、本懐を遂げなければ代償が生じることはない。

リチャードの『制約』は異なる。「代償」は魔力そのもの。そして『制約』をかけた欲望は、感情そのものと直結している。強靭な理性のおかげもあり、感情の伴わないシンプルな欲望には十分『制約』の効果が出ている。けれど。

「……モニカさん」

ゆったりとした聖女装でもわかる細い肩に、柔らかな頬。屈託のない笑顔を向けてくる彼女に感情が揺さぶられるたび、制約もグラグラと揺らぐ。

「モニカさんは、僕を信じすぎだよ」

胸に一番近い場所にある、勲章を撫でる。皇弟の身分を示すそれにはめられた魔霊石、それの本当の意味を知るのは皇族だけだ。

制約の隙間から漏れる「劣情」を迷彩《かく》す魔霊石も、この溢れる思いの前では、もはや消耗品だ。

「……はあ」

目を閉じると瞼の裏に、初めて会った時のモニカさんの姿が映る。傷ついてボロボロに泣き腫らしているのに、使い捨てにされている聖女なのに、腕も首も細いのに、真新しい聖女装を汚して、懸命に働いて笑顔を作る彼女の姿を。

愛おしい、守りたいと思う信仰心に近い敬意から始まった。

知れば知るほど、彼女への思いの底に劣情が澱のように溜まっていく。

働き者の小さな手。ウィンプルから溢《こぼ》れる、柔らかな髪。

洗い立てのまっさらなシーツのような、優しい、飾り気のない明るい笑顔。

「……愛してる、モニカさん」

今では『発情聖女』と呼ばれる、彼女より自分のほうが、よほど。

＊14

「あれ、ここは……」

あたたかな、初夏の陽気。空には白い雲が浮かび、丘の上は眩い緑の芝生に覆われ、見渡す限り遠くまで、みずみずしい緑の農地が広がっている。

私の周りを飾り付けられた子ヤギたちがよちよちと歩き回る。

木造の小さな教会の前で、私は村のみんなと家族に拍手をされていた。

「モニカ、結婚おめでとう！」

「幸せになるのよ！」

「え……」

私は生成りの木綿全面に刺繍が施された婚礼衣装《ウエディングドレス》を纏っていた。

「け、結婚？　誰と……？　私が……？」

みんなの顔は、なぜか目が霞んでよく見えない。顔の見えない母が近づいてくる。懐かしい優しい声で、私の頭に花冠を乗せ、ヴェールを被せる。

「幸せになるのよ、モニカ」

軋む扉の音が、真後ろから聞こえた。

「さあ、行きなさい」

背中を押され、これまた顔の見えない父と腕を組んで教会に入ると、木彫りの女神像の下、私を待つ花婿の背中があった。一歩一歩近づいていき、私は彼と一対で並び立つ。

黒く凜々しい婚礼衣装を身に纏った花婿は、私のヴェールを恭しく持ち上げる。

「モニカさん」

血のように鮮やかな赤毛に、燃えるような焔色《ファイアオパール》の瞳の、背の高い優しい眼差しの男性。

「リチャード……」

彼がリチャードだと気づいた瞬間、世界の色が変わる。柔らかくあたたかな教会から、石でできた冷たい教会へと様変わりする。来賓たちは顔が真っ黒で見えない貴族たちだ。彼らが微笑んでいるのか、睨んでいるのかわからない。

拍手は鳴り止まない。けれど、外の景色もわからない。

祝福されているのか、いないのか。

彼はいつしか婚礼衣装ではなく、群青色の軍服を纏っていた。私もいつもの聖女装で、彼に髪を撫でられていた。

胸の宝石があやしく輝く。血の匂いと硝煙《しょうえん》の匂いがする。

リチャードはいつもと変わらぬ笑顔で、私に手を差し伸べてくれた。

「……モニカさん、こんな苦しい世界でも、僕の隣に」

「リチャード……」

その時。甘い蜂蜜の匂いが、あたりに漂う。そしてあたたかい焼きたてのパンケーキの匂いと、とろとろのバターの香り。じゅうう。あ、スキレットになにかが溶ける音。これは……。


「ああ、目が覚めた？」

はっと身を起こすと、目に飛び込んできたのはベッドに腰掛けてパンケーキを食べるリチャードだった。

夢の中の景色を思い出して、言葉を失い、私は、はくはくとなにも言えずに口を動かす。

「はい、あーん」

「あ、あーん……」

フォークを差し出され、小さく切り分けたパンケーキが口の中に入れられる。じんと痺れるほど甘くて、美味しい。飲み込んだところでまた追加が差し出される。口を開く。食べる。それをしばらく繰り返して平らげ、そのままセラフスが紅茶を淹れてくれる。

厚めのカップに注がれたそれを両手で受け取り、ゆっくり飲み干したところで……私は改めて

リチャードを見た。

「なんで目覚めたらあなたがいるのよ、リチャード……」

「モニカさん、どれだけ起こしても目覚めなかったし、僕もいろいろ落ち着きたかったし。外ウロウロしてると、なにかと用事が入るからね」

「……つまり私の部屋を逃げ場にしていたってことね」

心配をかけた申し訳なさを感じつつも、相変わらず飄々としたリチャードの態度に安心する。

「えっと……テレストラザ子爵居城に到着して、お風呂に入ったところまでは覚えているけれど……。私、そこから何日間眠ってたの？」

「三日だね」

「そ、そんなに⁉」

「よほど疲れてたんだろうね。でも起き抜けにこれだけ食べられるなら少し安心かな。胃が丈夫なモニカさんはかわいいね」

私はセラスからストールを受け取り、肩にかけて立ち上がった。楽な部屋着姿をリチャードに見られるのが、今はなんとなく恥ずかしい。

窓の外はよく晴れている。穏やかな天気だった。

「浄化した土地はあれからどう？」

「成果は期待以上さ。モニカさんが生やした雑草を焼いたらいい感じに肥えた土になりそうだって。今は僕の拠点を作ってるけれど、ゆくゆくは新たな村ができるだろうね」

「よかった」

私はほっとする。夢に村のみんなや家族が出てきてくれたのも、もしかして、私を励ましてくれていたのかもしれない。前向きな気持ちになってきた。

「私着替えるわ。そしてご飯を食べる。そしてみんなに挨拶しなきゃ」

セラスが礼をして着替えの準備を始める。リチャードはテーブルに残った焼き菓子を手掴みで食べていた。指をぺろっと舐めて、思い出したように言う。

「そういえば、誰と結婚してたの？」

「ぶっ」

「寝言で言ってたよ？　結婚がどうのって」

リチャードは私に近づいて、背をかがめて顔を覗き込む。その仕草が夢で見た花婿のリチャードと同じで、私は顔に火がついたように赤くなった。

「え、ええと……あの……ただの夢よ。あっほら、このあいだ、ウエディングドレスがどうのって、リチャード言ってたし、その」

「…………夢の相手はだれ？　モニカさん」

「……顔が近い……うまく……話せません……」

「僕だったらいいな。僕じゃない男なんて、思わないよね？」

首を少し傾げると、ふわっといい匂いがする。香水とも違う、リチャードの匂い。たがが外れておかしくなっている変な気持ちが、私の動悸をめちゃくちゃにする。

「……………そりゃあ…………その……あの…………」

顔が熱くて顔が見られない。ストールで顔を隠してもめくられる。ひえ、と変な声が出た。

「顔隠さないで。僕の目も見られなくなっちゃうような相手なの？」

頬を手の甲で撫でられる。刺激が強すぎて気絶しそうになったところで、セラスがごほん、と咳払いした。

「殿下。寝言も全部聞いていらっしゃるのですし、無理強いしなくてもよろしいのでは？」

「起きてるモニカさんに言って欲しいんだよ」

「……言わせないでよ……いじわる…………」

「言って欲しいなあ♡　夢の出演料代わりに♡」

「うっ」

「……あの……あ…………」

一言言えばいいだけなのに、声が出ない。私ばっかり意識しているみたいで恥ずかしい。

「……リチャードの夢……見てたわ……見てたわよ……ええ……そうよ……」

「よかった。他の男だったら始末しに行かなきゃいけなかったから」

「夢に出た程度で⁉　本人は悪くないのに⁉」

「ふふ、冗談だよ」

「冗談に聞こえないんだけど」

「モニカ様、隣の部屋へご案内します。一度湯浴みしてお着替えしましょう」

「じゃあね、モニカさん」

リチャードは髪にキスする。

「ひゃっ」

よく考えたら三日間ずっと寝ていてお風呂に入ってない髪なんだからやめて欲しい。私は逃げるように、隣の部屋に入った。

＊15

『いずれ歴史が証明してくれよう、聖女など、野蛮で汚らわしい存在だと』

これはコッフェ国王の言《げん》だが。

今まさに、コッフェ王国は事実として崩壊しかけていた。

「王太子殿下は、なんということを……」

議事堂内の談話室にて。マホガニーの重厚なテーブルをだん、と叩く大神官補佐。同じテーブルを囲む各責任者は皆、沈黙した。

みるみる削られていく領地に、寝返っていく地方の教会。

そこで王太子メダイコナーの指揮による『焔隊《ヴィルカス》』への奇襲の失敗が起きた。

よりによって皇弟の騎士団がノワシロの浄化を終えた直後という消耗したタイミングで、民間人も含む一団に対して王室と教会側が奇襲をかけたのは大いなる失態だった。

メダイコナーは自室にて謹慎させられている。

時を同じくして、離反するわけがないと思われていたストレリツィ公爵家が三男ケーウントを切り捨て、皇弟への臣従を表明した。

そうこうしている間にも、王国騎士団も聖騎士団も隣国皇弟への対応に追われ、魔物の討伐が疎《おろそ》かになり、いよいよ魔物被害の深刻さが王宮にまで伝わってくるようになった。

魔物討伐に対する深い懸念を示した国王の意向により、ようやく大神官ピッシオゼの命により王国全土の聖女の緊急招集が始まった。しかし時すでに遅し。ほとんど全ての聖女は発情聖女モニカ・レグルスの所属する隣国皇弟軍に降り、中立を守る聖女は不可侵領域である修道院へと逃げ込んだ。

コッフェ王国と教会の下から、聖女が失われたのである。

「地方の領主たちは無抵抗で皇弟に降《くだ》り、抵抗しようと思っても魔物対策が取れない現状、彼らに従うほか領地を守る方法がないと……」

「王国騎士団や聖騎士団はなにをやっている。相手は少数の軍勢で乗り込んできて、こちらは圧倒的に有位にあるというのに！」

「どうやら神官の装備や戦法についても、聖女モニカが知っているのでしょう。ことごとく対策を練られてしまっております」

「くそっ……！　国に仇なすあの悪女に、妃教育などしなければよかったんだ」

「民衆は聖女モニカの信奉者となり、王家や教会に反発する者も増えております」

「捕らえて魔女として処刑することはできないのか」

「皇弟が黙っていないでしょう。奴は意図的に『発情聖女』を立てることで、彼女への崇敬を集めているようです。このやり口もコッフェ国民の反発が起きない理由かと」

「さらに情報によると、騎士団内部には、アルジェンティア公国の生き残りもいるらしく」

話題に出たのは、数年前に帝国北部と隣国の間で磨り潰されるように消滅した山岳小公国だ。

「帝国の援助を受ける心理的抵抗を、彼らが積極的に和らげているようです。国の滅亡後も公国民の生活は守られたことや、他国に奪われていた財産を帝国が奪還し、返還したということなど」

「……わざわざそういう連中を連れて来ている時点で、おかしいというのに」

「最初からコッフェに対する侵略の意図を感じさせられますね」

錚々《そうそう》たる顔ぶれだが、誰もコッフェ側としての対抗策を口にできない。

帝国の人気取りの方法は、ベルクトリアス帝国皇弟、リチャードの人気と実績に裏付けされたものだ。聖女モニカや悲劇の国アルジェンティア公国の者まで手札にしているのだから、その人心掌握術は効果的だ。

対してコッフェ王国は――王太子メダイコナーは「発情聖女を追い出した」として民衆から不人気なのはもちろん、王侯貴族からも彼の言動に苦言を呈する声も多い。

「こうなったら、もう発情聖女に公式に謝罪し、関係を取り持ってもらうしか」

「そうだ。公式に追放したわけではないのだから」

「発情聖女を婚約破棄し名誉を傷つけた王太子殿下の行動を否定することになる、それだけは避けなければならん」

「逐に、隣国皇弟軍への攻撃に対して、別の国々からも批判声明が出されました」

「コッフェはこのままでは孤立します」

「なにを言う。コッフェ王国はコッフェ王の国だ。それを口先だけの名目で侵略してきたのは皇弟のほうだ。聞けばあの若造、帝位継承権の放棄後は嫁を娶《めと》ることもせず、国内外への騎士団派遣にばかり精を出しているという。このままでは国を助けた見返りに、コッフェの王族の姫を所望するかもしれぬ」

彼らは顔を見合わせる。姫の一人を差し出して少しでもコッフェ有利にことが運ぶのなら、いくらでも差し出してやればいい。相手は蛮族、ベルクトリアス帝国の赤獅子だ。

一人が、顎をさすりながら呟く。

「すでにもう、皇弟に降《くだ》った連中が娘を嫁がせているのではないか」

ざわ、と場がざわめく。

「……ならば、会談の場で品定めの席を設けるのも」

「あの蛮族に嫁がせるのか？　コッフェ王族が帝国に嫁いだ前例など」

「王族でなくとも貴族息女で構わぬ。語学のできる忍耐強い娘を」

「間諜《かんちょう》としての能力もなければ。若すぎる娘では用をなさぬ」

「では……」

「ならば……」

国を憂慮するつもりだった貴族たちの化けの皮が剝がれ、保身と打算に焦る目つきになる。

「ごほん」

宰相補佐官の咳払いが響き、場に揺らめいた我欲の炎は鎮火する。

全体を見下ろす高さには、大神官と宰相で国王を挟んだ席が設けられている。三人はじっと全体を見下ろした。

円卓はすでに半分ほどの貴族が欠け、残ったのは王都、王都近隣の小都市の諸侯、そして大神官管轄の教会荘園の神官だけだ。彼らの支配する土地、それ以外の領主らはほぼ全て皇弟に降《くだ》り、残されたのは魔物に支配された荒涼たる土地ばかり。

「……………汝らに問う」

国王は落ち窪んだ目で列席者を見つめる。そして嗄れた声で、ゆっくりと語りかけた。地に響くような声だった。

「我が国の騎士団、そして教会はこれまで長き年月に渡り、魔物の発生、他国からの侵略を撥《は》ね除けてきた。領主の反乱も起こり得なかった。今まであり得なかったことが次々と起こっているこの現状。なにが今、コッフェに欠けているのか。申してみよ」

国王の問いに、誰も答えられない。答えはもうすでに、この場にいる全ての者が事実として突きつけられているからだ。

欠けているのは、全て。

崩壊するきっかけとなったのは発情聖女――特別特級聖女モニカ・レグルスの追放だ。彼女が突きつけられた婚約破棄という処分、そして事実上の国外追放を発端とする、聖女排斥政策。国家という煉瓦造りの建造物が、聖女という要石《かなめいし》を抜かれて次々と倒壊している状況だ。

ここを以前のように立て直すには、もう遅い。

だからこそ貴族たちは、己の息女を捧げる話に流れたがる。

もう遅いと、全員わかっているのだから。

その時、廊下を勢いよく駆ける足音が響く。全員が腰を浮かせて注目した。

「ついに勝ったか⁉」

ドアを開けた伝令は、青ざめた顔で片膝をつき、声を振り絞る。

「伝令です！　チェプル侯爵領が撃破されました！」

一人の白髪の男が青ざめて立ち上がる。

「我が領地が！　息子は⁉　防衛を任せていた息子はどうなった⁉」

「水を絶たれ、風上で酒や農作物の歌えや踊れの祭りを催され……さらに祭りのついでに魔物まで討伐されたようで……」

「それでどうなった⁉」

「チェプル侯爵代行は戦意喪失し……そのまま皇弟軍に降《くだ》りました。侯爵のご家族、部下、領民いずれも無事。軽傷を負った者も、適宜帝国軍にて治療を受けているとのことです」

「そうか……」

チェプル侯爵は、力なく項垂れ、顔を覆い沈黙する。

どうしようもないムードで、場が静まり返った。

指を組み、国王は疲れた表情で視線を机へと落とした。

「……やはり聖女頼みなのか、この国は……」

＊16

「ぼ、僕は悪くない。大神官が……大神官が」

挙兵し失敗したことがバレたメダイコナーは、爪を噛んでガタガタ震えていた。

王太子。謹慎中。

謹慎中なので、今は大神官すら立場が危うくなっていることを知る由もない。

「王太子殿下」

ガチャ、と扉が開いて、入ってきたのはケーウントだった。

メダイコナーはケーウントに縋りつく。

「お前はもう僕から離れてくれるな」

これぞ見せ場、とケーウントは思った。ケーウント心の大河小説が始まる。

憎き発情聖女に恥をかかされ、苦痛を与えられる王太子。

実家と袂《たもと》を分かっても、王太子に寄り添う、忠義の補佐官、ケーウント。

そして見事王太子は名誉を回復し、ケーウントもめちゃくちゃ出世する。

「王太子殿下！　僕は、僕はずっとあなたと一緒にいます！」

「ケーウント……！」

＊17

運動不足解消に部屋にマットを敷いてストレッチをしていると、リチャードがやってきた。ちょうどマットに足を伸ばして前屈をしたところだ。

「相変わらず柔らかいねえ、モニカさん」

「あなたも相変わらずノックしないのね」

「本当に入っちゃまずい時は、扉の前に誰か立ってるでしょ？」

「まあそうだけど……」

突然来るリチャードが嫌かどうかといえば正直嫌じゃない。そんなこちらの浅ましさがバレているような気がして、私はモゴモゴと言葉を濁す。

今日のリチャードは正装の軍服を脱ぎ、くつろいだ私服を纏っていた。第一ボタンを外して鎖骨を出し、髪をセットしていないと、昔の赤毛さん時代を思わせる。

「運動不足？　そういえば最近相手してなかったね、やる？」

笑顔で親指で外を示されて、私は慌てて首を振る。

「いっ、いい！」

「どうして？」

「刺激が強くて」

「刺激……？」

そう。リチャード限定で発情が壊れるようになって以降、リチャードと手合わせなんてとてもじゃないけどできなくなってしまった。薄着で暴れるところを見られるのが恥ずかしいし、薄着のリチャードなんて見たら眠れなくなる。

もじもじする私に微笑むと、リチャードは「じゃあ別の提案」と指を立てる。

「今日は祭りなんだ。よかったら一緒に城下町に遊びに行かない？」

「……出てもいいの？　暗殺者の問題もあるのに」

「それはそれ、これはこれ。ずっと城の中でお飾り状態が続いていたら、頭も体も勘も、いろいろ鈍っちゃうでしょ？　何か気づくこともあるかもしれないし、楽しく出歩くのも仕事の一つだよモニカさん」

「リチャードがそう言うのなら……そりゃあ、行きたいけど」

私は立ち上がって窓の外を見た。眼下に広がる城下町では、鮮やかな旗や花飾りがあちこちに飾られ、人々の浮き立った様子が見える。

「じゃあ決まりだ。大丈夫、みんなで一丸になってめちゃくちゃ守るから♡」

「申し訳ないわね」

「ううん。僕も部下も、コッフェについてもっと知る必要があるからね。じゃ、さっそく準備しようか」

傍に控えていたセラランスにウィンクした。

「モニカさんの変装は任せたよ」

「承知いたしました」


そして小一時間後。

馬車で合流したリチャードは髪を黒く染めて変装していた。白いシャツにチェックのセットアップスーツを着て帽子を被ったその姿は、まるで、育ちのいい商家の若旦那のようだ。ぎらぎらの焔色《ファイアオパール》の瞳を隠す、黒縁眼鏡がよく似合う。

私もまた変装していた。栗色に染めた髪をおさげにして、服はチェックのワンピースドレス。聖女装束とは真逆の印象になるように意識した。

変装はうまくいったのか、馬車を降りて花時計の美しい中央広場に立っても、誰も私たちに注目しない。私はホッと胸を撫で下ろす。

「記憶に残りにくいように、魔法で簡易ステルスはかけているけれど……結構バレないものね」

リチャードは私を見下ろして、しみじみと言う。

「モニカさん、前から感じてたんだけど……」

「ん？」

「平民の女の子っぽいおしゃれをすると、幼げに見えるよね。かわいい」

「えっ!?　あっ……ありがとう」

「髪を下ろすと童顔が目立つのかな？　目が大きくて、ますますロップイヤーのうさぎみたいだ。今度は髪の毛染めないところ見せて欲しいな」

おさげ髪をとって口付けるリチャードに、ビクッとして私は思わず距離を取る。

「そ、そういうことやめましょうよ。兄妹のふりして歩くんだし、妹にそれはダメでしょう」

「兄妹のふりだったの？」

「えっ、違うの」

リチャードが目元を和らげて微笑む。

「新婚夫婦とかどうかな？」

「しんこッ」

私たちの会話は、向こうのほうから聞こえてきた盛大な拍手に遮られた。

時計台から中央広場までの大通り、そこに華やかな行列がやってきた。

「ほら、お二人さんも花を投げてあげて！」

浮かれた様子のおばさんが、籠から生花を配って去っていく。

マーガレットの花を回しながら、リチャードは「お二人さんだって」と笑う。

「大した意味はないと思うけど。……ああ、それよりも見て！　綺麗よ！」

美しい婚礼の行列に私は目を奪われた。いっぱいの花で飾り立てられた二人乗りの馬車が、花を挿した白馬に引かれてゆっくりと進んでいく。親族たちも後ろの馬車に乗っていて、沿道の観客に盛大な拍手と花を手向《たむ》けられている。耳に入ってくる話によると、どうやらこの街の大商家の娘が婿をもらったらしい。

行列は中央広場の花時計の周りを一周し、そのまま元来た道を戻るようだ。

「あ！　リチャードあれ見て！」

「ジヌだ」

私たちは参列者の馬車の中で手を振るジヌを見つけた。

「そうか、商人としてのお付き合いがある人なのね」

ジヌは私たちに気づくと馬車の上からにこにこと手を振ってみせる。胸にはちゃんとサーヤちゃんを抱いている。するとジヌは私に向けて、花が飾られた帽子を投げてきた。

「わッ！」

思わず受け止めると、近くの見物人のおじさんが嬉しそうに笑う。

「よかったな！　参列者からのお裾分けは求婚だ！」

「えっ」

私は思わずジヌを見る。ジヌはウィンク一つ投げて、さっさと消えていった。

「さ、燃やそう。モニカさん」

「怖い怖い、リチャード怖い」

真顔で火を求めるリチャードに、慌てて私は首を横に振る。

「ジヌも私もこの祭りのしきたりを知らないんだから、多分知らないまま投げてきたのよ」

「……」

リチャードは不満げな顔をして黙ったまま私から帽子を奪い、そっと、去っていく馬車の列の最後尾のポールに投げて引っ掛ける。

ナ、ナイス投擲《とうてき》！

「あははは、突き返すか、兄ちゃん！」

おじさんは笑いながら去っていく。

「確かに困ってたけど、なにも投げなくても」

「持ってたら求婚を受けたことになるんでしょう？　お遊びだとしても冗談じゃないよ」

リチャードはそう言って、私の手を取った。突然の行動にビクッとする。

「ど、どうしたの」

しかもただ手を重ねるだけじゃなくて、リチャードは指まで絡めてきた。

「ひゃ、ひゃう」

リチャード相手にだけ発情異能が壊れている私は、これだけで変な声が出てしまう。

「これなら誰もモニカさんに声をかけられない。兄妹にも見られない。どう？」

「……兄妹に、見られない、って……」

「恋人じゃだめ？」

「こっ」

リチャードが薄く目を細めて問いかけてくる。

「で、でも私、ただの聖女で……あなたは、皇弟殿下……」

「違うよ。あなたはモニカさんで、僕はただのリチャードさ」

ぎゅっと、腕を引き寄せられ、今度は耳に囁かれる。

「それとも腰に腕を回したほうがいい？」

「っ……あの、リチャード……」

「冗談だよ」

リチャードはふっと微笑んで体を離す。それでも手は、恋人繋ぎのままだった。

「でもモニカさんが嫌じゃないなら、僕はなんだってしたいんだからね」

切なげな表情をして言われると、私はどうすればいいのかわからない。

「と、とにかく楽しみましょう」

「そうだね、モニカさん」

それから。私たちは人混みで、手を繋いで祭りを楽しんだ。出店の射的で花冠を当ててもらったり、一緒にじゃがいものバター焼きの串を食べたり。

演劇の舞台ではなぜか聖女モニカの演目をやっていて、大慌てでお面で顔を隠す私の隣で、リチャードがお腹を抱えて笑ったり。

常に近くには一般人に扮した騎士の皆さんがいてくれて、ちゃんと守ってもらえているんだという安心感もあった。ダリアスとセララスも、姉弟みたいなふりをして歩いていた。私とリチャードとは違って二人は血の繋がった姉弟みたいに見える。もしかしたら実際に少し血が繋がっているのかもしれない。貴族って縁戚関係だらけだし。ああそうか、だからセララスのことを『そういう目』で見ているわけじゃないって断言していたのかも。

（そういう目、かあ）

私は隣で楽しそうに曲芸を眺めるリチャードを覗き見た。リチャードにとっては、私は一体なんだろう。大切にしてもらっているのはわかる。仲間だと思ってもらえているのもわかる。最近は加速度的に甘えられている気がする。

……けれど。それ以外のことがわからない。

（待って。それ以外って、なにを考えてるの私？　……仲間で大切にしてもらってる、それ以上の『なにか』があるの？）

自分の欲望がわからない。手を繋いでいるところが熱い。リチャードの匂いに、横顔に、声に。私はもっと、欲しい、と思ってしまう。なにを？　なにで？　なにをもって？　皇弟殿下に名前を呼ばれて、「モニカさん♡」って大事にされて、それ以上に、欲しいものってなに？

（リチャードに……発情して……抱かれたい、とか？）

「きゃあああ」

「モ、モニカさん⁉」

「な、なんでもないわ。えと……思い出し羞恥！　思い出し羞恥よ！」

思わず叫んでしまったことをごまかす。

（リチャードにだ、だだ、抱かれ、たいだなんて、そんな……そういう欲望がないリチャードに

対して、いや、あったとしたって、発情聖女、さすがに浅ましすぎるわよ、だって）

脳裏に、帝国宮廷で見た女の人たちや、このあいだ見た令嬢がよぎる。氷の中に突き落とされるように、のぼせた感情がさっと冷めた。

リチャードに繋がれていない側の空いた自分の手が目に入る。爪が短くて、飾り気のない、労働者の汚れた手。

（リチャードは皇弟殿下よ。私が、壊れた発情を向けていい相手じゃないわ……）

発情を向けない。そういう気持ちは別の場所で昇華すればいい。

それだけのことなのに。私は自分でも驚くほど気持ちが沈んでしまう。

「モニカさん……どうしたの？」

曲芸に拍手をしたリチャードが、改めて私を見て微笑む。

「……見ないで、そんな」

「どうして？　かわいいのに」

眼鏡の奥、焔色《ファイアオパール》の綺麗な瞳に私が映っている。やめて、そんなに優しい目で見ないで。誤解しちゃう。高望みしちゃう。私は発情聖女。最近異能がすっかり壊れて、使ってなくても、こんな時に、顔が熱くて恥ずかしくて、浅ましい気持ちでいっぱいになってしまうのに……！

曲芸が終わると、群衆がわっと散っていく。その流れに合わせて運河のほうへ歩きながら、リチャードが私に尋ねる。

「少し元気ないね？　つまらなかった？」

「ううん、違うの……リチャードの横顔を見てて、ぼーっとしちゃってただけ」

きょとんとするリチャード。そうですよね！　変なこと言ってるわよね、私！

私は手を離して小走りに進み、運河と道を隔てる手すりに手をかける。

普段は運河として使われているような川らしい。祭りの今日の川辺は酒を飲んで浮かれている
おじさんばかりだ。

縋りつくように手すりを握りしめ、私は水面を見つめながら気持ちを吐露する。水面にリチャ
ードの顔が映る。

「ご、ごめん……あのね、前にも少し話していたけれど……最近ちょっと……は、発情が変にな
ってて」

発情。その言葉を口にするだけで、恥ずかしくて声が小さくなる。

「すぐに変なこと考えちゃうようになってるの……ごめんなさい。嫌いにならないで」

「ねえ、モニカさん」

リチャードは真剣な顔で、私を見つめた。

「それって……他の人にも反応するの？」

「あ、それは大丈夫。リチャードと一緒の時だけ、なんだろう、急に気が抜けちゃうのかな、安
心感があるっていうか……」

「そう」

「……ごめん。リチャードは皇弟殿下なのに、その……そういう目で見ちゃって」

リチャードはなんとも言えない顔をしていた。いつも怖い顔か、もしくはあっけらかんとニコニコしているかどちらかなのに、表情に困っているような、反応に困っているような顔だ。

「……モニカさんは、僕で変なこと考えるの、嫌い？」

「えっ」

意外な方向性の問いかけだった。

「モニカさんは、僕で変なこと考えてるの、気持ち悪かったりするの？」

「あ……ええと、……ううん。リチャードにしか反応しないのは……ちょっとホッとしてる。……なんだか……リチャードなら……」

リチャードなら間違いが起きても私は嫌じゃないし。そもそも性欲がない人なんだから、間違いなんて起きるわけないし。

私はふと、橋に佇む新郎新婦を見た。手と手を繋いで幸せそうだ。

胸がキュッと苦しくなる。私たちも手を繋いでいたはずなのに、彼らとは雲泥の差だ。

——殿下が相手なら、風で吹き飛ばしますか？

ダリアスの言葉が、頭をよぎる。

（私、は……）

「モニカさん」

リチャードの声で、私は意識が現実に引き戻される。リチャードは私を見て優しく微笑んでいた。いつものにっこにこの笑顔じゃない、穏やかな微笑みだった。

「僕は、モニカさんにどんなふうに思われても構わないよ」

「ダメよ。だってあなたは……むぐ」

いつの間にもらっていたのだろうか。さっき大道芸の場所で配られていた棒飴《あめ》を唇に押しつけられた。

「それは言わないで。無粋《ぶすい》だよ？」

少し寂しそうな顔をして、リチャードは首を傾げて見せる。

「モニカさんが気安くなれるのなら、僕はいつだって『赤毛さん』に戻ってもいい。国だって捨てていいと思ってるのに」

「……呆れた大胆さね」

あまりに大きな話に、私は思わず肩をすくめてしまう。リチャードは本気か嘘かわからない、曖昧な笑みを浮かべたまま私から目を逸らさない。

「でも、『赤毛さん』ではモニカさんを完全には守れないから。だから僕は皇弟という立場と権力を利用している。それだけだよ」

「職権濫用……」

「僕は職権濫用なくらいでちょうどいいのさ。真面目にやりすぎても、兄貴の邪魔になっちゃうからね」

飴の棒を回しながら、リチャードは言う。

「でも……モニカさんが全てを捨てて逃げ出したいなら、一緒にただのモニカとリチャードになって、一から人生やったって構わない。その時は言ってね？」

「職権濫用の次は、職務投げ出すの？」

「モニカさんが望むなら、正しくなくても間違ってることでも、苦しいことだって僕はやるよ」

「……」

「ここまで言っても、わかんないかなあ」

「なにを？」

「僕がモニカさんを大好きなこと」

「それは……知ってるけど」

私は反応に困ってしまう。リチャードは発情しない人なのに、そういう人の「好き」と、私の「発情」を混ぜるのは申し訳ない。

「リチャードの好きと、私の発情は別でしょ？」

「なんでもいいんじゃない？」

「え？」

「誰だって、感情——恋とか性欲とか愛だとか、切り分けることなんてできないよ。兄貴と義姉さんだって、いろんな『好き』が絡み合ってるだろうし。好きと劣情、切り分けなくてもどうとでもなるよ」

リチャードは手すりにもたれて、優しい顔で笑う。

「お互い好きでさ、お互い触れたいって思うなら、それ以上はうやむやでいいんだよ……多分ね」

言いながら、リチャードは私の手を指でつつく。求められるままに指を絡めれば、リチャードは嬉しそうに目を細めた。その表情に、頰が熱くなる。

発情が浅ましい。でも、彼が嫌じゃないのなら、遠慮しなくていいのかな。

「………そんなものかしら」

「だって、少なくとも幸せでしょ？　僕はこうしている時間、幸せだよ」

「そうね……」

恥ずかしくなって視線をよそに向けると、ふと気になるものが目に入る。

「そういえばあの新郎新婦、どうしてあんなところに立ってるんだろう」

街を貫く運河の中心にある、赤塗りの橋だ。真ん中が吊り上げられるようにして上がっていて、橋が途切れている。そこに先ほどの新郎新婦が立っているのだ。

「あれって……？」

「昇開橋だよ。僕も本物を見るのは初めてだな……ほら見て、ああいう大きな船でも、橋が上に上がったら通れるでしょう」

「へー……知らなかった」

私が感心して眺めているちょうどその時。

途切れた橋の一端に立った二人が、飛んだ！

「え、えええええ⁉」

勢いよく飛ぶ水飛沫。参列者や観客が盛大な拍手をした。

「な、なんの奇祭⁉」

停泊させた小さな貨物船の上で乾杯する、酔っ払いのおじさんたちが私たちを見上げた。

「お、姉ちゃん、初めてかい？　あれが結婚式のクライマックスさ」

「この街じゃあ、結婚式の最後に二人で川に飛び込むのさ！」

「なんでも昔誰かが、川に飛び込んで来世結ばれることを願ったとかなんとか」

「魔導士が待機してくれているから、ここで人生終わっちまうこともないぜ！　へへ」

「へえ……」

婚礼衣装の二人が飛び込んだ後は、カップルの自由参加になるらしく、同じ橋から次々とカップルが飛び込んでいく。おじさんたちが言う通り魔導士が対岸と川の中に数人待機している。飛び込む二人も、安全のために浮遊魔法が付与された組紐を腕に巻いているようだ。

初夏の日差しの下、水に濡れながら、カップルは気持ちよさそうに微笑み合っている。

「姉ちゃんは兄ちゃんと行かねえのか？」

「私たち？　でもこの街の人じゃないし……」

「祭りは楽しんだもん勝ちだぜ、姉ちゃん！　行ってこい！」

「だってさ。僕たちも行こっか♡」

「えっあっ、ひゃ……」

「ヒュー！」

「お楽しみにな――！」

おじさんたちに囃《はや》し立てられ、リチャードに手を引かれるまま、私は飛び込み位置へと向かう。周りの観衆《ギャラリー》も私たちを飛び入り参加のカップルだと思っているらしい。有無を言わさず花で飾り立てられて、拍手を浴びながら橋まで押しやられた。

護衛さんたちも苦笑いしながらこちらを見ている。

「いってらっしゃいませ」

「眼鏡と帽子、よろしく」

リチャードから恭しく受け取り、護衛さんは去る。

一般人のふりをした顔見知りの騎士さんに微笑まれ、私はますます真っ赤になる。橋の途切れた場所――昇開橋の端までやってきた。こうして立つと、案外高く感じてゾワッとする。

「はい、これが浮き輪代わりの組紐ね」

おばさんが手際よく、私たちの右手と左手の手首を結ぶ。愛らしい刺繍が入っているのに、まるで鎖のような組紐。結婚式のための道具。

生ぬるい潮風に煽られて、スカートが、髪がふわりと広がる。

水面《みなも》の輝きが、リチャードの髪を、瞳を、きらきらと照らしている。

リチャードは楽しそうだった。

「さて、いちにのさん、で飛ぼうか」

「ま、待って!」

私は思わず、両手でリチャードの手を掴む。飛び込む前に怖気づく娘も多いのだろう、みんなニコニコ顔でこちらを見つめていた。

「どうしたの？」

夢みたい。こんな綺麗な川に、祝福されながら、恋人として二人で飛び込むなんて。

「……こういうのって恋人同士がするんでしょ？　わたしたちじゃ」

リチャードはピタリと足を止める。そして私をじっと見つめた。

「……モニカさんは、僕と来世でも一緒になりたい？」

「えっ」

私は言葉を切る。そして。

「……私は」

非日常の場所の熱気に押されて、私はつい本音をこぼした。

「私は……来世と言わずとも、できれば……リチャードの傍にずっといたい」

告げた瞬間、リチャードが甘く微笑む。ちょうど波の反射が彼の目を射て、太陽よりも美しく、鮮烈に輝いた。

「忘れないよ、いつまでも」

リチャードはそう言い残すと手を引き、一歩下がって勢いをつける。

「えっあっ、心の準備がっ！」

「行くよ、モニカさんッッ！」

あっという間だった。リチャードに釣られてジャンプした次の瞬間、歓声を上げる観衆《ギャラリー》と、空と、水鳥と、水面の輝きが、コマ送りで次々と視界に飛び込んで。

ざぶん、と冷たい感触。水の中、リチャードが私を抱き寄せた。

「……ッ……」

もがいていると、ふっと、顔が近づいた気がする。

「モニカさんモニカさん、浮いてるよ」

「え……」

気がつけば私は魔法で浮いたリチャードに抱きかかえられていた。一人ジタバタしていたんだと気づき、顔が熱くなる。

「あ、ありがとう……」

水に濡れたリチャードが前髪をかき上げると、観衆《ギャラリー》から黄色い声が飛ぶ。色気の魔物だ。私の腕をとり、腕に巻いたままの組紐を歯で解く。

手首にキスをして、リチャードは歯を見せて笑った。

「これで離れられないね、モニカさん」

「……あなたって人は………」

なにも知らない皆さんが盛大な拍手で祝福してくれる。

リチャードに横抱きにされたまま川から上がり、私が乾燥魔法で軽く体を乾かす。すると彼は真っ直ぐ私を見て呟いた。

「僕も同じだよ。モニカさんと一緒にいると胸が苦しいのに、モニカさんのことを思うのが止められない」

「……え」

私たちのあいだの空気が止まった気がした。

リチャードが真面目な顔をして、私を見つめている。

「モニカさん。僕は実は……」

そこに早足で、ダリアスとセララスがやってきた。

「お二人とも、そろそろお戻りになられたほうがよさそうです」

結婚式が終わって、次第に人混みが散り始めた。

警備の騎士さんたちもこちらに頷いてみせた。

「そうね。……ありがとう」

「行こうか。本部のほうはどうなっている？」

「はい、そちらは……」

リチャードはそのまま話題を変え、ダリアスから警備の状況や城内の動きについて報告を受け始めた。私はまだ少し濡れたままのおさげをいじりながら、ふわふわとした気持ちから切り替え難いものを抱えていた。

＊18

結婚式の宴は場所を変え、まだ続いている。

新婦の実家の商会では、従業員も客も無礼講のガーデンパーティが開かれている。商会の煉瓦造りの社屋の二階、休憩所の出窓にて、外を眺める一人の男。

丸眼鏡の度をいじると、魔導具のレンズは運河沿いで手を繋いで歩く男女の姿を捉えていた。

皇弟殿下と、ご執心の聖女モニカだ。

「……手を打つならそろそろでしょうかねえ」

ジヌは八重歯を覗かせ、蒸留酒の入ったグラスを傾けた。

＊19

テレストラザ子爵居城にて。手揉みするコッフェの貴族に案内され、僕は城の二階の廊下を歩いていた。

「多忙だ、手短に頼む」

「まあまあ、わかっております。ささ、こちらへ」

最も効率よく徹底的にコッフェを瓦解させていくために、一分一秒すら惜しい。それでも彼らはのんきな足取りで、廊下の突き当たりの談話室へと連れて行く。そこにはコッフェの領主たちが集まっていた。皆似た顔をして同じ辞儀をする。執事が手際よく、テーブルにコーヒーと軽食を並べていく。

「殿下、庭をご覧ください。いい眺めでしょう」

「……」

コーヒーを受け取り、窓辺に立つ。出窓状になったそこから見下ろすと、花咲く庭で令嬢たちがガーデンパーティを催していた。柔らかな芝生に直に腰を下ろし、リネンに広げたティーセットをいただく、通常なら野山でやるような、くつろいだ形式のパーティだ。

「美しい花でしょう。殿下にコッフェの優美な文化をお目にかけたく」

メイドたちが広げた大きな白い日傘の下、彼女たちはまるでイブニングドレスのように肌を晒したドレスを纏い、長い髪をスカートの裾に広げて芝生に足を休めている。普通ならばこのような気だるげな茶会は、男が覗き見るような類のものではない。紳士が狩遊びに興じた暇を見つけて、婦人同士でくつろいで親交を深めるものだ。それを敢えて、覗き見できる場所で行わせるということは。

「……なるほど、発情聖女と命名するお国らしい文化だ」

「今、なんと?」

「見惚れておりました。確かに草木に負けず劣らず、見事な花が咲き誇っておりますね」

意を汲《く》み取った顔をして微笑むと、おそらく彼女たちの父親であろう紳士たちはニコニコと、ここぞとばかりに娘たちのアピールにかかる。

「私の娘はダイアナです。黒髪が綺麗でしょう。あの子は帝国の本も読めるほど頭がいい」

「こちらは私のイオナ。まだ十四歳で若いですが、笑顔がかわいいでしょう？　すでに国内外から求婚の手紙が殺到しています」

「美貌ならばマグダレーナはいかがです。王立劇場で令嬢ながら劇の主演に抜擢される美しさです。社交的なので、どんな場にでも連れて行けます」

かわるがわる父親たちがアピールするのを、一言一句覚えながら令嬢たちを値踏みする。その態度を熱心だととらえたらしい貴族たちは嬉々とした様子だった。

「失礼ながら、殿下は令嬢には興味がないのかと思っておりました」

「僕だって興味はあるよ。どうしてそう思うのかい？」

「帝国では全ての縁談を躱《かわ》し続け、今でも身を固めるご意志はないとのお噂でしたので……」

「僕が舞踏会に参加しないのは、あくまで慈善活動としてコッフェを訪れているからだ。パーティを開いて浮かれていると思われては、コッフェの国民に示しがつかないからね」

「ご立派なお心掛けで」

自分が白と言えば黒も白になるような、そんな態度だ。彼女たちを眺めながら、どの娘からお茶に誘おうか考える。令嬢の知能から実家領地の現状、言動をチェックした上でぴったりの相手と結婚させよう——領主らは皇弟殿下《ぼく》と結婚させたいだろうが。

独身であるのは不利になることもあるが、令嬢を売り込まれるのは悪いことばかりではない。

自分という餌の価値は熟知している。貴婦人たちは僕を見て理想の王子様のように思い、自分を鳥籠から出してくれる夢や欲望をたぎらせ、容易く胸の内を曝け出してくれる。そして彼女たちの父親《かいぬし》たちは結婚相手として娘を懸命に差し出してくる。

けれど。どれだけ色仕掛けをされても、僕には無意味だ。

モニカさんを思う時の、あの業火に焼かれるような感情は、一切湧かない。

「……はあ」

胸を焦がす熱情を思い出しながら冷めたコーヒーを流し込む。

この場にいる貴族の誰も、僕の本当の想い人が誰であるかを知らない。

発情聖女と彼らが侮る彼女こそ、コッフェ王国の未来を左右する女であるというのに。

第4章
発情聖女は救いたい

＊1

「この芋は痩せた土地でも収穫が多く、甘くて美味しいからおすすめです」

「土に合うでしょうか。元々ノワシロで作られていたものは？」

「小麦ですね。家畜はサラチネ種の牧草で、時々栄養補給にメラヅを」

「サラチネ種の中でも、いくつかあるんですが、どれでしたか？」

「えーっと、葉が大きくて……」

コッフェの農産大臣と帝国のマルティネス教授、地元の農家の方と私。私たちは一緒に城内の畑で頭をひねっていた。

城のほうから軽やかな足音が聞こえてくる。振り返るとリチャードが赤毛を靡かせ、スキップに近い足取りで駆けてきていた。

「おーい！　モニカさーん！」

「リチャード」

犬なら尻尾がぶんぶんしてそうな笑顔でやってくるなり、リチャードは両手で元気にピースサインを決めてきた。

「ようやくコッフェ王宮が、会談に応じてくれるってさ！」

「本当!?」

「書簡が届いた！」

「やったー！」

私は歓声を上げて両手を掲げ、ぴょんと跳んでリチャードとハイタッチする。

ようやく！　ようやく！　ようやくコッフェ王国が正式に会談に応じてくれた！

朗報には場に居合わせた皆さんも安心したようで、嬉しそうに顔を見合わせている。同じ城で目的を同じくして一緒に過ごしているうちに、私たちはすっかりコッフェの国を立て直したい同志のようなムードになっていた。

「相変わらず仲良しですね、殿下と聖女様」

農産大臣が呆れ半分の苦笑いをしている隣で、マルティネス教授が「いつものことですなぁ」とうんうんと頷いている。

私とリチャードのこの関係も、あっという間に周知の事実となっていた。

対リチャード限定で壊れた発情も、今は割り切ることにした。どきどきしても「うん、今日も元気に発情が壊れてるわ！」と前向きに受け止めている。よくないことかもしれない。けれどコッフェの人道支援が終わるまではせめて、そう思わないとやってられない。

リチャードは畑へと目を向けた。そこにはいくつかの品種の苗がある。

「モニカさんは今日も仕事をしてたの？」

「ええ。旧ノワシロ地域の復興に向けて、具体的なお話をしてたの。なにを植えてたのか、どこに家があったのかちゃんと伝えておかないと、再開発する時問題が起きるからね。あとは土地にあった小麦と、諸々……」

「相変わらず働き者だね、モニカさん」

リチャードが微笑むので、私はドキッとして顔をよそに向ける。

「こ、コッフェのためだもの当然よ」

「ふふふ」

そんな私たちの様子にまた、コッフェの農産大臣が唸っている。

「……御国の皇弟殿下は、とても朗《ほが》らかな方ですね。羨ましいことです」

彼の頭の中では、どの殿下と対比がされているのだろうか。私は懐かしい『発情聖女』の名付け親、元婚約者メダイコナー王太子殿下を思い出そうとする。一年のあいだにすっかり、記憶がぼんやりして顔を思い出せない。

メダイコナー王太子殿下は、シュテッベイ第一王子殿下を差し置いて王太子となった人だ。第一王子殿下にはお会いしたことがない。元々病弱だった上、ある事件で怪我を負い、王太子の座を弟に奪われたのだ。今では王位継承権を放棄して離宮で静養していると聞く。

幼くして両親を失い、兄弟二人支え合って生きてきた皇帝陛下とリチャードとは、苦労の質がまるで違う。

（リチャードの明るさは、意図的なパフォーマンスなのよね……）

「モニカさん、どうしたの？」

私を見て首を傾げるリチャード。柔和な表情には、ノワシロ浄化作戦からの帰還中、馬車の中で見せてくれたあの眼差しの鋭さはない。

あの日私に本音を吐露したリチャードの勢いを思い出す。そしてぞくっとする。

(この人の本当の姿を、私は見せてもらってるんだ)

胸の奥が締めつけられるような感覚は、発情が壊れているのか、強者を前にした本能的な畏怖《いふ》なのか、それとも別のものか。

今の私には、わからなかった。

＊2

会談はさっそく翌日にもたれた。場所はコッフェ王都の迎賓館。体裁としては、国王夫妻がベルクトリアス皇弟リチャードを昼食会に招待した、という形になっている。

青空の下、石畳の美しい首都は懐かしい姿で私たちの馬車を迎えた。コッフェ王国を穏便に出ていけと通達された一年以上前のあの日以来だ。

王都は他の都市と比べて、明らかに違う様相を呈していた。大抵の都市では大歓迎、時々露骨に攻撃的な姿勢で迎えられてきたけれど。王都にはそのどちらもない。

「……静かね。あんなに賑やかな王都だったのに」

通りは無人でがらんとして、動くものは、しまい忘れののぼりや旗、街路樹からの落ち葉、道を走って横断するリスくらい。風が凪ぐのに合わせて時を止めたかのように、街が都市としての呼吸を止めているようだ。

ようやく人影を見つけたと思えば、直立不動の聖騎士だ。彼らは置物のように、街頭のあちこちに物々しく立っていた。

私とリチャードが王都で最後に食べたパン屋さんが見えてくる。繁盛していた店だったのに、閉店していた。

「モニカさん。今の王都では、帝国のことを話したら投獄されるんだよ」

「え」

「街に人がいないのも……死なないように、みんな必死なのさ」

リチャードは遠い目をして呟く。

その目元には、愚政を続ける施政者への嫌悪と侮蔑が滲んでいる。

そうしているうちに、馬車は遂に迎賓館の停車場へと入った。リチャードの手を借りて馬車を降り、大理石造りの懐かしいそれを仰ぎ見る。

迎賓館は私にとって、苦しくも懐かしい場所だ。

「行こう、モニカさん」

「ええ」

リチャードと二人、案内に導かれて奥へと入る。

館内の空気はひやりと冷えていた。一歩一歩、歩みを進めるごとに、私はメダイコナー王太子殿下の婚約者だった頃を思い出す。辛く慌ただしかった妃教育の日々。当時はヒールの高い靴で、ドレスの裾を持ち上げず、床を擦らず、背筋を伸ばして、先をゆく王太子殿下の歩幅に合わせて、頭を揺らさないように必死で歩いていた。

今日の私は、聖女装のパンプスと動きやすい足首までのスカートで、リチャードの隣を歩いている。以前の私なら場違いかもと気圧されていただろう。けれど今日は平気だ。真っ白な聖女装はどんなドレスよりも頼もしく、自然と背筋が伸びる。

だから、大丈夫。私は不安で縮こまりそうになる気持ちを奮い立たせ、前だけを見て歩いた。

「モニカさん、不安？」

囁くリチャードに、私は肩をすくめる。

「気づいた？」

「うん」

「ちょっとだけ、ね。妃教育時代のことを思い出すし……一度追い出された国だし。でも、大丈夫よ」

「モニカさんは綺麗で強い。安心して胸を張って」

甘い眼差しで微笑むリチャードに、体がふわっとあたたかくなる。こんな状況なのに、また発情が壊れていいて恥ずかしい。でも緊張や不安が吹き飛んで楽になった。

案内されたのは『紫宝玉の間』と呼ばれる、紫水晶《アメジスト》のシャンデリアとテーブル飾りが美しい空間だった。部屋に入ると、石造りの部屋独特の冷えた空気が体を撫でていく。

上座には、コッフェ国王夫妻と王太子が並んでいた。あの婚約破棄以来の対面だ。国王陛下は皺が深く目が落ち窪んだ五十歳ほどの人。ご病気か苦労が祟っているのか、年齢よりもずっと年老いて見える。王妃様は細い体に布をたっぷり使ったドレスを纏い、金髪をきつく結い上げた四十過ぎの女性だ。公爵家出身で、政治に一切口を出さない人だけど、座っているだけで威圧感が半端ない。

その二人の愛息子、王太子メダイコナー殿下は私を見るや否や、切り揃えられた金髪を揺らし、青ざめた顔で私を睨んだ。

場にはコッフェの重鎮が集まっていたけれど、想像以上に顔ぶれが欠けていることに気づく。リチャードに従う人たちがいないのは当然だとしても、あまりにも少ない――私の想像以上にコッフェは危ないのかもしれない。

生唾を飲む私の隣で、リチャードが一歩出て優雅な辞儀をした。それに合わせて、同行の私たちも頭を下げる。

国王、王妃両陛下が立ち上がり、リチャードに王族の辞儀をする。

「よく来てくれた、ベルクトリアス皇弟リチャード殿」

「ご挨拶できて嬉しく存じます、ご壮健でなによりです。ところで、両陛下」

リチャードは笑顔のまま、話を続ける。

「本日勝手ながら、両陛下にご紹介したい方を連れてきております。よろしいでしょうか」

ざわ、と空気が揺れる。形式的な挨拶で終わると思っていた周囲の動揺をよそに、リチャードは帝国騎士に目配せする。

扉の向こうから、もう一組の賓客が広間に入ってきた。

その姿を見て、私は言葉を失う。長い前髪を珍しく横に流し、軍服の上からマントを纏ったダリアス。そのマントは普段の装備とは異なる、絢爛《けんらん》な黒い犬の紋章が施されている。

そして彼が寄り添うのは、真っ白なドレスを纏った華奢で小柄な灰色髪の貴婦人。セラランスだ。

彼女が伏せていた紫の瞳を上げると、さぁっと、場に涼やかな雪風が流れるような、場の温度が一度冷えたような心地がする。まるで雪の世界の女王様みたいだ。

ドレスを揺らし、セラランスは無重力の軽やかさでコッフェ両陛下の前にやってくる。そして白い肌に似合う薔薇色の紅を引いた唇を微笑させる。両陛下に向けて、メイドの時とは別の辞儀をした。

「お久しゅう存じます、両陛下。そして初めまして、王太子殿下」

言葉を向けられ、素直に驚いたのだろう。両陛下の隣でメダイコナー殿下がぎょっとした顔をしている。両陛下はさすがに驚きを表情に出さず沈黙を貫いている。

「……あなたは一体」

メダイコナーが問いかける。

セララスの隣、青く鋭い双眸を晒したダリアスが代わりに名乗りを上げた。

「彼女はアルジェンティア公国王位継承権第一位、セラスヴィータ・ラスティス・ノヴェンブレッド・アルジェンティア公女殿下でございます。私は近衛騎士『猟犬《シリウス》』団長が嫡男、ダリアス・

サイ」

「あ、アルジェンティア……滅亡したと言われる国の公女が、なぜ」

驚くメダイコナー殿下に、セララスは別人のような優雅な物腰で微笑む。

「おっしゃる通り、我が祖国は帝国辺境伯領と隣国フィリスビル王国の共謀により滅亡いたしました。私たち公国の生存者を保護し、帝国辺境伯領の断罪をしてくださったのが、リチャード皇弟殿下です。このたびコッフェ王国への訪問にあたり、殿下のご誠意を保証する立場として列席を強く望みました。身の安全のため、訪問を秘めておりましたこと謹《つつし》んでお詫び申し上げます」

「そうか……生きていたのか……」

国王陛下が呻くように口にした。私はといえば、セララスとダリアスの変貌とその立場について、ただただ目を剝いて驚くばかりだった。

リチャードを見れば、胡散くさいほどの笑顔を返してくる。びっくりした？　と言わんばかりだ。リチャードは明るい声で切り出した。

「さあ、続きは是非コッフェ料理を堪能しながらにいたしましょう」

場の空気が思い出したように動き出す。もうすでに、主導権はリチャードのものだ。

そうして形式的な挨拶を済ませ、私たち帝国側も着座する。私とリチャードは並んで席につき、次にセララス。ダリアスはセララスとリチャードの両方に対応できる場所に立っていた。ダリアスは目が合うと、こっそりウィンクしてくれた。うーん、かっこいいなあ。

シェフの挨拶を皮切りに昼食会が始まる。男性給仕たちが一糸乱れぬ美しさで、テーブルにコッフェ王宮自慢の宮廷料理を並べていく。

とても美味しそうだし、実際美味しいのだろう。けれど緊張で味がよくわからない。ぎこちなく正式なテーブルマナーを思い出しながら、妃教育のありがたみを痛感する。

最初の威圧感はどこへやら、リチャードは目前に並ぶ錚々たるコッフェ貴族らに、にこやかに応じている。コッフェ貴族らも、美貌の皇弟殿下の愛想のよさと話術によって、緊張が解け、くつろいだ様子になっていく。

彼をよく知る私でも驚くほど、リチャードはコッフェ国内のことに詳しい。ウニのよく獲れる港から、キッシュに入った香味野菜の産地から、会話相手のコッフェ貴族の子息の趣味まで。会話は盛り上がっているけれど、まるで。

(リチャードは全てを見抜いていると言いたいのだわ……)

国王陛下と王妃様は沈黙し、警戒する一部の貴族、そして教会所属の大神官、神官たちも黙している。メダイコナー殿下は一人、状況が読めずに苛々した様子だった。

冗談を言う貴族に、リチャードは気さくに笑う。

「ああ、本当にコッフェはいい土地だ。温暖な気候に恵まれ、大地の加護により天災も少なく、質のいい作物がとれる。例えばこのソース。このソースは蒸留酒で名高いエイゼレアの酒をベースに新鮮な果実を潰して煮詰めたもので。大陸の西端、海上貿易の要として栄えたコッフェだからこそ生み出されたものだ……」

貴族たちは目の前の、人のいい若者にすっかり魅了されかけていた。

唐突に。

リチャードは笑顔を浮かべたまま突然、右手に持ったナイフを逆手に持ち替え振りかざす。

「だが」

ダン、という激しい音。

部屋の壁際に立つ騎士たちが気色《けしき》ばむ。リチャードはナイフを思い切り机に突き刺していた。

突然の蛮行に静まり返る広間。空気が冷える。

護衛に立つ騎士たちが剣の柄に手をかけ、列席者は固唾を呑んでリチャードを見守る。緊迫した状況だった。

「……おっと、失礼」

リチャードは笑顔で替えのナイフをダリアスから受け取る。

「本日の昼食会のメニュー、全て魔物で壊滅した都市で生まれた料理ですね」

国王が瞠目《どうもく》した。リチャードは目を細めて国王に笑う。

「ご存知でしたか？」

慌てたように、神官が言葉を被せる。

「これはまた、大袈裟な言葉で国王陛下に妄言を言わないで頂きたい」

リチャードは彼の言葉が聞こえていない態度で、肉をゆっくりと切り、そして咀嚼する。目を眇めて唇を舐め、添えられた野菜をフォークで貫く。

「先ほどのシェフの説明にあったように、このロヘルプ菜はロヘルプ水源の河口でしか採れない。

産地では魔物が畑を食い荒らし、動ける民は全て逃げ、今土地に残っているのは飢えた老人ばかり。わずかに残った女子供は魔物の餌となっていた」

一つ一つの食材に哀悼を捧げるように、リチャードは地名を挙げながら料理を平らげていく。

「この芋料理はヒーリカニ山岳地域伝統料理だ。錯乱した神官が民間宗教に目覚め、幼子を魔物の生贄《いけにえ》に捧げていた。もちろんそんなものの意味はなく、教会ごと全て壊滅していたが」

ちなみに、とリチャードは添える。

「先ほどの前菜はザノン草原の香味野菜が使われていたね。僕たちが向かった時には、もう形すらなかった。……ああ、食事を続けて。命と飢えと引き換えに差し出された食材だ。腕をふるってくれたシェフもいることだし、楽しまなければ」

リチャードの言葉に従い、帝国側の列席者は食事を再開する。コッフェの王家と国政、宗教を司る人たちが勢揃いして座っているというのに、リチャードの言葉に一つも返す言葉を持たずにいた。

国王陛下は落ち窪んだ目を見開いて、唇を震わせていた。隣にいる王妃様はこんな場でも不気味なほど静かに座していて、自分にはなんの関係もないというような顔だ。

メダイコナー殿下は、怒りと驚きと困惑で、顔色を真っ青にしたり真っ赤にしたり、口をぱくぱくさせたりと忙しい。

テーブルクロスを握り締めすぎて、皺が寄ってぐちゃぐちゃになっている。

リチャードは全体を冷めた顔で見回すと、腰を浮かせ刺したナイフを摑み、力を籠めて引き抜く。ナイフを放り、にっこりといつもの笑顔を見せた。

「失礼。どの都市が壊滅したのかもご存知ないとは思わなかったものでね」

リチャードは座り、改めて丁寧に肉を食べ始める。

王国側は誰も食事を手につけない。私は平然とした顔をして、とにかく美味しそうに見える料理を胃に収めていく。緊張で味のしない料理を嚥下しながら、考える。

（リチャードが王都に向かうまであちこち回ったのには、政治的な理由もあったのね。人道支援はもちろん、足を運んで実際に、国中の状況を自分の目で見て把握するため……）

がたがたと手の震えた給仕により、テーブルの上の料理がデザートへと入れ替わる。プチケーキと果実の盛り合わせだ。食後酒を口にすると、びっくりするほど甘い。お酒とデザートに罪はない、むしろこんな状況でここまでもてなして頂いた感謝も込めて、私は味わって咀嚼することにした。甘い。味はまだ、よくわからないけど。

コッフェ側の人は皆、やはりデザートも口にできないでいた。

「……皇弟よ」

しわがれた声。一斉に、国王陛下に注目が集まる。

国王陛下は言葉を選ぶように、思案の間を交えつつ、リチャードを見て言葉を続けた。

「コッフェ王国への貴殿の人道支援に、国王として感謝する」

顔色を変えたのはメダイコナー殿下と宰相、そして神官たちだ。

リチャードは国王陛下の謝辞に、にこりと微笑む。先ほどまでの苛烈さとは真逆の印象だ。

「当然のことをしたまででございます、国王陛下。コッフェ王国が壊滅してしまえば、海外列強が貴国を足がかりに、我が帝国へも刃を向けるでしょう。人道的見地からも、利害関係の面でも、帝国は貴国の魔物討伐、国民救援に尽力する立場を取ります。しかし」

リチャードは、笑みを浮かべたまま視線だけを鋭くする。

「我が騎士団『焔隊《ヴィルカス》』は旧ノワシロ地域にて、貴国王宮の近衛騎士と聖騎士団の連合軍に襲撃されました。それにより……人道支援に賛同し、同行してくれていたコッフェ王国国民にも被害が出ております。以降、我が陣営の中で貴国への不信感が急速に高まっているのが現状です」

「そ、それはお前が」

メダイコナー殿下が立ち上がる。

リチャードはそれに一瞥もくれず、ただ国王陛下だけを見つめていた。

「国王陛下。これは我が帝国の支援に対する貴国の総意と受け止めてよろしいでしょうか？」

リチャードはすでに微笑みを消していた。

国王は黙していた。国王の叔父であり宰相のカンタス卿が口を挟んだ。

「帝国側の偏ったご意見かと存じますぞ、リチャード皇弟殿下。貴殿は大義名分の下、諸侯らを次々と臣従させているではありませんか。侵略行為にほかならない」

唾を飛ばしながら訴える彼にさえ、リチャードは一瞥もくれない。

あくまで国王陛下だけを見つめて、彼は言葉を紡ぐ。

「宮廷ではこのように、我らが侵略目的に領主を懐柔したと情報が流れております。王都から外に出ない彼らの思惑と、実際に足を運んで魔物を討伐してきた僕の発言、どちらを陛下は支持なさいますか」

リチャードはデザートフォークでケーキを綺麗に半分に切る。微笑んでいるが、焔色《ファイアオパール》の瞳は笑っていない。

「僕は貴国の存続、繁栄を切に願っています。再三にわたる書簡での救援の申し出を拒絶された結果、それでもこちらの意志を示すため、土地の管理者たる領主たちと通じ、手順を踏んだ上で。侵略と誇るのならば今後、未来永劫、貴国の危機に立ち上がる周辺国は現れないでしょう」

そもそも、とリチャードは付け加える。

「我が帝国はこれまでも他国への救援を行ってきた。アルジェンティア公国もその一つだ」

セララスが小さく頷く。そして二人は、再び国王陛下を見つめた。

「国王陛下。我々、帝国特殊遊撃騎士団が求めるのは、コッフェ王国支援と魔物討伐の許可です」

「っ……！」

発言しようとした宰相カンタス卿を目で制し、国王陛下は口を開く。

「話を続けろ」

リチャードが頷いて続ける。

「帝国軍の限定的駐留許可を。魔物討伐と人道支援を行うには基地が必要です」

「そっ、そんなことさせられるか！」

メダイコナー殿下が叫んだ。国王のひと睨みで一瞬だけ押し黙ったが、それでも興奮は抑えられなかった。

「貴様、我が国を属国にする気だろう⁉　アルジェンティア公国の件も信用できるか、潰れるように仕向けたのも帝国ではないのか⁉」

メダイコナー殿下の勢いに乗じて、言葉を続けたのは大神官ピッシオゼだ。

「失礼ながら申し上げますが、我が国は帝国の救援など必要ありませぬ。魔物討伐も教会魔物対策局を通じ、我らが聖騎士団で十分対処できております。失礼ながらリチャード皇弟殿下は帝国代表として、コッフェ国教会への不信を表明しておられるのですか？」

「魔物討伐の成果と各領地の状況は王国議会にて正しく報告されております。各地から正しい手順で我々の耳に届く報告と、非公式に救援活動を行われた皇弟殿下では、情報精度の差があると見てしかるべきではありませんか」

勢いづいて喚《わめ》き立てるコッフェ側を前に、リチャードはすまし顔でデザートを平らげた。食べられるデザートも嬉しいだろうな、と思うほど綺麗な食べ方だ。

添えられたミントの一枚まで綺麗に食べ終えたのち、リチャードは国王を見た。

あくまで国王陛下と会話している、という姿勢は崩さない。

「陛下。先日の襲撃者に尋問したところ、貴国王太子メダイコナー殿と大神官ピッシオゼ殿に命じられたと供述しております」

顔色を変えるメダイコナー殿下と大神官。国王陛下はもはや、動揺すらしなかった。

「……そうか」

その一言が、彼の感情全てを表していた。

「駐留許可をいただけるのであれば、我々はメイガ・シュ完全浄化を実施します」

リチャードは、遂に私へと目を向けた。

「モニカさん、説明して。全国から集めた全聖女二十二人を使えば、メイガ・シュの森の浄化も可能だと」

「絵空事だ！」

大神官ピッシオゼがなぜか焦った顔で叫ぶ。

「国王陛下は聖女を嫌悪しておられる。邪な発情聖女がこの場に居ることさえ不敬であるというのに、よりによって発情聖女の意見を採用するとは」

「だって、モニカさん。聖女によって魔物が全部消えたら、不都合がある人が喚いているみたいだけど、どうする？」

「なっ……」

大神官が絶句するのをよそに、リチャードは片目を閉じて続けた。

「さあモニカさん。国王陛下に示してくれる？　あなただけがコッフェを救えると」

場にいる全員の視線が集まってくる。意を決し、私は国王陛下へと目を向けた。

ぴくりと、国王陛下の眼差しに嫌悪が滲む。

「国王陛下。私は陛下が聖女を嫌悪しておいでだと承知です。こうして国王陛下と再びお会いできたのも、恐れ多いことです。……しかし私は、コッフェ王国を魔物から救えるのならば、たとえ嫌悪されていたとしても聖女異能で浄化し、国を救いたいと願っています」

国王陛下は押し黙っていた。感情が読めない落ち窪んだ瞳に、私は訴える。

「旧ノワシロ地域は浄化が終わり、わずかではありますが、今年の秋には収穫が期待できます。すでに実績は出しております。……案を聞いて頂けませんか」

全ての人が沈黙している。

長い時間を経て。ため息混じりに国王陛下は一言だけ、口にした。

「……皇弟よ。また改めて正式に返礼を送ろう」

私への返事ではなく、リチャードへの返事だった。

「駐留許可について、前向きと受け止めてよろしいのですね？」

リチャードの問いかけに、国王陛下は黙して肯定を示す。最後にひとりごとのように、国王陛下は呟いた。

「確かに儂《わし》は聖女を嫌悪する。聖女頼りで維持された国家体制の歪みを嫌悪していた。しかし……」

国王の視線が私を射貫く。初めて「意識された」と思った瞬間だった。

「少なくとも聖女モニカは妃教育時代から、確かに嘘偽りを口にしたことはなかった。愚直なほどに」

言葉にできない、言い表せない思いが胸に去来する。私は国王陛下に頭を下げた。

あっけなく、昼食会はお開きになった。

＊3

その後。謁見の間に召集された王太子メダイコナーと大神官ピッシオゼは床に膝をつき、ただただ頭を上げられずにいた。

額から、大理石の床に汗が落ちる。

私的な談話室や執務室ではなく、謁見の間に呼ばれたという重さ。

広い空間に国王の深いため息が響く。

「薄々感じてはいたが、我が国がここまで落ちぶれていたことに気づけなかったとは。儂も耄碌《もうろく》したらしい」

玉座に深く体を沈め、従者の差し出した薬を飲む国王。

彼はじっと、昏い瞳で目の前の者を見下ろした。

「お前たちは……儂を傀儡《かいらい》にした」

「かっ、傀儡になど」

「次々と造反者が出ているのも、宮廷内の人の数が減っているのも、食事も……全て理由が見えた。儂の聖女嫌悪を、お前たちに利用されていたのだな……」

「父上」

「……下がれ。沙汰《さた》を待て。お前たちの顔は、今は見たくない」

目を閉じ、国王はそれ以上語らなかった。

「どうしよう、どうしよう、もうおしまいだ。僕は王太子の座を降ろされる。だめだ」

ソファの上で膝を抱き、青ざめてガタガタと震えるメダイコナー。

無言で顔を見合わせるピッシオゼと部下。こちらも悲壮な顔をしていた。

王太子が廃嫡され、ピッシオゼが引退となれば勢力図がガラリと変わる。

このままでは、聖女支持の層によって教会における権力体制が塗り替えられてしまう。

「あわわわわ……」

そして隅で、どうすればいいのかと慌てふためくケーウント。実家ストレリツィ家に切り捨てられた彼もまた、この場の人間と同じ運命だった。

心に描き続けた『大河小説・ケーウント・ストレリツィ伝』の完成が夢に終わってしまう。

『才能を認められず苦労を重ねた学生時代、勇猛果敢に奮戦するメイガ・シュ時代。発情聖女に侮辱されるも彼女に復讐を遂げ、出世をしたケーウント。高潔な王太子と大神官と共に、悪鬼羅刹の帝国の襲撃を前に、美しく散る――!?』

大河小説を思い描いた瞬間、ケーウントに電流が走る。

そうだ。

一世一代の大勝負で、ここは形勢逆転する華々しい勝負の時だ！

「王太子殿下！」

自分の想像で感極まった状態で、ケーウントはメダイコナーに寄り添う。

「ケーウント……？」

涙に濡れたメダイコナーの顔を覗き込み、ケーウントは強く訴える。美しい金髪を乱し、涙に濡れた美貌の王太子。美は正義だ。ケーウントはまだ、正義の御旗の下にいると確信し、拳を強く握って訴える。

「国王陛下はもはやだめです！　耄碌《もうろく》していらっしゃるのです！　ここは未来を切り拓く王太子殿下が、ご決断を！」

「僕が……決断を、……？」

「そうです。王太子殿下は終わってはおりません。むしろなぜ、国王陛下が王太子殿下の進退を決めるのです！　未来を作るのは王太子殿下でございます！　さあ、ここには僕も、大神官様もいらっしゃいます！」

大神官ピッシオゼもいつしか王太子の前に膝を折り、手をしっかりと握っていた。

「殿下、ご決断を……」

輝く四つの瞳に射貫かれ、次第に王太子の目に光が戻る。

「伝説の騎士武神レ・テュッツ・ベァは国に攻めてきた数万の軍勢を、たった数百人で討ち滅ぼしたと言われています。殿下が新たなる伝説となるのです！」

そして僕も、と心の中で付け加えるのを忘れない。

「この国を憂う精鋭たちの意志をもってすれば、悪しき皇弟の陰謀も、淫売聖女モニカも恐るるに足りません！」

彼らは手を固く握り合った。

「攻めるぞ、奴らを！」

＊4

テレストラザ子爵居城の私室に戻った私を迎えたのは、見慣れたメイド姿のセラランスだ。

「お帰りなさいませモニカ様」

あの『亡国のお姫様スタイル』を見た後に、メイド服の彼女に頭を下げられると困惑してしまう。

「こ、こちらこそ、あの、セラスヴィ……」

むに。正式名を言い終わる前に、私の唇はセラランスの指で閉ざされる。

「セラランスでございますモニカ様。あれは公式行事で名乗る名前で、元々からセラランスです。やめてください」

「むぐぐ」

「二度とその名を呼ばないでください。今の立場が好きなので。……あれだって、殿下に頼み込まれてイヤイヤだったんです」

むにむにもみもみ。

両手で私の頬と顎回りを揉み解しながらセララスは言う。適当にやっているような手つきでありながら、緊張でこわばっていた顎や頬が揉み解されていくのがわかる。気、気持ちよくて喋れない……。

「モニカ様。次セララスヴィータなどと言い出したら許しませんからね」

「わ、わひゃったわ」

「絶妙な結び目を造った荒縄で天井から吊るして、美しいオブジェにして差し上げますから」

「ひえ」

「私、モニカ様の体の硬さや可動域、熟知しておりますので？　最近ますます赤みが増してきた艶やかな銀髪と白いもち肌……素材の魅力に映える荒縄で、敢えて聖女装束の上から、縄はベニシール産の紅花で染めて……ライティングは自然光で……いっそ野原で縛るのも……」

「……ひぇ《セ》、ひぇららふ《セララス》……!?」

私の顔をマッサージしながら、セララスがいけないゾーンに入っているような気がする。危ない気配のする双眸で元お姫様元女王様は私を眺めながら呟きを続けた。

「ああ、きっと素敵な仕上がりにできそう。さっそく試したいわ………恐れ入りますモニカ様、もう一度セラスヴィータって呼んで頂けません？」

「な、なぜ」

「モニカ様をお仕置きする口実が必要です」

「口実……ッ!?」

　セララスはしばらく恍惚としていたが、我に返ったらしく、私を解放してこほんと咳払いをした。

「失礼いたしました。つい、癒しを求めていたようです」

　確かに彼女にとってはストレスフルな状況だっただろう。せっかくメイドとして穏やかに暮らしていたのに、亡国の要人として表に出ることになったのだから。しかし、綺麗だったなあ。

「セララス」

「はい」

「あのね。……セララスにとってはセラスヴィータに戻るのは不本意だったかもしれないけど、すごく綺麗だった」

「ありがとうございます。お褒めの言葉として大切にお受け取りいたします」

　セララスは貴婦人の顔をして微笑み、続ける。

「けれど今の私はあくまでリチャード殿下の従者、モニカ様付きのメイドのセララスです。この役割が一番、誰にとっても幸福です」

　胸に手を当て辞儀をするセララスのこれまでに、私は思いを馳せる。彼女の過去を私は知らない。きっと、もう立場を降りたいと思うような事情がいっぱいあったのだろう。

「セララスにとって今が幸福なら、私も嬉しい。私も、セララスにお世話してもらえるのとても幸せだし」

「今後ともよろしくお願いいたします、モニカ様」

「こちらこそよろしく、セララス」

改めて畏《かしこ》まった挨拶をして、おかしくなってつい笑う。

セララスも小さな口元で薄く微笑んだ。


それから一週間。

嵐の前の穏やかな日々を満喫し終わった頃、雨季の雨がちらつき始めた午前中、遂に運命の書簡が届けられた。

リチャードによって、テレストラザ子爵居城の大ホールに騎士団とコッフェ協力派の人々が集められた。リチャードはみんなの前で書簡を開き、そして高く掲げた。

「国王陛下と議会から、僕らの駐留許可とメイガ・シュ浄化作戦の全面的支援の約束が得られた」

「遂に……」

リチャードは私を見て、そして集まった全ての人たちを見て高らかに告げる。

「浄化作戦開始だ」

＊5

メイガ・シュ浄化作戦前夜。

決起集会と壮行会を兼ねて、テレストラザ子爵居城の大ホールで盛大なパーティが開かれた。

久しぶりにヒールを履いてドレスを纏うと、リチャードが相変わらずベタ褒めしてくれた。

「モニカさん綺麗だね！　新作を着てくれてありがとう！　似合うよ！」

「わざわざ新しいドレス作らなくてもよかったのに」

「僕が着せたかったんだよ、モニカさんに、僕が選んだドレスを」

「そ……そう」

頬が熱くなりそうで、私は目を逸らしてもじもじする。

今日のドレスはデコルテが大きく開いた、聖女装に近い乳白色のドレスで、アップにした髪にはレース編みにビーズを散らしたヘアアクセを添えていた。スカートのラインが絶妙で、細身でありながらも歩きやすい。

パーティが始まると、リチャードは壇上にて演説した。

「ここまでの戦い、よくみんな励んでくれた。おかげでこうしてコッフェと帝国、両国が団結し、遂に悲願のメイガ・シュ浄化が叶う」

凛々しくアップにした前髪で、華やかな儀礼用の軍装がよく似合っている。リチャードは言葉巧みに、各地で見てきた悲惨な光景と、それに負けないコッフェの民の素晴らしさを切々と語る。人々の啜り泣く声が聞こえ始めた。

「実際にコッフェ王国に入って、現状を見て僕は辛かったが、コッフェでも頑張っているコッフェの民の姿に、その頼もしさに目が覚める思いだった。胸が熱くなり、彼らに力を貸したいと強く願った。みんなの思いが国王陛下も動かした。それは紛れもない、この国を思ってできることをやってきたコッフェの人、一人ひとりの成果だ」

一人ひとりと目を合わせるように、リチャードは視線を巡らせて強く訴える。

「メイガ・シュの名を聞けば、コッフェの民は恐怖を覚えるだろう。しかしここまで乗り切れた僕たちは大丈夫だ。僕は信頼している。コッフェに平和をもたらそう」

リチャードの演説に大歓声と拍手が沸き起こった。リチャードの手腕を知っている私でも、少し涙ぐみそうになるほどだ。

演説が終わると、賑やかなパーティが始まった。騎士と令嬢たちの出会いの場としてダンスホールでは舞踏会が行われ、落ち着いた歓談を楽しみたい人々は豪奢な談話室で蒸留酒をたしなむ。夜の庭園も魔術でライトアップされてロマンチックだ。香水の芳《かぐわ》しい香りと軽食の美味しそうな匂い。誰も彼もが美しい装いで、目が何個あっても足りない美術館みたいだ。

そんな華やかな場所で、私は。

「発情聖女様、我が領地の耕作地については――」

「発情聖女様、医療体制についてご意見を」

「発情聖女様、新しい宗教を立ち上げることにご興味は」

「ははは……」

真剣な顔をした各種おじさま方に囲まれ、仕事の話をぶつけられまくっていた。華やかさが微塵もない。いや、華やかな舞踏会も社交も向いていないから助かるのだけど。

「やっと逃げられた……」

　おじさま方との会話が一区切りついたところで、軽食を取りに行く。シャンパングラスに盛られたゼリーの美しさに目を奪われていると、今度はまた別のおじさまが近づいてきた。次は口髭貴族のおじさまだ。

「聖女モニカ様、今お話よろしいかな」

「ええ、どうしました？」

　口髭貴族のおじさまは野心にぎらついた目で、私にずい、と近づく。

「モニカ様はリチャード殿下と、親しいご関係とうかがっている。ということで」

　彼がチラリと目くばせすると、母親に付き添われた令嬢が頬を赤くしてやってきた。

「娘と殿下の仲を取り持って頂けないか」

「な、仲ですか、ええと……」

　あたりを見回してリチャードを探す。リチャードは若手の貴族令息たちとソファで雑談に興じていた。とてもじゃないけれど、令嬢を連れて行ける雰囲気ではない。

「まあ、……あの、伝えてはおきます」

「ありがとうございます！　よろしくお願いします！」

　令嬢が頬を染め、感極まった顔をして頭を下げる。親子が去っていくと、また私に老若男女が近寄ってきた。

「発情聖女モニカ様、リチャード殿下との顔繋ぎを……」

「殿下の浮いた話や女性の趣味、教えてくださいませんこと？」

「殿下の寝室はどこかご存知？」

「商人から極秘入手した惚れ薬を殿下に盛って頂けませんか」

待って待って待って。最後の人はもはや犯罪！

私は曖昧にのらりくらりとそれらを躱し、当たり障りのない情報（カニをむしるのが得意とか）を与え、犯罪に走りそうな人は警備の人に報告を入れ、ひと気の少ない場所を探して逃げ回った。

最終的に落ち着いたのは二階、吹き抜けのダンスホールを見下ろせる空間だった。

「疲れた……」

小さな椅子に腰を下ろし、痛む爪先を撫でながら、私はジュースの入ったシャンパングラスを傾ける。階下では軽快な音楽に合わせて若い男女がくるくると踊り、楽しんでいた。リチャードは清楚なドレスの令嬢とペアを組みダンスを踊っていた。

「ダンス、苦手というわりには誰より綺麗なのよね……」

上から眺めると、運動神経のよさとリズム感のよさが明らかだ。令嬢が次々に入れ替わっても、リチャードは疲れを見せず、相手の技量に合わせて適切にリードして踊っている。リチャード待ちの待機席は魔物討伐の時の騎士のように、ギラギラと闘志をたぎらせているように見えた。

私は、着ぐるみとのハグに列をなす子供たちを思い出す。そしてクスッと笑った。

「おやおや、壁の花ではく、ダンスホールの天上の星がここに」

「ひゃっ!?」

突然聞こえてきた声に驚いて振り向くと、ジヌが甘い微笑みでこちらに顔を近づけていた。

「ち、近いわよジヌ」

「はい、どうぞ。あまりお召し上がりになっていないでしょう？」

「はむ」

距離を取ろうとする私の口に、鳥の形をした蒸し菓子を差し出すジヌ。

反射的に口に入れると、ふふ、と笑って隣に座った。

長い黒髪を艶やかに背に流したジヌもまた礼装姿だ。いつもの詰襟の長衣と形はほぼ変わらないけれど、生地はいつもより豪華で、黒と赤を基調にした絹だ。よく見ると生地と似た色味の糸で龍や花や蔦が刺繍されていて、ちょっとした令嬢のドレス以上に豪華だ。帝国ともコッフェとも違う装いに、揺れる耳飾りや首飾りもしっくりと馴染んでいた。

口に咥《くわ》えさせられた鳥の蒸し菓子は、嚙むと甘い餡《あん》の味がして美味しい。

「これ……初めていただいたわ。美味しいわね」

「わたしの一族の故郷の料理です。モニカ様のために、料理人を呼び寄せて作らせました」

「わ、わざわざ？」

「ええ」

ジヌはにこりと笑う。

「あなたとのひと時の話題になるのなら、安いものです。他にもほら、ございますよ」

彼の持つ皿の上には蒸し器があり、その中には鳥の形だったり、つまんだ形だったり、丸かったりの一口サイズの蒸し料理がかわいらしく並んでいる。竹のピックを渡されたので、私はありがたくいただくことにした。

「ありがとう。……ジヌと話すのも久しぶりね」

「ええ、忘れられていたらどうしようかと思っておりました」

彼は階下の舞踏会を見下ろす。

「おやおや。騎士たちの見合いの場だろうに、令嬢たちはみんなリチャード殿下に夢中だ」

「……そうね」

ジヌは私の顔を見やる。

「寂しそうな顔をしていらっしゃいますね、モニカ様。嫉妬《しっと》ですか？」

「しっ……嫉妬なんて」

私はもぐもぐと咀嚼してごまかす。痛いところを突かれたような感覚だ。

「そうですよね、失礼いたしました。殿下とはそういうご関係ではありませんものね？」

うまく飲み込めない。長すぎる咀嚼で、私は返事を引き延ばした。自分でも当然理解して、納得して一緒にいるのに。改めて他人から言葉にされると、胸の奥が重苦しいような、切ないような気持ちになる。

私はリチャードを見下ろした。シャンデリアの輝きを浴びる赤毛はとっても綺麗で、鍛え上げられた体を包んだ軍装も凛々しくて、指の先まで完璧だ。

私の心を見透かすように、ジヌが呟く。

「踊っている殿下を見ていると、痛感しますよねぇ。あちらは皇弟殿下。こちらは平民。住む世界が違うんです……ああ、これはわたしの話ですよ」

「ええ……」

ジヌは自分の話だと言い添えたけれど、私は自分のこととしてジヌの言葉を受け止めていた。リチャードのダンスパートナーの令嬢は次々と入れ替わる。私も今は発情聖女として、リチャードのパートナーとして戦場でダンスをしているようなものだ。

彼の主戦場が社交界や貴族の世界に戻るのならば、当然パートナーも入れ替わる。

私はずっと彼の傍で働きたいと思っている。けれど。

一曲が終わり、名残惜しそうにリチャードと離れていく令嬢。彼女たちは冷たい目で、次のリチャードのパートナーを睨んでいる。私もいずれ、彼女たちと同じ立場になる。それでも同じ場所で働いていけるのか。

「ねえ、モニカ様」

ジヌの声が近い。気づけば、彼の顔が至近距離にあった。金の瞳孔がはっきり見えるほどの距離で、ジヌは言葉を続けようと息を吸う。その時。

「モニカさん！」

大ホールに響く私の名前。はっとして見下ろすと、ちょうど一曲終わったところらしいリチャードが、ダンスホールからこちらに手を振っていた。ギョッとする令嬢たち。そして彼女たちから私に放たれる、刺々《とげとげ》しい視線の矢。

「うう、居た堪《たま》れない」

「モニカさん！　ここにいたんだね！」

リチャードはいつの間にか息を切らせて私の前にいた。走ってきたらしい。にっこにこの笑顔の圧が怖い。

「どうぞどうぞ、いい夜をお過ごしください、殿下。それでは失礼します」

ジヌはそそくさと去っていく。リチャードは一瞥を向けた後、私を見て目を鋭くする。

「……モニカさん無事？　なにもされてない？　処刑は必要？」

「物騒だからやめてよ。ただ話していただけよ……」

話していただけ。言いながら不意に、リチャードの手が視界に入る。ごつごつとして大きな、前線で戦う人の逞しい手。令嬢の細くて柔らかな手を取っていたのを思い出して、ぎゅっと、胸がたまらなく苦しくなる。

リチャードが心配そうな顔をした。

「大丈夫？」

「うん。……ドレスなのに食べすぎちゃったのかも」

私が苦笑いを向けると、リチャードは片眉を上げて笑みを返してくる。

「全部終わったら、肩肘張らない戦勝会を開こう。ドレスや舞踏会じゃなくて、ジョッキで乾杯するような」

「お腹空かせて待ってるわ」

笑い合っている私たちの間を、再開した音楽が流れていく。見下ろせば今も貴族たちが、くるくると手を取り合い、出会いの花を咲かせている。

――踊っている殿下を見ていると、痛感しますよねぇ。あちらは皇弟殿下。こちらは平民。住む世界が違うんです……。

ジヌの言葉が、頭をよぎる。私はなぜだか泣きたい気持ちになった。

「……リチャード」

「ん？」

「あとどのくらい、私はリチャードとこんなふうに過ごすことができるのかな」

パーティの非日常の空気に緩んだ理性。

私はついリチャードに本音をこぼしていた。

「当たり前のように、リチャードをリチャードって呼んで……一緒に笑い合ったり、冗談言い合ったり、背中預けて戦ったり……。助け合った数年間も、そろそろ潮時なのかなって、思って」

「モニカさん？　……少し、酔ってるの？」

「今夜はお酒飲んでないから、酔ってないと思う。……でも場の空気には酔ってるかもね。ごめん。……皇弟殿下と一緒にいられる奇跡を、なんだか痛感しちゃって。湿っぽくてごめん」

作り笑いができない私を前に、リチャードは笑顔を忘れたような顔をして立ちすくんでいた。

また、ダンスホールの音楽が途切れる。

パキ、パキッ。

「あれ、ねえ、変な音が……」

ガラスを踏み割るような、乾いた音がリチャードから聞こえた。

次の瞬間、私はリチャードの腕の中にいた。

「っ……」

真っ先に感じたのは、ずっと踊り続けていたリチャードから立ち上る甘い汗の匂い。ぎゅっと、胸板に顔が押しつけられて言葉が出てこない。その腕の強さと逞しさに、私は頭が真っ白になって、ただただされるがままになっていた。

音楽が一曲終わっても、リチャードは私を抱き締め続けていた。

私はされるがまま、熱を感じながら目を閉じた。狭くて苦しいはずなのに、リチャードの腕の中は心地よい空間だった。

私は思う。彼を知っているようで、ちっとも彼を知らなかったと。

こんなふうに、リチャードに抱き締められるのは初めてだったから。

(……そっか。リチャードは気安い人だけど、決して必要以上に触れてはこなかった)

髪に口付けるのはしょっちゅうで、ハイタッチしたり体術の特訓をしてくれたり、一緒に馬に乗ったりってことはあっても、リチャードは決してそれ以上の接触はしてこなかった。

こうして触れられて初めて気づく。彼がどうして、私に触れてこなかったのか。

(私ずっと、聖女異能を使って発情してたから……。発情してる私を抱き締めたりしたら、別の意味で捉えちゃう。襲っちゃうし……危ないから、なのね)

どうして今は抱き締めてくれているのだろう。

きっと、落ち込んだ私を慰めてくれようとしているのだろう。

だってリチャードは、恋愛とか、欲とか、そういう感情のない人だから。

（それなら……少しくらい、いいよね）

普段と違うシチュエーションに、私は酔っていたのだろう。大胆にも私は、リチャードの背中に手を回した。ぴく、とリチャードの背中が震えた気がする。

嫌だったかと一瞬ひやりとしたけれど、リチャードは私を抱き締めたままだった。

「いつもありがとう、リチャード。……私が弱気になってると、いつも元気づけてくれて」

「……そんなに優しい男じゃないよ、僕は」

「優しいわ。今だって、すごく気持ちいい」

「……そう」

リチャードは小さく呟くと、私の体をそっと解放する。

二人の間に籠った熱が逃げていく。焔色《ファイアオパール》の瞳が私を射貫く。

微笑みは、いつもの優しいリチャードのままだった。

「……モニカさん。コッフェの件が片付いたら、今後のことをゆっくりと話させて」

「今後のこと？」

「うん。今はまだ……言えないけれど」

リチャードは私のほつれ髪を掬い、そっと耳にかけて囁いた。

「モニカさんを手放すつもりはないから、そのつもりでいてね」

「それって、どういう」

意味なの？

その言葉は突然の爆発音にかき消された。

「襲撃か⁉」

リチャードは迷いなく手すりから飛び降り、大ホールに着地する。

「配置につけ！　騎士団、戦闘準備を！」

パーティ会場はあっという間に様相を変えた。

＊6

騎士の声が響く。

「敵襲！　敵は王太子の紋章を掲げた軍勢！」

「なんですって……！」

警鐘が鳴り響き音楽が止み、続いて騎士の伝令が走る。

「敵襲！　城壁に魔術弾を飛ばされた模様！」

騒然となったホールにリチャードのよく通る声が響く。

「非戦闘員は指示に従い速やかに避難を。防火騎士は直ちに総員戦闘配置へ、聖女は各持ち場の隊長に従え！」

「了解！」

パーティを楽しんでいた騎士たちが一斉に立ち上がり、装備係が準備した剣を次々と携え迎撃に向かう。

「リチャード！」

私もリチャードを追い、ヒールを脱ぎ捨て階下に降りた。

「私にも指示を」

「モニカさんは安全な場所で、非戦闘員を守って」

後方支援を命じられると思っていたので予想外だ。

「モニカさんは温存すべき戦力だ。できるだけ異能も魔術も使わないで、非戦闘員に誰一人怪我を負わせないようにして。それに」

リチャードは耳元に顔を近づけ、声を低くして続ける。

「きっとモニカさんは狙われている」

「っ……！」

「僕が敵ならそうする。……安全な場所に隠れていて」

「……わかったわ。ご武運を」

騎士団長リチャードの指示は絶対だ。私が頷くと、厳しい顔をしていた彼の目元がわずかに緩む。髪にキスするリチャードと別れ、逃げ惑う参加者たちの避難を誘導した。

大ホールに非戦闘員全員をまとめ、人数を確認し、護衛の騎士たちと状況を見守る。

外からは魔法の炸裂する爆音が響き、時折城が大きく揺れる。人々は口々に不安を訴えた。

「どうしてこんなことに……」

「誰だ、我々を攻撃しているのは」

「魔物ならともかく……人間とは……」

リチャードにはなるべく能力を使わないでと言われたけれど。不安に駆られた人々を落ち着かせなければ。

私は印を組み、ぎゅっと胸に押し当てる。

『滾れ私の聖女異能、昂れ生命力。我が魔力奔流、天に溢れとどまること知らず』

騎士の人が気づいて「あ」という顔をする。構わず、私は『静音魔法《サイレンス》』を使って声を消し、効果範囲を定めて詠唱した。

『魔女たち《シャトリーヤ》よ、あまねく者に安寧の夜の帳を』

啜り泣きや怒号すら上げていた人々が、次第に心穏やかに落ち着いていく。次々とくずおれて横たわり、みんな眠ってくれた。

騎士が躊躇いがちに私に近づいてきた。

「モニカ様、異能は温存しておけとの指示でしたが……」

「ごめんなさい。リチャードにはちゃんと私が事後報告するわ」

「……いえ。正直助かりました。戦闘が長引いているようですし」

厳しい顔をして窓の外へと目を向ける騎士。

外では夜空を照らす花火のように、あちこちで魔術が炸裂している。敵側に第二級以上の魔導士が複数いるのは確実だ。間違いなく、相手は。

「……教会聖騎士団と……王宮近衛騎士団……」

口にするだけで、おぞましさにぞっとする。本来コッフェの民を守るべき人たちが、非戦闘員も多いパーティの夜を狙って夜襲を仕掛けるなんて。

(彼らなら、もっとひどいことを目論んでいてもおかしくない……)

ハッと、私は尖塔の先の異変に気づく。

『梟《ふくろう》の慧眼《けいがん》よ』

瞼を撫で、魔力探知を発動させて目を凝らす。

尖塔の先にあやしい紫の光が揺れているのが見え、私は声を上げた。

「誘魔灯だわ！　向こうの第一級魔導士が魔物を誘ってる！」

「なんだって⁉」

騎士たちがざわめく。おそらく戦闘が激化しているので、魔術班は対処し切れていないのだろう。魔物が襲ってくるのも時間の問題だ。

「私の魔力なら破壊は簡単。……でも、ここから打ち抜いたら私がここにいるとバレてしまう」

相手は私を狙っているはずだと、リチャードは言った。避難者を落ち着かせるのはともかく、外への目立つ行動は避けなければ。

「どうしましょう」

そんな時、私の肩に肘が乗る。ふわりと香水の匂いが私を包み込んだ。

「お困りのようですねえ、モニカ様」

「ジヌ！　魔力で寝てなかったの？」

「ふふ。わたし、魔力防御の魔導具をつけていますので。先祖伝来の極秘の術でございます」

見れば、彼の袖口に縫い留められたビーズ飾りが一つ弾けている。彼の腕の中のサーヤちゃんは、すやすやと眠っている。

「モニカ様、わたしが手を貸しましょうか」

ジヌはそっと耳打ちした。

「わたしの『聖女の涙石』に念じれば、他の涙石を飛ばして誘魔灯を壊せる。わたしの微細な魔力では――敵側の騎士に、数人、『聖女の涙石』を所持している者がいると把握しています」

「そんなことができるの!?　っていうか、敵側がなぜあなたの石を」

「そりゃあ、タダでもらえる縁起物ですからね」

ジヌは目を細めてふふふと笑う。なんだかリチャードと似ているな、この人。

「つまり、敵方の『聖女の涙石』に作用して、誘魔灯を壊せるってことね？」

「ええ。ただ、わたしは魔力が第四級でして。理屈はわかるのですが、自分だけの力ではできないのです」

「……私が魔力を増幅させるなり、魔力を貸せば、できるってことね？」

「ええ」

取れる手段は二つ。

ジヌを聖女異能で活性化させて、魔力を強める方法。

私自身が活性化させている魔力を、外付け魔力タンクとしてジヌに注ぐこと。

ジヌに発情させるか、私が発情するか。悩むまでもない。後者だ。

「わかった。……私の魔力を貸すわ。発動準備をお願い」

「承知いたしました」

頷いたジヌは髪をかき上げ、窓に向かって姿勢を正す。口の中でぶつぶつと聞きなれない呪文を唱え、二本立てた指で印を結ぶ。そして「お願いします」と呟いた。私は彼の背中に両手をかざす。息を吸い、体の奥の魔力が手のひらに流れるイメージをした。

『滾れ私の聖女異能、昂れ生命力、我が異能奔流となりて、過不足なく彼に分け与えんことを』

繋がった。そう感じた瞬間、体の中の魔力がごっそりとジヌへと吸い上げられていく。奥歯を噛み締め、奔流の勢いに耐える。ジヌも汗を流している。

「破ッ！」

ジヌが小さく呟く。パシュン、と軽い音を立て、飛来物が誘魔灯を貫いた。

爆《は》ぜて、夜目にも判別できる白煙が空に浮かんだ。

ジヌが、手応えに唇の端を吊り上げる。

「成功ですね。……はは、ここまで強力な魔力とは」

気が抜けたのか、私はくらりとめまいを覚える。ふらついた私を支えてくれたのはジヌだ。

「モニカ様、お加減は」

「……問題ないわ。少し休めば」

聖女異能で活性化させ、魔力を増幅させた体。そこから魔力が奪われれば、当然聖女異能の力によってさらに活性化される――久しぶりにくらくらして、私はジヌを押し戻す。ドレスにはもちろん性欲迷彩《ステルス》の魔霊石は縫い付けられているので、表には出ない。とはいえ、気まずい。

私は騎士に誘魔灯を壊したことを知らせると、一人になりたいと断りを入れて大ホールの隅っこに行く。ホールはあちこちにソファもカーテンもあるので、人目に触れない場所のソファの隅っこで、私はうずくまった。

「うう……リチャードの前で壊れてる時と違う……頭がおかしくなりそう……」

不意に、影が落ち、甘い香水の香りが漂う。

見上げるとジヌがこちらを見下ろしていた。ホールの照明を背中に受けた彼の笑顔の、八重歯が妙に印象的だった。

「モニカ様、失礼ですが……いわゆるあれですか？」

「……そうよ。だから、離れて」

「わたしでよろしければ、慰めて差し上げてもいいですよ」

「え」

一瞬言葉の意味が理解できなかった。固まる私に、ジヌは当然の親切のように続ける。

「わたしは貴族でもない、ただの商人です。秘密にしますし、一番後腐れないでしょう？」

「……あの……」

この方向性でぐいぐいと来られたことがなくて、私は言葉に窮《きゅう》する。襲われたことも、露骨に欲望を向けられたこともある。でも、まるでこんなお誘いをするように言われたのは、初めてで。

「いかがですか、モニカ様？」

手を取られ、指に、小さな音を立てて口付けられる。

その感触に、興奮するかと思えば――意外にも、真逆だった。

(違う。私が欲しいのは、)

瞬間、私は振り払うようにその手を撥ね除けた。

「おや」

軽く目を瞠るジヌにハッとして、私は首を横に振る。

「ごめんなさい。……親切で、言ってくれてるのはわかるけれど…………嫌なの」

「それは失礼。必要なければ無理にとは申し上げませんので、もちろん」

ジヌは気にしたそぶりも見せず、丸眼鏡の奥の目を思わせぶりに細める。

「必要とあらば、いつでもお声がけを」

「……気持ちだけ受け取っておくわ……」

私はなんとかそう言い終えると、体を抱くように丸くなって劣情に耐える。己の発情と嫌悪がぐちゃぐちゃになっている。

(……私が、望んでいるものは)

甘い香水の香りがする細い指先じゃなくて。触れられた感触を思い出すのは、もっと欲しいと思うのは。客観的にいやらしいものにいやらしいと思うだけじゃなく、当事者として、私が、この持て余した熱を向けたい先は。

(だめ。考えちゃだめ。だめ。だめ。だめ)

鮮血のように鮮やかな赤毛、眇めると迫力のある強い眼差し。長い睫毛に優しい微笑み。意外なくらい指先まで逞しくて頼もしくて、私を強く抱き締めてくれる。甘く名前を呼んで耳朶《じだ》を震わせてくれる、ただ一人。

「モニカ様」

「〜〜ッ!」

思い出していたものと違う声音が耳元で囁き、びくりと反射的に身をこわばらせる。音もなく近づいてきたジヌが、そっと私に囁いた。

「わたしはモニカ様をお慕いしております。生涯の伴侶として、あなたの傍にいたい」

顔を上げると、瞳に顔が映るような至近距離でジヌがニィ、と微笑んでいた。

「身分も釣り合うし、苦労はさせません。悪くない結婚相手ですよ、わたしは」

鼻先が触れそうな距離で告げると、彼は踵を返して去っていった。

＊7

その頃。

僕は司令部より戦況を見下ろしていた。

夜の帳を照明魔法で照らしながら、敵側の騎士が叫んでいる。

「相手は若造一人だ！　怖気づくな、行け！」

コッフェの聖騎士が喊声《かんせい》を上げて突撃するのは、テレストラザ子爵居城と城壁を繋ぐ橋。下には堀の水が揺れる。その橋の中心に、一人の黒髪の騎士が立つ。

騎士はすらりと剣を抜き、叫んだ。

『我が名はダリアス・サイ！　憤怒の騎士《レ・テュッツ・ベア》の名の下、爆ぜよ！』

夜半の闇を昼間に変えるほどの爆発。橋は崩落し、囮のダリアスと共に聖騎士たちが落ちていく。ダリアスは無事に帰還するだろう。

戦況は悪くない。相手の戦力は削り取っている上に、長時間になればなるほど、聖女班を持つこちらが有利だ。

（おかしい。時間稼ぎをしているようだ……）

その時、魔術班が叫んだ。

「ゆ、誘魔灯がつけられております！」

「なんだって」

魔術班が魔力探知で光らせた双眸で、城の尖塔を指す。

「あそこに煙が充満しています、このままでは近隣の魔物が城に……！」

やはり敵方は時間稼ぎをしていたようだ。激しい魔術の応酬で気を逸らしているあいだに放ったらしい。

「あれを破壊するには、どうすればいい」

「第一級の者を使うか、第三級以下を二名以上」

どうしたものかと考えながら尖塔を見る。魔術班の人員は割けない。ダリアスの帰還を待っているあいだに手遅れになっては困る。

だが、意外なほどあっけなく問題は解決した。

ヒュン、とコッフェ側から飛んできたものが、尖塔の先で弾けたのだ。

魔術班が歓声を上げげた。

「砕けました！　……しかし不思議ですね、なぜ敵側が仕掛けて敵側が壊したのか」

「…………モニカさんだ」

「えっ」

確信を持って口にする。味方側で第一級の魔力を行使できるのは彼女しかいない。壊した方法も、なぜコッフェ側から飛んできたのかも理解した。

「……早く終わらせよう。モニカさんが心配だ」

すらりと剣を抜く。

「僕も出る。援護を頼む」

「ハッ！」

――そして夜明けを待たずに、コッフェ側は全面降伏をすることになった。

＊8

翌朝。

日差しだけは燦々《さんさん》と爽やかな城の庭に、夜襲してきた首謀者とその臣下たちが取り押さえられていた。芝生の上に座らされた、首謀者の姿に私は目を剝く。それは、ここで会うとは想像もしなかった人だった。

「……メダイコナー殿下……なぜ、このようなことを」

ボロボロの状態で縛られている、切り揃えた金髪が特徴的な人。

図らずも見下ろす形になった私を睨み上げ、殿下は顔を歪ませる。

「頭が高いぞ、発情聖女が……！」

その罵声さえ懐かしい。

私を発情聖女と名付けた張本人、メダイコナー・コッフェ王太子殿下から再び発情聖女と罵られる日が来るなんて。しかもこのシチュエーションで。

反射的に膝を折ろうとする私を、隣でリチャードが冷ややかに止める。

「立ったままでいいよ」

「でも」

「王宮にはすでに連絡した。国王と宰相の連名でメダイコナーの処断をこちらに一任すると言われている」

「な……」

「だからモニカさんは、膝をつかないで。彼はもう王太子でも貴族でもない。国王と議会を無視して帝国と自国民に刃を向けた。正真正銘の罪人だ」

「私が……罪人だと……？　ふざけるな」

メダイコナー殿下は怒りに震え、ひび割れて血が滲んだ唇を歪めて叫んだ。

「発情聖女モニカ・レグルス！　貴様は私を愚弄《ぐろう》した次は、帝国皇弟に媚びるか！　祖国コッフェへの恩義を忘れたか！　この売国聖女がッ！」

売国聖女。発情聖女からランクアップしたのか微妙なところだ。

私は元婚約者の無様な姿に、呆れたような、情けないような、虚しいような複雑な気持ちになっていた。私は彼の前に膝を折り、視線の高さを合わせる。

「モニカさん」

リチャードに止められたけれど、私は首を横に振る。

「お願い。今だけは」

「……わかった」

リチャードは頷く代わりに剣をすらりと抜いた。私に危害を及ぼせばどうなるか、という牽制《けんせい》なのだろう。殿下がビクッと肩をこわばらせた。

私は彼の碧眼《へきがん》を見つめ、問いかけた。

「……殿下、なぜこのようなことをなさったのですか。コッフェ王国の大切な臣下が大勢いる場所に、夜襲を仕掛けるなんて」

「ふざけるな。私を裏切った者はもはや臣下などではない、逆賊だ！　逆賊に武をもって分別を示すのは君臨者たるものの義務だ！」

私に唾を飛ばしながら叫んだのち、殿下はリチャードを振り仰ぐ。

「そして貴様！　どんなにいい顔をしても、私は貴様の考えを見抜いているぞ！　貴様は侵略目的で、コッフェを飲み込んでいっているのだろう！」

リチャードは冷淡な顔をして見下ろすばかりで、言葉をかけることすらしない。

「……」

私は立ち上がり、裾を払う。

「リチャード。気が済んだわ」

「そう。……後の処遇は、僕に任せてくれる？」

「お願い」

踵を返したのち、私はもう彼を振り返らない。背中に罵声が投げられている気がしたけれど、まるで知らない言葉のように、なにも頭に残らなかった。

「……殿下……」

祖国の王太子の有様に言葉が出ない。ただただ虚しかった。

＊9

「さて、と」

モニカさんが去ったのを見届けたのち、僕は元王太子を見下ろした。視線一つに怯えたように肩をこわばらせる哀れな存在は、震える唇で捲し立てる。

「私にこんな態度を取っていいと思うな、皇弟といえど貴様は」

「まだ気づいていないのか、メダイコナー」

メダイコナーは嫌悪に眉を顰める。

「は……？」

「なぜ国王に逆らい独断で、二度も挙兵できたと思う？」

「当然だ。貴様を追い出したい勢力はコッフェにはいくらでも」

「教会の一部」

冷ややかに告げる。

「メダイコナー派と、大神官派。この国の膿《うみ》が手を取り合って挙兵を画策するとなれば、両方まとめて一気に片付けられて国王もご満足だろう」

「……なにを言っている」

「国王が、愚息がなにをしでかすか、二度も気づけないわけがないだろう」

「そんな……馬鹿な……私は……王太子だぞ……!?」

声を震わせ、戦慄くメダイコナー。ようやく状況に気づいたらしい。けれど同情する気は起きない。

慢心せず、現実に目を向け、考えれば最初からわかるはずだ。

モニカさんとの婚約の時点から、そもそも国王は息子メダイコナーを軽んじていた。

国王や教会が聖女を嫌悪しているにもかかわらず、なぜ王太子が聖女と婚約することになったのか。

王太子の唐突な婚約破棄と発情聖女呼ばわりは、ある意味、秘匿したいほどの王家の恥だ。しかしなぜ国中に知らしめられたのか。

――メダイコナーは国王にとって傀儡でしかなかったのだ。はじめから。

聖女モニカ喪失後の国の瓦解と、教会の愚行はさすがに予想外だっただろう。

それでも国王はメダイコナーを決して王の器と思っていなかった。コッフェ王国が平穏だったとしても、メダイコナーには傀儡として玉座をあたためさせたまま、実権は国王が握り続けるつもりだったはずだ。メダイコナーの代から側室制度を設けたのも、少しでも多くの子を成させ、王の器たる孫を選定するため。

その証拠に、会食後の国王の立ち回りは明快だった。

コッフェ王国が瓦解の危機に直面しているのは全て、傀儡である息子王太子と権力を握りすぎた大神官ピッシオゼのせいだとして彼らに罪を着せる。

傀儡の息子と大神官の挙兵を黙認し、こちらに打ち取らせて、手打ちにする。コッフェ王国を存続させるために、切り捨てるものは切り捨てる。そういうことだ。

「父が……国王陛下が許すはずがない！　この屈辱的な扱いを！」

「わからないのだろうね。愚鈍な王太子として育てられたのだから」

「愚鈍だと⁉　私をこれ以上愚弄するのは許さぬぞ！」

顔を真っ赤にして叫ぶ元王太子を見下ろしながら、彼の命の使い道を考える。犬の餌にするには惜しいが、腐っても元王太子。長く生かしていてもいいことにはならないだろう。

叫ぶメダイコナーが勢い余って芝生に向かって前のめりに倒れた。縛られているので庇えなかった顔から、汚い悲鳴が飛んでいる。

「メダイコナー……よく覚えておけ。青い血は生まれながらに継承されるが、その血は決して安寧を約束するものではないと」

後の処理をダリアス以下、部下に命じてその場を立ち去る。まだやるべきことは多い。

国王《たぬきじじい》が動き出したとしても、主導権はこちらが握り続けなければ。

城に戻ったところで、広場で商隊と補給班の騎士と話し合うジヌが目に留まった。こちらに気づいたジヌは切れ長の目を細め、仰々しく辞儀をする。

「これはこれは、殿下」

「……」

昨夜、誘魔灯を破壊したのはこの男の『聖女の涙石』だ。魔力の少ないこの男が、あの芸当をやってのけたとするならば、モニカさんの助力は確実だ。

「おお怖い。そう睨まないでくださいよ。なにか障りがございましたか？」

いけしゃあしゃあと、男は肩をすくめて尋ねてくる。

この男とは『制約』を結ばない代わりに利害関係で繋がっている。商人の力と情報網は今回の作戦に欠かせないものだ。王太子は最悪今すぐ処刑したとしても困らないが、この男はそれができない。

彼女に近づく男は全て、切り裂いてしまえればいいのに。

「そうそう、殿下」

わざとらしい大袈裟な所作で目を見開いて、ジヌは言う。

「わたしはモニカ様に求婚させて頂きました」

「……なんだと」

思いのほか低い声が出る。ジヌの瞳に、真顔になった自分自身が映っている。逃げも隠れもしない、という意思表示とばかりに、ジヌは目を逸らさないまま続ける。

「私と彼女は平民同士、家格も釣り合いますし。商人の私と聖女様が結びつけば、皇弟殿下としてはやりやすいでしょう？　ああもちろん、まだお返事はいただいておりません。取り急ぎのご報告でした」

　そこで他の騎士がやってくる。

　話を続けるわけにもいかず、結局そのまま、詳細を知らされないままジヌと別れることになった。

　――求婚。

　頭の中に、ウィンプルを翻して笑う、元気な姿がこびりついて離れない。それは公務のあいだずっと、心を締めつけ続けた。

＊10

「はあ、はあ、はあ、はあ……！」

　息を切らし、泥まみれでケーウント・ストレリツィ公爵令息は逃げていた。

　王太子軍が崩れた夜明け前、ケーウントは全てを投げ出して逃亡した。鎧も剣も全部脱ぎ捨て、命からがら逃げた。

　城下町に降り、静まり返った商店街の裏路地に逃れ、悪運の強いケーウントは人目につくことなく夜明けを迎えた。

　店を開けようと集まった商店主たちの雑談から、王太子が捕まったとの噂を聞いたのは、偶然だった。

「王太子殿下……！」

なんということだ。ゴミ箱の陰でケーウントは顔を覆って青ざめた。

噂をしている人々が口々に言う。

「大神官様もああなったし、王太子殿下もどうなっちまうだろうな」

「大神官？　あの人がどうなったんだい？」

「ああ。奴が収監されていた牢獄も、恨みを持つ民衆たちが襲撃したらしいね」

「もう終わりだな、大神官も、王太子も」

ケーウントは全身をぐっしょりと汗に濡らす。そんな彼に気づかず、彼らはうっとりと希望に満ちた声で言う。

「これからは平民にとって生きやすい時代が来るさ。なにせ、発情聖女様がいらっしゃるのだからな」

「発情聖女様なあ。あのお方を国から追い出すような旧教会なんざ、潰れて当然さ」

「旧教会は邪教扱いしてるらしいが、知ったこっちゃないね。あたしらの生活を守ってくれる人がカミサマさ」

「魔物が減るならなによりだ……おっと、そろそろ行かねえと」

「皇弟殿下がなにか発表をするらしいぞ」

「行こう行こう」

彼らが去っていった後も、通行人たちは口々に似た内容の噂をしていた。太陽が次第に昇り始め、人の数も増える。

ケーウントはただただゴミにまみれて座り込んだまま、ガタガタと震えていた。

「あああ、どうしよう……このままでは……」

大河小説ケーウント・ストレリツィ伝説はここで終わってしまうのか!?

だがしかし、ずっと隠れているわけにも行かず、ケーウントは思い切って人の流れにのり、コソコソと人々の集まる広場前に向かった。

広場に設けられた高い場所に、濃紺の軍装を纏った帝国騎士が立っている。その中心に立っている、一際背の高い赤毛の男が目に留まる。見るからに他の騎士と違う華やかな意匠の勲章をつけた彼が、かの憎き皇弟、リチャード・イル・ベルクトリアスだろう。

視力の悪いケーウントは目を凝らす。そしてリチャードの顔を見つめて数秒。ケーウントは雷に打たれたような衝撃を覚えた。

「あれは……いや、まさか……」

夜襲の間も、明かりに照らされた皇弟を見て妙な既視感を覚えていたのだが、日中、高い場所で顔を晒した彼を見て、ケーウントは確信する。

「赤毛野郎……」

服装が変わっても、髪を艶やかに整えていても、あのいけ好かないすかした顔を、見間違えることはない。

「……なんてこった、皇弟は……あの赤毛野郎だったなんて！」

人混みの中、数人がちらりとこちらを振り返る。思わず口に出してしまった。ケーウントは口を押さえ、人混みからこそこそと逃げ出した。

「王太子殿下を助けなければ……それしか、僕の生きる道はない……！」

広場から離れた道にひと気はない。ケーウントは興奮のあまり、身を隠すことも忘れ、高笑いをしながら走った。その顔は正気を失った笑みで歪んでいた。

「よかった、まだ終わっていない！　皇弟が赤毛野郎ならば！　僕にはまだ……勝算がある！」

＊11

メイガ・シュ浄化作戦決行当日の朝。

私とリチャードは二人、新・前線基地の会議室にいた。リチャードはメイガ・シュの森に最も近い町に拠点を作り、浄化作戦の準備を整えた。かつての前線基地はすでに森に飲み込まれて使えなくなっていたからだ。

王太子の夜襲で予定は遅れたものの、事件を契機に、コッフェ王宮と議会、教会は全面的にリチャードの支援活動を支持すると表明してくれた。浄化作戦にはコッフェ王国軍も参加して、コッフェ王国的にも国をあげての大作戦となった。

「……遂に、国公認で任されてしまった……」

「緊張してるの？　モニカさん」

「そりゃあそうよ。だって……まさか、本当にメイガ・シュを浄化する日が来るなんて」

「ふふ」

「どうして笑うの？」

「不安で緊張してるんじゃないんだなって」

「……そうね。失敗するとは思ってないわ」

私は目の前のテーブルを見下ろした。地図が広げられ、兵力の配置や聖女の配置といった作戦の詳細が事細かに書き込まれている。準備のため二週間ほど、連日深夜まで会議を続けてきた。やれることは、みんなやった。

「ねえ、モニカさん」

リチャードが手の甲で、私の頬を撫でる。最近また少し、リチャードの接触が増えてきた気がする。嫌じゃないから、いいんだけど。

「なに？　リチャード」

「……なんでもない。呼びたかっただけ」

リチャードの妙に甘い視線が、なんだか照れくさい。目を逸らせなくて、体が固まったような感じになる。

「そ、そう……」

「今しか触れられないしね。後で聖女異能を使い始めたら、触ったらそれどころじゃなくなるでしょ？」

「……ッ……そ、そうね」

一瞬、パーティの夜のジヌの接近と、言いようのない嫌悪感を思い出す。

「……モニカさん？」

表情を曇らせた私に目敏く気づいたリチャードに、私はあははと笑って拳を作ってみせた。

「と、とにかく！　今日はよろしくね、リチャード！」

「うん。頑張ろうね……モニカさん」

にっこりと笑うリチャードに、なんとかごまかせた、とホッとする。


作戦は言葉にしてしまえばシンプルなものだ。

木霊《トレンティス》魔物で形成された森の一部を総攻撃して、コッフェの魔導士たちに誘魔灯を大量に発動してもらい、森の中に魔物が少ないエリアを作る。

そこに私と第一級聖女ニア、護衛の『焔隊《ヴィルカス》』の精鋭数名で飛翔魔法で突入。聖女ニアの防御壁と騎士たちに守られた状態で、私が地面に手をつき浄化する。他の聖女たちには安全な場所から私に向けて聖女異能を飛ばしてもらい、サポートしてもらう。今日のために、聖女から聖女に向けて聖女異能を飛ばす魔導具――魔霊石をはめたキラキラのステッキを作ってもらっていた。

この作戦の難点は一つ。総攻撃の騎士たちのそばに聖女を配置できないことだ。

そこをカバーするために、治療面はマルティネス教授率いるポーション部隊と、教会の神官たちが中心となった治療班で対応してもらう。

現時点の戦力で万全を尽くした、完璧な作戦だ。あとは私が全力で努めれば、なんとかなる。

「……とはいえ、実際にメイガ・シュに戻ってくるとゾッとするわね……」

私は神官による転移魔法で、メイガ・シュの森の近くまでやってきた。

青空の下、樹々——木霊魔物《トレンティス》は蠢き、ニュルニュルと枝葉が触手のように形を変える。森が広がる大地は穢れた土地特有の黒い粘ついた地表だ。人間の私たちが近づいたことで、暗い森の中からいくつもの瞳がこちらを見て、光っているのが見えた。

強力な魔力を帯びた木霊魔物《トレンティス》の森から出る必要がないので、魔物は森から外には基本的に出てこない。しかし森自体が広がるので、それに合わせて魔物の現れる範囲がどんどん拡大しているのだ。

リチャードの合図でダリアスが敬礼をし、剣をすらりと抜く。

「突撃！」

ダリアスの指示の下、騎士が動き、魔物の森へと突撃する。

一斉に溢れ出した魔物たち。後方から、魔導士部隊が各々得意の魔法で攻撃する。今回の目的は武力による討伐ではなく、あくまで時間稼ぎだ。損害を少なく、少しでも長く魔物を引き寄せる。

半刻ほど過ぎた頃、ぽつぽつと後方部隊に傷ついた騎士が運び込まれてきた。

前線で戦っていたダリアスも、魔物の返り血にまみれた姿で戻ってきた。

「殿下、俺はいつでも出発できます」

「ん。そろそろ行こうか、モニカさん」

リチャードが私に告げる。それを聞いて、手にキラキラ魔霊石ステッキを持った聖女班のみんなが集まってきた。それぞれ階級ごとに色の違う聖女装に身を包んだ彼女たちは、私と、一緒に向かうニアに深く辞儀をした。

「どうぞご無事のご帰還をお待ち申し上げております」

「みんな……」

感動で目頭が熱くなった私の肩を、リチャードがポンと叩く。

「さ、早く行こう。騎士たちの奮戦を無駄にしないためにも」

「ええ」

私は頷き――思わずリチャードを二度見した。

「待って。行こうって」

「僕も行くよ?」

さも当然のように言われ、私は慌てた。

「待って、あなた皇弟殿下でしょ!? メイガ・シュのど真ん中への突撃なんて、死ぬかもしれないのに」

「皇弟である僕が命を懸けずして、他人だけを死地に向かわせる。それってかっこ悪いにもほどがあるでしょ」

「で、でも……あなたは浄化作戦をまとめる役目が……」

「大丈夫。万が一の時はセラスがいるしね」

リチャードがウィンクして示した先で、軍装のセラスが辞儀をする。

「殿下が亡くなった場合は元の立場に戻り、セラスヴィータ・アルジェンティア暫定女王として、同盟国ベルクトリアス帝国のリチャード・イル・ベルクトリアス皇弟殿下の責務を代行いたします」

「ざ、暫定女王」

女王様が別の意味の女王様をも兼任してしまうとは。リチャードが私にウィンクする。

「彼女を連れて来たのはそういう意味もあるのさ」

「でも絶ッ対やりたくないので絶対に死なないでください」

いつもの冷たい表情ながら、眉間に深い縦皺ができている。よほど嫌らしい。

「というわけだ、モニカさん」

リチャードはにっこりと、有無を言わせないいつもの笑顔を見せた。

「大好きなモニカさんは僕の手で守りたいんだ。必ずね」

「……わかった。あなたもみんなも無傷で帰還させると約束するわ、リチャード」

そして私たちは聖女たちの激励を受けながら、飛翔魔法でメイガ・シュの森の上空へと舞い上がった。

『地を愛する者よ。我が祈りの解けるまで、重力を忘れ、空を自由に飛ぶ猛禽《エラーリス》となれ！』

遂に、最後の作戦が決行される時が来た。

着地地点はすぐに決まった。

少し地表が見える開けた場所に、ダリアスが先陣を切って飛び降りる。

『我が名は、ダリアス・サイ……』

剣の柄に着けた魔霊石に右手をかざし、詠唱が始まる。

『憤怒の騎士《レ・テュッツ・ベア》の名で鼓膜を震わせし外敵、耳より其の儘、爆ぜて逝け！』

続いて爆音。そして熱風。木霊魔物《トレンティス》も魔物も、一気に吹っ飛んでいく。いつ見ても景気のいい爆発だ。

続いて降りたのはニア。ダリアスが爆発で生み出した土の抉れたクレーター部分に降り立ち、ドーム状の防御壁を構築する。

『臆病な蚕姫《シルカ・ヴェルビゥ》よ、汝の紡ぐ守りの繭《まゆ》を』

続いて私とリチャード、護衛の騎士が二名降り立った。

私はみんなに守られながら、大地に両手をついて目を閉じる。

深呼吸して、大地に接続《コネクト》した。

『私は聖女モニカ・レグルス、旧き大陸の申し子。私の聖女異能の声を聞け。大地よ、呼び声に応じ、在るべき豊かな大地を解放せよ！』

一度やったことだからコツはわかっている、すぐに繋がることができた。意識を保ったまま、私は聖女異能を土地に注ぎ込みまくる。

聖女たちが遠くから、私の名前を呼びながらステッキを振り、私に聖女異能を注いでくれているのもわかる。

(みんな、私、やるわ)

頭皮が熱くなり、髪が染まっていくのを感じる。

五感を感じなくなり、聖女異能に集中して、大地と一つになって。

(これ、は)

眠りに落ちる時、ガクンと揺れる感覚に似た衝撃が走る。

ぐん、と、土地に吸い込まれていく感覚。ノワシロの時より、ずっと強い。

「ぐ……あああ……ッ!」

「モニカさん!」

リチャードの切羽詰まったような声が聞こえた。私は答えられない。

あまりの森の魔力の強さに呑まれてしまう。

「モニカさん、一旦退こう」

半ば反射的に、私は叫んだ。

「嫌よ! 私は……やっと、やっと……聖女としての役目を果たせるの!」

口をついて出る言葉に、私自身もはっとする。

(そうか、私が……聖女として、必死に命懸けで戦ってきたのは)

次の瞬間。

目の前が真っ白になる。

真っ白になった世界で、銀髪に紅い瞳の、十歳くらいの女の子がこちらを見て立っていた。刺繍が施されたノワシロの装束を纏い、おさげ髪で、背中に一番幼い弟を背負った女の子。愛情たっぷりに世話をされ、そして自分も愛情を分け与える、家族に愛された、幸福に満ちた女の子の姿。

(私、だ)

真っ白な世界で、女の子《モニカ》の後ろにたくさんの人々が立っている。兄と弟妹。両親、親族、村のみんな。前線基地で弔《とむら》った人たち。そして聖女のみんな。

みんなが私を見て、優しく笑ってくれている。

一番前に立った幼い私が歩み出る。そして、無邪気な笑顔で言った。

『あなたなら世界を変えられるわ。頑張って、発情聖女《モニカ》』

世界が暗転し、真っ暗闇の中に私は一人残された。

「私は……私は、守るの！　次こそ、次こそ……みんなを……！」

――そして、過去の私自身を。

「モニカさん」

リチャードの声が、正面から聞こえた。頬を撫でられているような感覚がする。

「僕の力も使って。……もう、いらないから」

次の瞬間、唇になにかが触れた。あたたかい奔流が唇から体の奥まで流れ込み、急に体が楽になった。正気が戻ってくる。注ぎ込まれる魔力が生命力に変換され、土地に一方的に吸い上げられていた聖女異能が少しずつ制御できるようになってくる。

冷静になってきた。

いつしか土地も静かになってきた。魔物の匂いが遠くなっていく。

接続《コネクト》がぷつりと切れ、私は目を開く。ぼんやりとした五感が鮮明になっていく。私は膝をつき、リチャードの胸に頬を預けていた。

「……終わった、の？」

身を起こしてあたりを見回す。一面、ただの森になっていた。魔物の姿が全くない。小鳥さえ鳴いている。ダリアスが汗を拭いながら答える。

「おそらくメイガ・シュの魔物は、生まれながらの魔物ではなく、そこに暮らす生き物たちが大地から魔力を吸い上げて壊れていたのでしょう。魔力が根こそぎ奪われ浄化された結果、他の土地とは違い、動植物たちが通常に戻った……のでは」

「後で分析する必要があるわね」

頷いた後、私はリチャードを見上げた。

「ありがとう、リチャード。遂にやったわね！」

「そうだね」

リチャードはふい、と目を私から逸らす。初めて見るリチャードの顔だった。

その時。激しい音が私たちの間で響く。

バキバキバキバキバキバキッ！

「えっ、なんの音⁉」

驚く私の前で、リチャードの勲章がボトリと落ちる。宝石が粉々に砕け散っていた。

リチャードが深いため息をついた。

「……『制約』なしには……これでも足りないか」

「え、どういうこと、制約って」

やけに大きい石だったけれど、魔霊石だったのだろうか、これは。

「リチャード……？」

「……大好きだよ、モニカさん」

その声に、今までと違う色が混じっている気がしたのは、気のせいか。

＊12

テレストラザ子爵の居城から逃げ出し、歩きと馬車で一ヶ月。ケーウントは北の海辺ストマ・レッドに位置する傷痍騎士向けの病院に辿り着いていた。魔物討伐で傷を負い、使い物にならないと見放された騎士の終《つい》の住処と言われる場所だ。

ケーウントも初めて訪れたそこは、掃除も行き届かない廃墟のような館だった。ストレリツィ家の紋章を掲げて中に入り、暗く澱んだ病院の中を進む。看護をする修道女に指示されるまま、目的の部屋に向かう。

窓を岩壁に塞がれた、一番奥の大部屋。そこで屍《しかばね》のように仰向けに横たわっている男がいた。

死を待つかのような男に、ケーウントは近寄る。

「前線基地では世話になったな。ロックフェイ聖騎士団長」

四十過ぎの男は濁った瞳でケーウントを捉え、そして瞠目する。

「お前は……い、いや……あなたは。なぜここに」

「話は後だ。王太子殿下が危機にあらせられる。お救いできるのは僕たちだけだ」

「王太子殿下が危機⁉　一体、それは……」

身を起こそうとしたロックフェイは苦悶の表情を浮かべる。手足は辛うじて残っているものの、肉を抉られ、骨を破壊され、動かそうとしても傷んだ神経が激痛を訴えるだけだ。ポーションや聖女の力がなければ、寝て回復を祈るしかない。それがコッフェの医療の現実だ。

「これをやる」

ケーウントはボロボロになった鞄からポーションを取り出す。夜襲の時にどさくさに紛れて入手していたものだ。口に一口含んだだけで、ロックフェイの瞳が輝く。動くようになった腕でポーション瓶を奪い取り、ごくごくと、渇いた獣のように飲み干した。

「はあ……はあ、なんだ、このポーションは……！」

「詳細は後だ。元騎士団長、貴様はどこまで話を知っている？」

ロックフェイは皇弟リチャードの侵略行為も、発情聖女モニカの帰還も知らなかった。ちょうど帝国侵略の直前に、この病院に送り込まれたらしい。

ケーウントはロックフェイに、これまでの帝国による侵略行為と聖女モニカの蛮行、そして赤毛《リチャード》のコッフェ侵略作戦の恐ろしさを己の言葉で語った。

「そして我らが王太子殿下は皇弟リチャードに捕らえられた。あの赤毛だ。……王太子殿下を助けるために、貴様の力が必要だ」

そしてケーウントは仰々しくもう一本のポーションを出す。ポーションを見て、ロックフェイがゴクリ、と唾を飲むのが聞こえた。

「聖女モニカが憎いか。憎いならば、王太子奪還に協力しろ」

「……あの聖女が大人しくしていれば……俺はメイガ・シュの聖騎士団長のまま……後方指揮の立場にいられたんだ……この、病院に送られてから……どれだけ俺が苦しんだか……」

ロックフェイはケーウントの手からポーションを奪う。そして蓋を開けて飲み干し、怨嗟を滾らせた瞳で睨み上げた。

「どうせ死ぬしかないと思っていた。復讐できるだけじゃなく、王太子に恩を売れるなら、俺は当然ついていく」

ケーウントはニヤリと笑って固い握手を交わした。

そうだ、まだケーウント・ストレリツィ大河小説は終わらない。

「僕に案がある。……皇弟が赤毛だと知る、僕たちにしかできない作戦だ」

決まった。己の言葉に酔いながら、ケーウントは復讐の興奮に震えた。

「待っていろよ、発情聖女モニカ……」

第5章
激情

＊1

私はあの日以降、ずっと放心し切った日々を過ごしていた。

昨日のことのように思い出す、メイガ・シュ浄化作戦。

「まさかもう、あれから一ヶ月も経つなんて……」

ガラス製のサイドテーブルにはオレンジジュース。ドクダミ霊薬茶ではない。

テレストラザ子爵居城のガーデンテラスにて、私は椅子に腰掛け花の浮いた氷入りの水桶に足を入れて、魔力で自分に風を起こして涼んでいた。からん、と氷が鳴る。

「夏ねえ……」


結論だけを言えば、メイガ・シュの森は回復した。作戦参加者の誰も命を落としておらず、メイガ・シュ浄化作戦は大成功で幕をおろした。

私はあの後、意識を失うこともなく自力で歩いて帰還した。数日はあれこれと事後処理に携わる必要があったものの、その後はリチャードの半ば命令に近い「お願い」により、仕事もせずにだらだらのんびり静養の日々を過ごしている。

昼寝をしたり、本を読んだり、庭の散歩をしたり、刺繍をしたり、城内の花壇の手入れを手伝ったり、料理をしてみたり。人生で一番好き勝手にのんびり過ごしている。

「聖女装すら、最近着てないわね……」

今日も、セララスのマッサージを受けた後、白い簡素なワンピース一枚でのんびりしている。

「コッフェ王国はどうなるのかしら、これから……」

「大きな構造改革が行われるでしょう」

私のひとりごとに、裁縫をしながらセララスが答える。

「メダイコナー・コッフェ王太子殿下は廃位、大神官ピッシオゼ殿は多くの部下と共に退位。共にコッフェ王国の根幹を揺るがす一大事です。『魔物狂乱』により破壊されたコッフェ王国の多くの地域の立て直しもありますし……自力で復興は難しいでしょうね」

「……ということは、やっぱりしばらくリチャードはコッフェにいるのね」

「いくつかの城を魔物討伐拠点としてもらい受けるらしいので、いるでしょうね」

「……リチャードは本当に、この国を征服しに来たわけじゃ、ないのよね……？」

「ええ、多分」

それ以上難しいことを考えるのを放棄した私は、話を打ち切って自分の髪へと触れる。大地と接続《コネクト》している間は激しい色に染まっていた髪だったけれど、結局あれからどぎつい色に染まることもなく、元通りの銀髪と桃色のグラデーションカラーで落ち着いている。

「そういえばリチャードは？」

「殿下のご予定は存じ上げておりません」

「……そう」

私は椅子に沈み込み、水桶の中で足を揺らす。唐突に軽いノリでやってくる、あの明るい声の主がなかなか来ない。

リチャードは、パタリと来なくなった。

「お会いしたいのですか？」

「まあ……。でも、リチャードは忙しいし。私から会いに行ける立場でもないし」

口に出して改めて気づく。リチャードは平民聖女がのこのこと会いに行っていい相手ではないのだ、本来は。

＊2

夜。今日もリチャードに会えなかったと思いながら、バルコニーで外を眺めていると、どこからか話し声が聞こえてきた。

あたりを見回すと、バルコニーから身を乗り出して見える城の別棟の、常夜灯で照らされた廊下を、リチャードが誰かと親しげに話しながら歩いていた。

金髪の、イブニングドレスを着た令嬢。

「ッ……！」

私は反射的に部屋に戻る。胸を押さえるとばくばくと音が激しい。

（リチャードが、……最近会いに来なかったのは……お見合い……？）

全ての辻褄《つじつま》が合う。

（全てが片付いて……私の処遇が決まるまで、会わないつもりだったんだ）

いつか来るとわかっていたことだ。リチャードが誰かと結婚するのは当然だ。コッフェ王国の令嬢と結婚すれば、今後のコッフェ王国での活動もやりやすくなる。コネクションだって増える。コッフェの王国民も、貴族も、『皇弟殿下』ではなく『コッフェ国に入婿した騎士』ならば受け入れやすい。

「……なんだ。……よかった。リチャードが仕事をしやすくなるのなら……」

鼓動が耳まで響くほどに大きく高鳴っている。胸が痛くて叫び出しそうだ。私は胸を押さえて、蹲《うずくま》って苦しみに耐える。

「大丈夫。……また、発情がおかしくなってるだけだから……喜ばしいことなのに、こんなふうになってるのは……おかしい、から」

私は枕元にピッチャーと一緒に置かれたドクダミ霊薬茶の、茶葉だけをグラスに入れて噛んで飲み下す。強烈な苦味と匂いが、私の心を休めてくれるよう願いながら。

「……だめ……どうして、効かないの……おかしくなってるのに、私……」

私はベッドに入り、強引に自分に魔法をかけた。

『魔女《シャトリーヤ》たちよ、私を楽に寝かせて……』

じきに睡魔が襲ってくる。手足の先から、段階を踏んで重くなっていく体を感じながら私は目を閉じる。意識を無理やり飛ばすしか、解決方法が思いつかなかった。

翌日。

セララスもダリアスも教えてくれないので、私は城の中を散歩して、こっそりと他の人にリチャードの動向について聞いてみた。

みんな、リチャードが貴婦人たちと代わる代わる会っているのを知っていた。

「ああ、殿下なら毎日昼食会に参加なさっていますよ。晩餐会もよく」

「若い娘がいる奥様のサロンに呼ばれたりなさってますね」

「いやあ、殿下が選ばれる方は誰なんでしょうね」

みんな『苛烈の皇弟殿下』の新しい話題に興味津々な様子だった。

「モニカ様も新しい情報あったら、こっそり教えてくださいね」

「わかったわ、任せて」

胸を張って快諾しながら、内心私はズタズタに傷ついていた。なぜか。

(……そうよね。私は発情聖女で平民聖女。そりゃそうよ)

自分でもうまく言えないモヤモヤで、私は再び頭が変になりそうになる。

「だめだわ。ちょっと疲れた……庭で休憩しましょう」

ドクダミも生えているかもしれないし。

私はふらふらと、城の中庭へと足を向けた。

暑さにも負けず、庭は鮮やかな花が満開で夢のような世界が広がっていた。

「草木が発情すると花が咲いて蝶が舞って綺麗なのに、どうして私は見苦しくなるのかしら……」

鮮やかなキラキラの鱗粉《りんぷん》を撒きながら飛ぶ蝶をなんとなく目で追いかけていると、ハンギングバスケットが等間隔に吊るされた壁の向こうに、季節感に似合わない真っ黒な長衣の光沢が見えた。

「おや、モニカ様」

ジヌは振り返ってにっこりと笑う。タッセルやビーズが多く縫い留められた豪奢な黒日傘を差したジヌは、それを私にそっと差しかける。

「お一人は珍しいですね。殿下はご一緒ではないのですか？」

傘でできた日陰で、ジヌは首を傾げてくる。私は気まずくなって目を逸らす。

「……最近、会っていないわ」

「あらあら、それは失礼」

ゆったりとした黒い袖で口元を押さえ、大袈裟にジヌは言う。よく見ると衣はとても薄くて、袖や裾が光を通して透けて涼しげだ。

「気落ちする必要はありませんよ、モニカ様。わたしもあなたも同じ、大きなお勤めが終わればリチャード殿下が遠くなっても当然です」

「……そうね。聖女としての働きも、他の聖女たちが頑張ってくれてるし」

帝国も平和になった。皇帝皇后両陛下に赤ちゃんも生まれたし、ポーション工場は順調だし。コッフェ王宮も議会も教会もリチャードの意のままになる。メイガ・シュの森も浄化した。ならば私が不要になるのも、当然だ。

「モニカ様、今でも殿下のお傍でずっと働きたいと思っていますか？」

「それは……うん。一応」

口に出して初めて、言葉が濁ってしまうことに気づいた。

（あれ？　私は……リチャードの力になりたいって、ずっと思ってたのに）

令嬢に微笑みかけていた、リチャードの姿を思い出すと目頭が熱くなってくる。発情が壊れて、私はリチャードを独り占めしたくなっている。

こんな気持ちで、傍で働けない。

「……泣かないで、モニカ様」

ジヌに目元を拭われ、私は自分が泣いているのに気づいた。見上げると彼は心から案じるような眼差しで、私を見下ろしている。

「ねえ、モニカ様？　やっぱりわたしと結婚しましょうよ」

「……それは……」

「すぐに心変わりしてくださいとは申しません。いわゆる契約結婚を結び、一緒に外国に出ましょう。モニカ様を『発情聖女』ではなく、ただの一人の商家の妻として扱ってくれる、自由な世界に」

困惑する私に、ジヌは畳みかける。

「殿下の近くにいれば、いずれあなたも貴族と政略結婚を命じられるでしょうし、ね？」

「あ……」

私は目を見開く。

なぜ今まで気づかなかったんだろう。

リチャードはずっと、私の居場所を作ってくれていた。手放すつもりはないと、言っていた。

その居場所作りの仕上げとして、私を誰かに嫁がせるのは至極自然な流れだ。

（そうだ……矛盾しない。どこかの貴族と結婚したら、私は聖女を引退しても、リチャードの近くで働ける。居場所ができる。手放さずに。……リチャードが言っていたのは、それだった、の……？）

「モニカ様は元々平民です。お飾りの貴族令嬢にはとてもなれないのは、妃教育の時に痛感なさったのではありませんか？」

「ええ……。私は、令嬢にはなれない」

手のひらだって厚いし、夏はちょっと日焼けするし、自分で自由に体を動かせない、上品な令嬢としての役目は果たせない。働くことが好きな根っからの労働者、平民聖女だから。

「それに」

「っ……」

ジヌは私の顎をとり、上を向かせ——耳にそっと囁いた。

「わたしについてきてくれるのなら、リチャード殿下が結婚する姿を見なくて済みますよ？」

「……ッ！」

「想像してみてください。ベルクトリアスの両陛下のように……高貴な女性と二人幸福に寄り添い合い、我が子を愛するリチャード殿下を……あなたは傍で、今までのように、眺めることができますか？」

ジヌは私の顎から手を離し、恭しく私の手を取る。

手の甲に冷たい唇を落としながら、私を目で射貫く。獲物に捕らえられたように、身動きができない。目が、逸らせない。

「モニカ様。わたしを選びましょう？　明日にでも、城から出してあげます」

「私、は……」

「ねえ、わたしを選んで？　みんな幸せになれます。……大丈夫」

彼は私の手を引き寄せると、柔く腕の中に包み込んだ。

日傘で隠すようにして、私の頬に触れる。薄笑いが消えた、と思った瞬間、ジヌが顔を近づけてきた。キス、される。

私は、どうすればいいの。

頭の中でめちゃくちゃに感情が入り乱れる。

私はリチャードが結婚して幸福そうにする姿を見て、笑顔で拍手できない。

でも、逃げるためにジヌの妻になるのは。違う。

「ごめんなさい」

私はジヌの腕を振り払い、日傘の外に出る。そして間髪容《い》れず、深く頭を下げた。

「私……結婚でジヌを利用できない。リチャードが結婚して遠くなっちゃうのは、すごく辛いけれど……政略結婚はできない。形だけの結婚だとしても、だめなの。ごめんなさい」

私は夢で見た、結婚式を思い出す。

村でみんなに祝福されて、幸福な結婚をするのが憧れで、当たり前だと思っていた。それはもう、永久に叶わない夢。

そして夢の続きで、祝福もない冷たい暗い教会で、私のヴェールを上げたのはリチャードだった。

みんなの祝福はなくてもいい。相手がリチャードなんて烏滸《おこ》がましい。けれど。

「私は……大好きな人と結婚したい……それ以外の結婚は、欲しくない」

リチャード以外と、キスできない。

たっぷりと時間をかけ、ジヌが問いかけてくる。

「……それが、モニカ様の今の選択ですね？」

「ええ」

「わかりました」

日傘の下で、ジヌはあっけらかんとした笑顔を見せた。

「嫌がるモニカ様に強引に迫るのも無粋です。今日のところはここで引き下がりましょう。ですが、わたしは諦めませんよ、まだまだ。……泣きつきたくなったら、いつでもここは空けております」

胸に手を当てて恭しく辞儀をする。

「空けてなくていいわよ。私のせいで、あなたが結婚できなかったら嫌だもの」

「離婚だって間男だって、なんでも道はあるでしょう」

「…………絶対あなたは嫌かも」

しらけた私の視線に肩をすくめ、「ところで」とジヌは話題を変える。

「わたしと結婚して逃げないとなれば、モニカ様はどうするんです？」

「どうって」

「どの道、既婚のリチャード殿下と一緒にいるのは苦難の道では？」

「う……」

面白がるように問いかけてくるジヌに、私はぐぬぬ、と唸る。

「リチャードの傍にいるのは辛いけど、他の人とも結婚したくない」

「熱烈ですねえ」

「修道院に入って余生を過ごすのが無難でしょうね」

「ああ、確かに似合いそうです。とっても」

ジヌは人懐っこく目を細め、うんうんと同意する。

「孤児院併設のところがいいかもしれませんね。モニカ様、子供大好きだから」

「そうね。自分が産まないなら、代わりに他の子供をいっぱい世話したいわ」

明るく笑って答えながら、私はふと視線を動かす。

「え」

その向こうにはリチャードがいた。

＊3

――モニカさんとジヌと鉢合わせる、ちょうど半刻前。

僕は朝から籠りきりの執務室で仕事に追われていた。

コッフェの魔物討伐は終わりを迎えたが、その事後処理で連日多忙だった。テレストラザ子爵居城と王都を日に何度も往復し、毎日、寝る間もないほどの仕事を捌《さば》いていた。

コッフェ国王、大臣らを交えた連日の協議。コッフェ駐留騎士団に関する対応。祖国ベルクトリアス帝国への報告と有識者の派遣と連携。国内貴族、平民へ通達と諸外国への正式発表について。ジヌを通じた商人たちとの協議。

特に最重要課題として取り組んだのは、聖女の地位向上についてだ。コッフェ教会組織の再編成を経て「聖女派」の神官らを残し、聖女の新たな地位を作らせていく。

帝国から召喚した者たちの手も借りているが、できる限り全ての案件に目を通し、最終的な決定権を離さないようにする。「発情聖女モニカ」、そして自らの基盤固めとして今は大切な局面で、手は緩められない。

皇弟として、騎士団長としての仕事に追われるのは嫌いではない。むしろ己の努力が、帝国で平穏に過ごす兄や聖女モニカの安寧に繋がるのなら歓迎だった。

しかし。

執務室にて、ふと視界の端に映った山に眉根を寄せる。

大量の釣書と刺繍だのハンカチだの愛の言葉だのの贈り物。コッフェ貴族令嬢の皇弟リチャード争奪戦の火蓋が切って落とされたのだ。

見るだけで、かつて帝国で貴族令嬢から浴び続けた攻撃のあれこれを思い出して嫌気が差す。

「はー……」

「お疲れ様です、殿下」

濃いドクダミ霊薬茶を淹れているダリアスが、苦笑いを向けてくる。

「困りますよね、これ。復興を前に、娘を差し出すことしか考えない無能どもは、殿下のご苦労をなんだと思っているのでしょうね」

「口を慎めダリアス。無能だから僕も他国《アウェー》で好き勝手できているんだ。今後も無能でいてもらわなければ」

「あはは。まー、殿下に従いますって意味ですからね。娘を差し出すってことは」

差し出された令嬢は全て、身分と素性を把握したのちに相性のよさそうな部下たちとの見合いの席を適宜設けている。最初は娘も親も不平不満を漏らして食い下がるのだが（その時間があれば仕事をして欲しい）、最終的にはそれぞれ部下たちと順調に婚約が結ばれていた。

とにかく野心ばかりの無能な者は全員手駒に据えて、国の立て直しに集中したい。

贈り物に魔導具が混入していないか、一つ一つ広げて振って確かめながら、ダリアスはぼやく。

「しっかし、……国の存亡がかかった時に不眠不休でこしらえるのが、刺繍入りのハンカチとは」

「しょうがないさ。コッフェ貴族のご令嬢にとっては、政治も魔物被害も遠い世界の話なのだから」

平和な情勢であれば、彼女たちの行動は至極真っ当だ。彼女たちの社交界での能力や立場は優れたものなのかもしれない。

ただこの非常時には率直に、憎たらしくさえ思えてくる。

「あ、このソックスガーター、目立たない刺繍で呪文が書かれてますね。燃やしておきます」

言うが早いか、ダリアスの手のひらの中でボッと呪物が燃える。火のない暖炉で手を払いながらダリアスは言った。

「殿下に今一番必要なのは刺繍のハンカチでも高級な茶菓子でもない。睡眠時間と肉と、モニカ様だというのに」

「……モニカさん」

その名前を聞いた途端。

バキバキバキバキバキッ！

部屋中の魔霊石が、一気に弾ける音がした。

「うわあ」

「……また全滅させてしまったか」

「あはは……装着してなくても、バキバキになるものなんですね、魔霊石って」

その凄絶さに、さすがのダリアスも顔を引き攣らせている。

「モニカさんに会いたい」

「……お察しいたします。ええ」

「もう何日会っていない……？　一ヶ月以上か？　…………最悪だ」

「暇を作っても令嬢が突撃してきますし、突発的な仕事も多いですからねぇ」

「僕は禁欲的な男だと思っていたのだけれど、意外とそうでもないらしい」

「よっぽどだと思いますけどね、モニカ様相手以外では『制約』も切れたことないんですし」

「だめだ……モニカさんのことを思い出すと、また」

パキパキ……。

魔霊石が粉になる音が聞こえる。

「ダリアス。今僕はどんな顔をしてるかい？」

「雌の雪魔獣《ビッグフット》も視線だけで孕みそうです」

「もう魔霊石には頼れなくなった。困ったな……」

頭を抱え、深く嘆息する。ダリアスが「あはは」と笑う。

「まあーえっとー、疲れているとそういうことってありますすよ、あはは。生存本能と言いますか、生殖本能といいますか、ええ」

「…………モニカさんに会いたい……」

「殿下……いろんな意味で今は会わないほうがいいのでは……」

「わかっているよ。今の僕は猛獣だ。モニカさんの命に関わる」

「俺も正直そう思います」

「……ダリアス。ドクダミ霊薬茶。追加で頼む」

「承知いたしました。まさか殿下まで必要とされる日が来るとは」

苦笑いしながら、ダリアスは茶を淹れた。


「限界だ。モニカさんに会ってくる」

「いってらっしゃいませ。まだ我慢しててくださいね」

「もちろん」

怒涛の勢いで火急の仕事を片付け、昼下がりのサロンの誘いを全て断り、モニカさんに会いに行く時間をもぎ取った。

もはや『制約』はかけ直すこともできないほど感情が溢れているし、魔霊石は気を抜けばすぐに砂になる。理性だけで全てを押しとどめなければならない欲望を抱えながらでも、いい加減、彼女に会わなければ限界だった。

しかし急いた足取りで向かったモニカさんの私室には、掃除中のセラランスしかいなかった。彼女は冷ややかな顔で告げる。

「タイミングが悪かったですね。モニカ様は従者を連れてお散歩に行かれました。行き先は庭園だとうかがっております」

「わかった。庭園だな」

聞くなり、半ば駆け足に近い速度で庭園へと向かう。彼女に会える、そう思うだけで疲れも苛立ちも全てが消えていく思いだった。

メイガ・シュの森で『制約』を解いたことに、後悔はない。

そもそもコッフェの諸問題があらかた片付いたところで、制約を解き、彼女には全てを伝えようと決めていた——何度伝えてもわかってくれない、僕の本心も、腰を落ち着けて、全て。

(もう、今日伝えてしまおうか)

甘い興奮を抱えながら庭園に入ると、彼女の真っ白な背中はすぐに見つかった。背を覆うウィンプルに木々の影を落とした彼女は、相変わらず美しい。

声をかけようとして、足を止めた。

モニカの前に、ジヌが黒い影のように立っている。

さっと、感情が黒く染まったのを感じる。

彼女はジヌに、明るい声音で言った。

「……リチャードの傍にいるのは辛いけど、他の人とも結婚したくない。修道院に入って余生を過ごすのが無難でしょうね」

「ああ、似合いそう」

いつの間にここまで親しげになったのだろう。ジヌは気さくに頷いている。

「孤児院併設のところがいいかもしれませんね。モニカ様、子供大好きだから」

「そうね！　自分が産まないなら、代わりに他の子供をいっぱい世話したいわ」

その時、従者とジヌの視線が、自分を捉えた。その視線を追って振り返った彼女は、自分と目が合うと――さっと青ざめた。

「あ……リチャード」

気まずそうな顔をする彼女に、頭が真っ白になる。続いて感じたのは衝動だった。腹の底から湧き上がってくるものは、嫉妬か、独占欲か、劣情か。溶けた赤い鉄のような激しい感情が、身を焼く。

(僕は、なんて感情を)

顔を覆い、モニカさんに背を向ける。これ以上醜《みにく》い顔を彼女に晒したくなかった。耐えながら思う。『制約』で抑えていた欲望はどれほど大きなものだったのか、と。

ぱきっ。また、真新しい胸の勲章の魔霊石に亀裂が走る。このままでは、最低で最悪の顔を見せてしまう。

「モニカさん、僕は」

――その時。

きゃあああああッ！

遠くから聞こえる悲鳴とざわめき。反射的に二人は顔を見合わせた。

彼女の顔はすでに、いつもの凛々しい聖女の表情になっていた。

「行きましょう、リチャード！」

（ああ、こういう人だから。……僕は、モニカさんが好きなんだ）

ドス黒い感情に焼かれた心が、再び甘い愛しさに染まる。

リチャードは彼女に頷くと、二人ですぐさま声のしたほうへと駆けた。

＊4

リチャードと共に向かった城門前広場では、予想外のことが起きていた。

「あっ、聖女ちゃん！」

「聖女ちゃん、危ない、来るな！」

私を『聖女ちゃん』と呼ぶ、懐かしい声。

「前線基地のみんな……!?」

忘れもしない。毎日死地でかりそめの饗宴を楽しんでいた、あの懐かしい居場所。そのメンバーのうち二十名弱が集まっていた。

彼らを防御壁のドームに閉じ込め、目を血走らせて笑うケーウントと、ドームの外で仁王立ちしているのは。

「前線基地……ロックウェイ騎士団長！」

元騎士団長が言う。

「ハハハハハ！　こいつらはケーウントと命運を共にする！　軟禁した王太子殿下と、発情聖女モニカの身柄と引き換えだ！」

ケーウントが言う。

「気づかなかったぞ皇弟リチャード！　お前がまさかあの忌々しい『赤毛』だったとはな！」

私はハッとした。そうだ、リチャードはずっと『赤毛さん』のことを隠していたんだ。リチャードはその言葉になにも返さず冷たい顔をしたままだ。

「さあ！　お前らが懇意《こんい》にしていたこいつらの命はないぞ！　身柄をこちらによこせ、聖女モニカ！　そして王太子殿下を解放しろ、赤毛野郎！」

未だにリチャードを赤毛野郎って言えるの、この人だけだろうな……。

私はその堂々とした感じに呆れつつ、同時に悩んだ。

正直、ケーウントも元騎士団長もちっとも怖くない。あちらが私たちの弱点を知っているのと同じで、こちらも相手の弱点を知っている。反乱を起こしたとしても相手はリチャードだ。けれど前線基地のみんなに迷惑をかけるのは嫌だ。

私は一歩、彼らの前に出た。

「わかったわ。私と引き換えにみんなを解放してくれるなら、行きましょう」

「モニカさん!?」

リチャードを振り返り、私は歯を見せて笑顔を作った。

「大丈夫。私が時間稼ぎしているあいだに、解決しちゃって」

私は彼らの下へ一歩近づく。

「さあ、解放しなさい」

「ヒャハハハ、僕を馬鹿にした罰を今こそ与えてやる！」

ケーウントがコートの中の爆薬を見せつけながら、下品に笑う。以前からちょっと危ない人だったけど、この二年弱のあいだにもっと壊れてしまったらしい。

元騎士団長がふん、と鼻息を荒くしてこちらを見下したように見る。

「じゃあ人質を解放するからな、まず一人目——」

「その必要はない」

その時。

手首が引っ張られ、私はリチャードの腕の中に閉じ込められていた。

「リチャード」

反射的に見上げたリチャードの眼差しに、私はひゅっと息を呑む。

「勝手に決めないで。離すわけないでしょ、モニカさんを」

リチャードは真顔で私の手首を摑んでいた。そして強く後ろから抱き締めて、耳に顔を近づけて囁く。

「僕以外の男には指一本触れさせせない」

今までにない湿り気を帯びた、強い言葉だった。

「ぐちゃぐちゃ言ってないで早く身柄をよこせ、発情聖女！」

叫ぶケーウント。剣を抜いて人質のみんなを脅す元騎士団長。

リチャードは私を左腕で抱き寄せたまま、踊るように右手を伸ばした。

『炎女神《カヴィヤ》、焼け』

「え？」

魔、魔術？

次の瞬間。

リチャードの指先から炎の矢が迸《ほとばし》る。無駄のない美しい魔術だ。

実行犯の二人が、あっという間に火柱に包まれた。

「ぎゃあああああああッ！」

「あ……」

えぐい。えぐすぎる。迷いのない攻撃に、私は唖然とする。リチャードは近くの騎士に、顎をしゃくって冷たく命令した。

「ある程度燃えたところで消火。王太子の目前で、地下牢でポーションをかけて回復させろ。聖女は絶対使うな。奴らが死なない程度に、だが一昼夜は悶え苦しみ、一生後悔するほどの苦痛を与えろ。その後の処遇は後で僕が命じるまで待て。……どんなに懇願されようとも、殺すな。生かしておけ」

「ハッ」

防御壁の檻から解放された前線基地のみんなが、緊張が解けて呆然としたり座り込んだりしている。彼らに声をかける間もなく、リチャードは私を横抱きに抱えた。

「行くよ、モニカさん。見ちゃだめだ」

「あ、あのっ」

「ん？」

「リチャード、魔力ほとんどないって言ってなかった⁉」

「メイガ・シュの森で『制約』を破棄するまではね。今は第三級までは使えるよ」

「せ、制約してたのあなた⁉　なにを⁉」

「それをこれから話すよ」

当たり前のように答えるリチャードに、私はただただ大混乱していた。

ダリアスが颯爽と駆けてきて、びし、と頼もしい敬礼をした。

「殿下！　外に集合していた狼藉者は全て捕縛いたしました！」

「あとは任せた。僕はもう限界だ」

「ええ、顔に出てます！　ごゆっくり！」

「え、えええ」

にぱっと笑って見送られ、私はあれよあれよという間に城の中に運ばれていく。早足のリチャードは相変わらず無表情だ。笑顔のない美形は心臓に悪いほど綺麗で、迫力満点で、怖い。

「僕の寝室に行くよ」

「しっ」

「二人っきりで話すには、一番都合がいい」

怖すぎる。でも不思議と、私は抵抗する気になれなかった。リチャードに抱えられ、寝室に連れて行かれるというシチュエーションに、浅ましい考えが浮かんでは消えて顔も体も熱くなっていく。聖女異能を使っていないのに、発情している時みたいにめちゃくちゃだ。

＊5

足で雑に重たい扉を蹴り開き、そして蹴って閉じるリチャード。皇弟殿下も足で扉開け閉めするんだ～と、のんきなことを考えて正気を保つ。

リチャードは私をベッドに優しく放る。さすが城主用の寝室、天井には所狭しと天使のダンスが描かれている。現実逃避のように天使の数を数えようとしたところで、真顔のリチャードが覆い被さってきた。

「ひえっ」

こんな状況、妄想でしか知らない。

リチャードは私の髪を撫で、毛先を持ってリップ音を鳴らして口付ける。

「ひっ」

「率直に聞くよ。僕にこうされると怖い？　嫌？　どう？」

「怖いけど……嫌、じゃ、ない、です、よ……」

思わず敬語になる。

「ああ、よかった」

ようやく今日初めて、リチャードが薄く笑った。

けれど明らかに、今までのリチャードの笑顔と違う。うまく言えないけれど、圧が、凄まじい。

「リチャード、なんだか雰囲気変わってない？」

「寝不足だからかな？　本当に会いたくて抱き締めたい人と会えない日が続いて苛々してたからかな？」

「えっ、えっと」

美形の真顔が怖いなんて嘘です。笑顔も怖いです。

「モニカさん、抱き締めていい？」

「あ……」

小さく頷いたのを見るなり、リチャードは遠慮なく覆い被さってきた。そのままぐるりと腕を回す。あろうことか、そのまま私の首筋に顔を埋めてきた。ひゃう、と声が出そうになるのを堪えて、私は現実がよくわからなくて天井を見上げていた。天井に描かれた天使が笑っているうな。

「はー……生き返る……」

リチャードが今まで聞いたことのないような声音で、私にくっついて甘えてくる。唇が、鼻先が、擦れるたびに頭の芯までじんじんしてくる。

というか。まるでその、リチャードの態度やそれは、客観的に見ると、その。

「リチャード」

「ん？」

「わた……わた、私。あなたを今日、聖女異能で癒したっけ」

「僕は癒されなくても、モニカさんを見ると興奮するよ」

「興奮⁉」

「発情って言ったほうが馴染みがいい？」

「どうしちゃたの⁉」

「……ふふ。モニカさんかわいい」

私を抱き締めて落ち着いたのか、それとも、これは私が逃げないことを確かめたかっただけの行為なのか。とにかくリチャードは少し正気を取り戻した様子で、身を起こし、上半身を起こした私と目を合わせた。

いつでもキスできそうな距離。ベッドの上。さっきまで押し倒されていた状態。

そんな状況で熱の籠った眼差しを浴び、私は自分の頬をつねった。

「いたたた」

「モニカさん、だめだよ」

「夢じゃなかった」

「そうだよ、夢じゃないよ」

「でも、えっと、あの、リチャード、その……待って。落ち着いて聞かせて。一体いきなりどうしたの」

「うん。でもモニカさんはまず、僕の質問に答えて」

「は、はい」

有無を言わせない物言いに、私はこくこくと頷く。

「僕から離れたいって本当？」

「……それは……」

「ジヌと結婚するの？　させないよ。したいのならジヌを処刑する」

「あああ、処刑しないで！　なにも変なことされてないし、ねっ⁉」

さっきの迷いのない人体着火といい、この人は意外と過激すぎる。いや、『苛烈の皇弟殿下』なのだから、意外ではないのだけれど。

「じゃあどうして」

リチャードは私の髪を掬い取って頬擦りしながら、据わった目で問いかける。

「どうして僕から離れたいなんて言ったの？　修道院に入るって言ったの？　どうして僕の人生からあなたを取り上げてしまおうとするの？　……僕のこと、嫌いじゃないくせに」

笑顔がない。怖い。

「……でも、リチャードだって」

私も言いたいことはある。ぎゅっと拳を握り、リチャードを見つめた。

「最近、お見合いしてるんでしょう？」

みっともなく声が震えていた。リチャードは目を見開く。その表情で、私の問いかけが正しかったのだと悟った。

「私は修道院に入るわ。あなたが結婚しても、うまく祝福できないから」

言葉にすると、あまりに自分勝手な理由すぎて情けない。目頭が熱くなるのをゴシゴシと擦り、私は手元を見下ろしながら汚い本音を口にした。

「発情がおかしくなっちゃって、私は……リチャードが私を、相棒や友人として大切にしてくれているのとは違って……私はあなたを……あなただけを、そういう目で見てるの。発情聖女よ。浅ましい女なの」

「モニカさん……」

「……私だってリチャードの傍にいたいわ。手放さないって言ってくれてるのもありがたい。でも、あなたの幸せを祝福できない。最低なの。それに私、他の人と政略結婚するのも無理なの。平民育ちだから……好きな人のお嫁さんになるのが小さな頃から当然だと思っていたし、夢だったから。政略結婚できるような、ご令嬢みたいな覚悟もなくて。……だからごめんなさい。どうか、修道院に入らせて」

リチャードは黙って私の話に耳を傾けていた。

言葉にしながら私は、逃げ続けていた自分の本心に気づく。

私は大好きな人と結婚するのが夢だった。

あんな結婚式の夢を見た時点で——全ては、もう明らかだった。

これは発情が壊れているのではなくて。言葉にするならば、これは。

黙り込んだ私の前で、リチャードは深く長いため息をついた。

「……片付くまで、あなたに僕の気持ち、きちんと告白しなかったのが悪かった。モニカさんにまさか、そういう不安を抱かせていたなんて……。ごめんね。全て話すよ」

リチャードは私の乱れた髪を撫でながら言葉を続ける。

「まず、お見合いはしてない。コッフェの貴族が勝手に令嬢を紹介してくるものだから、穏便に部下の騎士たちに紹介してたんだ。もちろん機械的に押しつけたくなかったから、お嬢さん一人ひとりと話して、性格や希望を聞き出し、相性のよさそうな相手と引き合わせてた」

「……二人っきりで会っていたのは、そういうこと？」

「どの姿を見られたのかわからないけど、ほぼ昼夜を問わず会ってたよ。令嬢によっては、頑なに夜に誘惑したがる子もいたからね」

リチャードの目元に色濃い隈ができている。必要以上に怖い顔に見えているのも、彼が疲れているからかもしれない。

「……大変だったのに……誤解してしまってたわ」

「そもそも、モニカさん以外の女性に色目を使ってたら、ダリアスとセララスが許さない。あの二人、モニカさんが思ってる以上にモニカさん推しの過激派だよ？」

いや、あなた以上の過激派はいないんじゃない⁉

口を挟む間も与えず、リチャードはさらに続けた。

「次。僕があなたを手放すと思う？　手放さないって言ったでしょ？」

「だ……だから傍で働きやすいように、政略結婚……させられちゃうのかな、って思ったり……したり……」

「他の男？　冗談じゃない。本当ならモニカさんが他の男に気安く話しかけられるのも、見られるのだって耐え難いのに他の男に嫁がせるなんて」

「え、えっと」

「……僕はモニカさんを道具扱いしないよ、決して。あなたが幸せになれないことは絶対しない」

「そうよね……穿《うが》って捉えちゃって、ごめんなさい、本当に」

「いいよ、どうせジヌが吹き込んだんでしょ」

「ぎく」

「やっぱり」

鬼気迫る眼差しに気圧されながら、私は問いかける。

「じゃあ、居場所を作る、手放さないって、ずっと私に言ってくれていたのは……」

「言葉の通りだよ。……モニカさん、まだ気づいてくれないの？」

ふと、リチャードは笑顔になる。柔らかなとろける笑顔だった。

「……僕、モニカさん大好きだよ」

「え、えっと」

「キスしていい？　するよ」

返事を待たず、リチャードはキスをした。一度。そして、もう一度。

「ま、待って。あの」

「嫌じゃないんでしょ？」

至近距離で見つめて、吐息混じりに言うのはやめて。

「じゃあ、もっと」

リチャードは私の手に指を絡め、何度も何度も角度を変えて、キスをし続ける。ファーストキスからのカウントが、次々と連続で回っていく。十の段が二度ほど変わったあたりで、私は「っ、ま、待って」と顔を背けて止めた。

リチャードの瞳が今まで見たことのない、ぎらぎらとした欲を滲ませたものになっている。濡れた唇をぺろ、と舐める仕草に頭が沸騰した。私は理解が追いつかず限界だった。

「……リ、チャード、あなた……あなた、雪魔獣《ビッグフット》の時だって……前線基地の時だって……ぜんぜん、今みたいな顔しなかったじゃない」

「そうだね」

「て、てっきり、……そういう感情、ない人、だって」

「好きな女の子の前ではカッコつけていたいじゃない」

「そういう話!?」

「そういう話。僕にとって最も大切なことさ」

至極当然と言わんばかりだ。

「モニカさんが僕を好きになってくれるまで、安全な友人って思われたかったから。あなたに本能のまま欲望を向ける、その他大勢になりたくなかった」

「だ、騙された」

「そう。僕は悪い男なんだよ、モニカさん」

リチャードは、再び顔を近づけて唇に息を吹きかける。

「っ……」

「かわいい。止められなくなっちゃう」

キュッと目を瞑《つむ》った私にもう一度キスをして、目を細めて悪戯っぽく笑う。

「『制約』してたって、さっき少し話したでしょ?」

「……もしかして」

「元々、モニカさんに会う前から――僕は己に『制約』をかけてた。生理的な肉欲を魔力と相殺《そうさい》させて常に冷静でいるためにね。無理やり擬似的に去勢してるようなものだったんだ」

「皇帝陛下が不能《インポ》で……弟殿下が擬似去勢……ご兄弟揃って下半身が大事《おおごと》ね」

「婚外子だの責任を取れだの、因縁をつけられても反証できるようにしてたのさ。昔から令嬢に襲われることはしょっちゅうだったし」

「……心中察するにあまりあるわ」

リチャードの立場を考えると、確かにそういう『制約』は必要だったのだろう。皇帝陛下の皇子がなかなか生まれない状態で、皇弟であるリチャードの子供が生まれてしまえば新たな火種になるのは明白だ。

リチャードは話を続ける。

「前線基地の時は理性と『制約』だけで耐えられたけど、こっちに来てからは念のため、魔霊石もつけていたよ」

「魔霊石？　……ってもしかして」

「そう。制約が揺らいだ時、性欲の色が見えないようにするための性欲迷彩《ステルス》」

「……私が帝国に入ってすぐ性欲迷彩《ステルス》機能を付加した魔霊石を用意できたのも」

「帝家《うち》に元々あったんだよ。皇帝の一族しか使えない魔導具として。それをちょちょっとモニカさん用にアレンジするのは簡単だったよ」

にっこり。微笑むリチャードの前で、私はこくこくと頷くほかない。辻褄が合う。

「で、でも『制約』で擬似去勢状態なら、わざわざ要らないんじゃ」

「万が一ということもあるからね。帝国に帰還した頃には、僕もうモニカさんのこと好きで好きでたまらなくて、感情に突き動かされて『制約』はグラグラになりかけてたし。理性だけでもなんとかなる自信はあったけど、まあ雪魔獣《ビッグフット》の時みたいなことだってあるし」

説明の時間も惜しいとばかりに、リチャードは私の手にちゅっとキスを落とす。食べられる前のお菓子って、こんな気持ちなんだろうか。

「モニカさん、他人の性欲には敏感でしょ？　帝国で聖女異能をフル活用して働いてもらう分、僕は絶対的な安全基地でいたかったし。……ほら、これ。モニカさんに会いに来るまでで、もうこんなふうになっちゃった」

言いながらリチャードは胸の勲章を外し、宝石の部分を手のひらに乗せて見せてくれた。どれもよく見ると、ひびが入ってバキバキだ。クラッシュクォーツみたいになっている。私の聖女装に縫い付けられたものより何倍も大粒の宝石なのに、これは。

「バッキバキね……」

「そ、バッキバキ♡」

「ひ……」

「バッキバキなの隠すつもりはないから、もう要らないけど」

「ねえ、ど、どっちの意味？　どっちの意味？」

「ふふふ、聞かなくてもわかるでしょ」

「ワカリマセン」

「触ってみる？」

「や、やや、やめてぇ、淫らよリチャード」

「ふふ。かわいいね」

至近距離の私を瞳に映して微笑む姿はいつもの笑顔のようにも見える。でも、違う。目が据わっていて、安心安全な紳士の仮面はすっかり剝がれ落ちている。

私はいろんな人の欲望に向き合ってきた。けれどここまでの熱量に晒されたのは初めてだ。怖い。それなのに、離れ難い。もっとキスして欲しいと願ってしまう。

それ以上は、ちょっと刺激が強すぎるけど。

「モニカさん」

私の手を、美しい獣はそっと握る。それだけで私は金縛りに遭ったように動けなくなる。

「メイガ・シュ浄化作戦の後、僕は忙しさを言い訳に、あなたになかなか会わなかったよね。それは……メイガ・シュで『制約』を解いてあなたに魔力を分け与えた時から、もうこんなだったから。持ってきてた魔霊石、ほぼ全部ダメになっちゃった。モニカさんが欲しくて欲しくて、たまらなくて」

壊れた熱視線が、今、ベッドの上で私だけに注がれている。

ふと、あの橋の上で聞いた言葉を思い出した。

「……『好きと劣情、切り分けなくてもどうとでもなる』……あれはリチャード、あなた自身のことだったのね」

「そう。だから『制約』じゃ縛り切れなかった、モニカさんへの想いを」

光の加減で金にも見える双眸が、鋭く光る。

「全てが終わってから、モニカさんをコッフェ国王の養女にあてがって、円満にあなたを僕のお嫁さんにできるようにしてから打ち明けようと思っていたけれど、まあ無理だったよね」

「っ……さりげなく暴露したけど、とんでもない爆弾発言よね⁉」

「無理強いしたくなかったから、モニカさんの意思を聞いてから話を進めようと思ってた」

「い、いや、私の意思以前に、それって乗っ」

ちゅ。キスで言葉を封じて、リチャードは話を続ける。

「でもモニカさんが修道院に行くなんて言っちゃうなら、僕は今すぐにモニカさんに求婚する。モニカさんを一生離さない。今すぐ僕のお嫁さんにするね、モニカさん」

「ま、待って、それってどういう」

「耳年増じゃいられなくしてあげるって意味」

「ヒッ」

「修道院に逃げても門前払いされるくらい、僕を刻み込んであげる」

「あっ……だ、だから、待って……！」

「嫌なら嫌だと示して。首を横に振るだけで、僕は絶対にやめる」

手に触れていた指が、なぞるように腕を這い上る。くすぐったいような、甘い感触にぞくぞくと震える。肘、二の腕、肩。そしてゆっくりと、私の頬を捕らえた。

焔色《ファイアオパール》の瞳に映る私は、まるで業火にくべられた薪《まき》のよう。「嫌」も「待って」も、言えなかった。

されるがままの私を見下ろして、リチャードはうっとりと笑う。

「モニカさん。あなたを堂々と僕のお嫁さんにするため、あなたがあまねく全ての人から正しく尊ばれ、尊敬されるため、僕は敢えてあなたに苦労をさせていた。それがようやく完遂するんだ。ずっと触れたかった。ずっと、こうしたかった」

これまでの遠慮はなんだったのと言わんばかりに、私はリチャードに撫で回される、どこを？言えない。とんでもない。

私はもしかして、とんでもない人を覚醒《かくせい》させてしまったのではないだろうか。

けれど、私は――その執着すら嬉しいと思ってしまう。

私もやっぱり、壊れているのかもしれない。

「リチャード……」

頭がくらくらする。熱情に、理性が塵《ちり》になっていく。

リチャードも、理性をなくした顔で笑った。

「ごめんね。優しい赤毛さんでも、お綺麗な皇弟殿下でもなくって」

赤い舌が唇を舐める、その色に魅入《みい》られる。焔色《ファイアオパール》の瞳が私を焦がす。本性を知るのは私だけ。

それって、あまりにも贅沢だ。

「……私でいいの？」

彼の頬を撫でると、リチャードは目を閉じて心地よさそうに身を委《ゆだ》ねてくる。赤毛を撫でて、耳の形をなぞると、リチャードは熱を帯びた声で呟いた。

「あなただけが欲しい、モニカさん」

顎を取られて、またキスをされる。私は多分、今人生で最も幸福な時間を過ごしている。天井で生あたたかく微笑む天使の笑顔も、今は気にならない。

＊6

後日。

私はリチャードに連れられて王室の離宮へ向かった。

夢のような花園の中心、王宮に比べてこぢんまりとした佇まい。そこには初めてお会いする方がいた。メダイコナー元王太子殿下のお兄様、シュテッベイ新王太子殿下だ。

メダイコナー殿下の代わりに、彼が王太子として返り咲いたのだ。

調度品が真っ白で、間接日光が柔らかく照らす明るい部屋のベッドにて、現王太子殿下は辞儀をする私とリチャードを笑顔で迎えてくれた。

「見苦しい姿で申し訳ない。ベッドから出るのが難しいのだ」

メダイコナー殿下とよく似ているけれど、年齢は七歳上の三十歳。線が細くて色白の、儚《はかな》げな人だ。切り揃えた長い金髪をゆるく結んだ彼は、透き通った緑の瞳で、辞儀をする私をしっかりと見た。

「……モニカ、初めて会うね。あなたには苦労をかけた」

「ご挨拶できて誠に嬉しく存じます、シュテッベイ新王太子殿下」

彼には妃教育時代もお会いできなかった。幼い頃事故で半身不随になられたまま、病弱な体に障るからと離宮から出ることはなかった。リチャードが言うには、事故にはきな臭い事情もあるらしい。

実際お会いしてみると、シュテッベイ新王太子殿下は噂よりもずっと威厳のあるしっかりとした雰囲気の方だ。きっとメダイコナー殿下よりも人々の心を摑むと思う。

ああ、なるほど。リチャードが言うきな臭い事情というのは。

ご体調も考慮し話もそこそこに、私は本題に入った。

「殿下、失礼いたします」

「ああ、頼むよ」

今日ここを訪れた目的は聖女異能での治癒だ。従者に支えられてベッドに腰掛け、細い脚を晒した殿下の前に私は跪く。手をかざし、聖女異能をかけた。

王太子殿下は目を閉じ、心地よさそうに聖女異能を感じてくれた。

「ありがとう……痛みが引いていく。いい能力だ」

聖女異能にも限界がある。血の巡りをよくしたり痛みを和らげることはできても、すでにボロボロになって久しい体を元に戻すことはできない。もちろん発情聖女の異能で癒やしても、彼に副作用は生まれないようだ――残念ながら。

「……私は今日以降はよい。聖女異能は、もっと困っている者へ使ってやりなさい」

殿下は柔らかく目を細めると、視線をリチャードへと向けた。

「帝国皇弟リチャード。彼女にとって、最良の場所を与えて欲しい。それが次期コッフェ国王としての、私の望みだ」

「うけたまわりました、王太子殿下」

リチャードは深く辞儀をする。そして殿下から死角になった角度でそっと、私に片目を閉じて見せた。

エピローグ
覚悟してよね、リチャード

「久しぶりね！　心配していたのよ、モニカ！」

「皇后陛下……！　お変わりなくお元気そうでなによりです！」

私の誕生月《はちがつ》も終わり、暑さのピークも過ぎて、秋祭りの時期が迫った頃。コッフェ王国王宮にて、私はツンディカ皇后陛下にぎゅーっと抱き締められていた。後ろでリチャードと皇帝陛下が話している。

「兄貴たち、揃って来てくれたんだ」

「コッフェの新国王陛下の即位だから当然だ。お前の晴れ舞台でもあるしな」

「アンドリューは？」

「もちろん連れて来ているよ。今は乳母が世話をしている」

アンドリューとは皇子のことだ。

二人の会話を聞いているあいだも、皇后陛下は目をキラキラさせて私の顔やら髪やらをぺたぺた触っている。

「ああ、モニカとっても綺麗よ。新しい聖女装よく似合っているわ」

「ちょっっ……と派手すぎやしませんかね、これ……」

「派手なくらいでいいのよ！　あなたはコッフェ国王陛下の義妹なのだから！　ああ、尊すぎるモニカの姿に新しい宗教が生まれそう。宮廷画家は三十人ほど呼んだから、三百六十度全方向から描いてもらってね」

「よ、呼びすぎでは」

「まだ足りないくらいよ。皇帝陛下のお力も、皇子が愛されて育っていることも、ちゃあんと記録に残しておかなければならないから画家はたくさんいるのよ」

凛々しい「皇后陛下」としての眼差しで、彼女は私に微笑む。言葉にされて私は気づいた。

「絵として残すことにより、皇帝陛下に忠誠を誓う貴族も誉れ高いし、皇帝陛下も『証拠』として残せる。皇帝陛下の支持基盤を皇子殿下へと引き継ぎやすくするために……ということですね？」

「ええ。陛下もリチャードも、子供の頃はご苦労なさったから」

皇帝陛下とリチャード、二人は両親を早くに亡くした。家族で描かれた肖像画も思い出もほとんどない。肖像画に残すことで後ろ盾を明確にし、皇帝皇后両陛下、そして皇子の権威を強固にするのだ。

「難しい話だけじゃなくても……陛下とリチャード、そして息子に少しでも多く、家族の思い出を形として残してあげたくて。いつなんどき、人は大切な人を置いて逝くかわからないでしょう？」

「皇后陛下……」

「というわけで、ほら！　画家の皆さん！　私たちのスケッチを始めなさい！」

「わわわ」

皇后陛下が私の手を取り、画家を呼んでスケッチさせる。なんだか周りへの指示の仕方や立ち振る舞いも、以前にも増して貫禄《かんろく》が出てきたようだ。

「……皇后陛下、元気になりましたね……」

「うふふ。子供を産んだらいろいろ吹っ切れちゃった♡」

「どうだ、ますますかわいくなっただろう、私のツンディカは♡」

やってきたのは皇帝陛下だ。穏やかな微笑みに、皇后陛下はポッと頬を赤くして嬉しそうにはにかむ。

「陛下ってば♡　恥ずかしいです♡」

「ツンディカ♡　その恥じらうさまもかわいいぞ♡」

「陛下♡」

ベッタベタだ。この調子なら次の子供もまた近いうちに生まれるだろうなと、私は微笑ましい気持ちになる。

「モニカ様」

視界の端に黒い服が揺れる。見れば、ジヌが大袈裟なほどに丁寧な辞儀をしてきた。

「ジヌ……久しぶり」

「またお目にかかれて光栄です、モニカ様。このたびはご婚約おめでとうございます」

「ありがとう。ジヌも元気そうでなによりだわ」

なんとなく気まずいのは私だけのようだ。ジヌは私を見て楽しそうに目を細める。チャキ……と金属音がしたので横を見ると、リチャードが剣を抜こうとしていた。

「やめてやめてやめてだめ」

「いやあ、やっぱりこうなりましたか～ふふふ」

リチャードの剣幕を全く気にせず、ジヌは笑う。

「お別れ前に一言挨拶がしたくてうかがったのですよ。私はこれからエイゼレアへと発ちます。殿下の命令によって」

「命令？」

思わずリチャードの顔を見る。

「流刑ではないのよね？」

尋ねる私にリチャードは首を横に振る。

「残念ながら。まだ働いてもらわなければならないからね。結果的に流刑になるかもしれないけれど」

「ふふふ。そんなに心配ならば、殿下の欲しい情報と一緒に心中しましょうか？」

「ははは」

「もーやめてよ、二人とも。今日はめでたい日なんだから」

正直、顔を合わせるたびに剣呑すぎてかえって仲良しね、なんて思ってしまうけれど、言ったら揉めるから黙っておこう。

「冗談は置いておいて」

そう前置きをしてジヌが話し出す。

「まだコッフェ王国も殿下のお立場も強固とは言えないから、商売の力でエイゼレアの支持を得るんですよ。今後は殿下や、帝国と繋がったほうが旨味があると思ってもらうために」

「なるほど……」

やっぱりコッフェ王国は危機なのでは？　訝《いぶか》しむ私の思考を遮るように、スッとジヌが私に顔を寄せて囁く。

「殿下と婚約破棄をしたら、いつでもわたしがおりますので」

もう私は揺さぶられない。私は笑顔で遠慮のポーズを取る。

「それはないわ。添い遂げるって誓ったもの」

「モニカさん♡」

「じゃあ間男はいかが？」

「はい。そろそろ終わりだ」

リチャードは私の両耳を塞ぎ、上から覗き込むように私の顔を見る。

「そろそろ始まるよ。パレードの馬車に乗ろう」

手を振るジヌと別れ、私は、太陽に輝く眩しいリチャードを見上げて微笑んだ。

「わかったわ」

――遂に、コッフェ王国王位継承パレードが始まる。

今回の顚末《てんまつ》で、国王陛下は退位が正式に決定した。これから一年弱に及ぶ儀式を経て新王太子・シュテッベイ殿下が新国王として即位する予定となっている。

今日のパレードはいわば、国内外への事前告知だ。

パレードにはベルクトリアス皇帝皇后の両陛下をはじめとして、新国王誕生を祝う各国の王侯貴族たちが参列している。シュテッペイ殿下の即位を支持し、祝福するという意味を籠めた参加だ。

コッフェ王宮の大正門からぐるりと首都を一周する大パレードは、シュテッペイ殿下の乗る馬車を先頭にスタートする。未来の国王を、沿道の観衆は大歓声で迎えた。不幸な事故により王太子位を退いていた悲劇の殿下。そのイメージは、前王太子の腐敗を塗り替える新しい王として民衆の心を摑みやすい。

リチャードと私が乗る馬車は、先頭を行くシュテッペイ殿下とコッフェ王族の馬車の次。城門をくぐる前に、私は隣に座ったリチャードに話しかける。

「そういえば、ケーウントと元騎士団長はどうなったの？」

「……さあ？」

リチャードは微笑む。あ、これ聞かないほうがいいやつだ。

私たちの馬車もまた、大歓声で迎えられた。

リチャードの横で上品な笑顔を作って群衆に手を振る。お手振りもすっかり慣れてしまった。

私が微笑んだ先で、老若男女の悲鳴が上がる。

「発情聖女様ー！　ありがとうございます！」

「発情聖女様ー！」

「私にも微笑んでくださいー！　子宝が欲しいんですー！」

「お、俺にも！　インポに効く笑顔を！」

「おほほほほほほほほ……」

上品な装いも笑顔も台無しな声がけにも、もはや動じない。開き直っていると言ってもいい。

「私も随分と遠いところまで来たわね……」

まさか平民聖女が、王太子の婚約者になり、発情聖女となって、そして。

チラリと隣のリチャードを見遣る。額を出して整えた赤毛に、豪奢な軍装に華麗な群青のマント。裏地の真紅が、まるで彼の内面を表すような気がした。

パレードを見守る群衆が途切れ、歓声が遠くなっていく。統率の取れた動きで騎士たちが、馬車列を次の大通りへと導いていく。観覧可能な沿道は徹底的にコッフェ特別騎士団によって警備されていた。

リチャードは特別派遣軍事顧問として、コッフェの軍の実質的な頂点にあった。

コッフェの軍事力は全てリチャードの指揮下に置かれ、今日のパレードを華々しい儀礼用軍装で彩る彼らは全部彼の支配下にある。全部が、だ。

「結局……コッフェは軍事力の一切をリチャードに握られた国になった、と」

「そういうことだね」

「怖い……怖い」

コッフェはもはや丸裸。開城したも同然だ。

リチャードはにっこりと笑う。

「僕は何度も辞退を申し入れたのだけど、騎士団をどーしてもまとめて欲しい、せめて軍事顧問に、期間限定でもいいから、って言われたら仕方ないよね」

私はしらけた目でその笑顔を見た。その品行方正な仮面の裏にどんな欲望を隠してきたのか、もう私は知っているのだから。

「……シュテッベイ殿下の婚約者に、皇后陛下の妹さんをあてがったのは？　あれも仕方なく？」

「義姉さんの実家のみんなが生きやすくするためさ。よくある政略結婚、政略結婚」

シュテッベイ殿下の隣には、ツンディカ皇后陛下の妹君、マーガレット・サウレース侯爵令嬢が座っている。彼女は半年後に正式にシュテッベイ殿下の妃になる。姉が皇后になったことで嫁ぎ先を探しにくくなっていた彼女が、コッフェ王国と帝国を繋ぐかけ橋となったのだ。

「マギー義姉さんならシュテッベイ殿下と仲良くできるだろうし、僕としても嬉しいなあ」

「怖いのよあなたは……あ、怖いといえば、リチャード」

「ん？」

「どうして私、こんな派手な聖女装着てるの？」

言いながら、新たな聖女装束をつまむ。頭の先から爪先まで真っ白でふわふわ、空も飛んじゃいそうなデザインだ。ウィンプルはチュールレースを幾重にも重ね、ビーズが散りばめられた瀟《しょう》洒《しゃ》なもので、あちこちに縫い付けられた細い上品な絹リボンが、風に靡いて軽やかに弧を描いている。ドレス自体も総レース、聖女の装束というより、もはやこれは。

「婚礼衣装《ウエディングドレス》みたいじゃない……」

「あはは、違うよモニカさん」

リチャードは手を横に振る。

「婚礼衣装《ウエディングドレス》は、もっと違うものを用意するよ」

「え……えっ？」

ガタガタと音を立て、馬車が曲がり角を曲がる。歓声の波が近づいてきた。

再び観覧可能な大通りに差しかかったのだ。

最初に、先を行くシュテッベイ新国王の馬車への歓声。そこからいくつか歓声の波が続き――

遂に、私とリチャードの乗る馬車が、沿道の人々の前に姿を現した。

沿道のコッフェ国民たちの、あたたかな拍手と大歓声。

リチャードはうっとりとした顔で私の手を取った。

「モニカさん、愛してる」

「え」

リチャードが体を伸ばし、私の頬に軽くキスをする。

降り注ぐ花吹雪の中、リチャードが至近距離で微笑んだ。

「ほら、もう一度」

次は反対側。二度もキスをすれば誰もが目撃したようで、沿道の大歓声が黄色い悲鳴に変わる。

「おおおおおッ！」

「で、殿下ー！」

「キャーッ！」

歓声がますます大きくなる。待って。今日は、私たちは主役じゃないのに！

衆目をたっぷりと集めたところで、リチャードはいよいよ私の唇に口付けた。

「……ふふ、これで完璧だ」

焔色《ファイアオパール》の瞳が細くなる。その瞳の熱に、頬が焦がされてしまいそうだ。

「モニカさん。じっくり時期を選んで、結婚式も挙げようね。ああ、婚約式もしたほうがいいね、話題作りになる」

「リチャード……あ、あなたって人は……」

「好きだよ、僕の大切なモニカさん」

優しく堂々と微笑むリチャード。その笑顔は愛しい、でもちょっと憎らしい。

キスするなんて聞いてなかったんですけど！

いつも振り回して、いつもストレートな愛をぶつけてきて、発情聖女に、そんなことしたら危ないってわかってるの⁉　全てがリチャードの思うままなのがちょっと……ううん、すごく、悔しい！

「もう」

いつしか自然と、私はリチャードの頬に手を伸ばしていた。

沿道の声もぴたりとやむ。

私の行動が予想外だったのだろう、リチャードが目を丸くする。そして。

ちゅ。

私のほうから、リチャードに触れるだけのキスをした。

恥ずかしさで睨むようにしながら、私はリチャードの目を見て言ってやった。

「発情聖女にそんなこと言ったら、キスしちゃうんだからね！　リチャード！」

「……モニカさん……」

「うおおおおおおおおおッ！」

沿道から、再び割れるような大歓声が上がる。

リチャードは口を押さえていた。今まで見たことがないほど、目を白黒させて驚きをあらわにしている。耳まで真っ赤だ。えーい、してやったり。恥ずかしいけれど遂に、やってやっちゃった。

「大胆……いや、参ったな……」

リチャードは口元を押さえたまま、嬉しそうにしている。ふふ、とか、ああ、とか言いながら、組んだ脚をしきりにパタパタさせている。

「ねえねえモニカさん。僕すっごく幸せだ」

「そ、そう……」

「この後の予定変えていい？　変えられないかな？　神殿の儀式なんてすっ飛ばして、さっさとモニカさん連れてベッドに行きたい」

「なッ……」

「冗談だよ」

絶句する私に、リチャードは目を眇めて笑う。

「冗談に聞こえないのよ、あなたは！　だって」

「思い出しちゃった？　この前のこと」

「〜〜ッ！」

いつもの笑顔。欲望を覆い隠すヴェールを剝いだ目元に浮かぶ情欲の色に、私はくらくらとめまいを覚える。

リチャードはそんな私の動揺など、どこ吹く風だ。

「この後全ての式典が終わるまで、我慢できるかな。聖女装ごと今すぐめちゃくちゃにしたくてたまらないんだけど」

「風紀が乱れすぎよ、リチャード！」

「ほら、モニカさん。みんなに手を振らなくちゃ」

「うう……！」

耳にキスされながら囁かれてしまえば、どうしようもない。

私の腰を爽やかに抱き寄せ、リチャードは満面の笑顔で歓声に応える。その爽やかさが噓なのも、私は知っている。

引き攣った笑顔でうまく手が振れない。恥ずかしい。

前線基地のみんなも、沿道のVIP席からジョッキを掲げてリチャードに応えている。お幸せに！　の無難な言葉にすら、照れてしまってどうしようもない。

「これからもっともっと、幸せになろうね、モニカさん♡」

とろけるような笑顔で言われてしまって、だめになりそう。

「発情聖女様！　お幸せに！」

「発情聖女様ー！」

「発情聖女様！」

やまない発情聖女コール。最初に言われた時と違って、私に対する尊称として、彼らは笑顔と祝福を籠めて呼んでくれる、発情聖女と。でも今の私には、まさにメダイコナー殿下が言った意味で聞こえてくる。

今の私にぴったりなのは、敬意をもった発情聖女じゃなくて。

「ああもう！　誰でもいいから、発情聖女と罵って……！」

顔を覆って悲鳴を上げる私に、リチャードが声を上げて笑う。

「後でたっぷり罵ってあげてもいいよ♡」

「は、発情殿下！」

「上等だよ、発情聖女のモニカさん♡」

あとがき

こんにちは、まえばる蒔乃です。この度は「婚約破棄だ、発情聖女。」の二巻をお手に取っていただき、誠にありがとうございます。お待たせいたしました、二巻です！

一年と少しの間に藤峰やまと先生によるコミカライズもスタートし、英訳版も刊行され、ますます盛り上がってきた発情聖女。今回はコッフェ王国帰還編です。

征服編とか併合編ではありません。……多分。

恋愛感情に気づいてきたモニカと実は（魔霊石が）バッキバキだったリチャード。二人が騎士団を率いてコッフェ王国を制圧……じゃなくて救援を行う中で、少しずつ思いを通じ合わせるまでの物語です。またモニカに対する救済の物語でもあります。

モニカは自分の能力を過小評価しがちで、一番の功労者なのに目立つ場所は笑顔で遠慮して人に譲ってしまうような子です。どんな時も自分を最優先にできない子。彼女のようなヒロインをこれでもかと幸せにするために、作品を書いていると言っても過言ではない気がします。モニカはリチャードが傍にいるのだから安泰ですね。リチャードは仮に帝国が滅びようが、隕石が落ちようが、軽い調子で肩をすくめて「大丈夫だよ、なんとかしてみせるよモニカさん♡」と言って、実際なんとかしてくれる男なので。

あとがき

今回目立った新キャラは、ジヌ・ユージニーでしょうか。一巻でチラリと存在が匂わされていた彼がこんなキャラだったとは、多分誰も想像していなかったのではないかな？　と思います。ウエハラ蜂先生によって妖しく美しく仕上げていただきましたジヌ、最高ですよね……！　リチャードとは違う切り口の、笑顔の胡散臭いヤバい色男です。彼の活躍も楽しんでいただけたら幸いです。

最後に、本書の出版に関わっていただきました全ての皆様に感謝を申し上げます。
一巻、WEB版、コミックス版、英訳版まるっと含めた全ての読者の皆様。「早く二巻を！」と嬉しいお声を挙げていただき本当に嬉しかったです。ジヌを大変美しく妖しく仕上げてくださいましたウエハラ蜂先生。いつも心から頼りにしております担当様、そして校正様。最高に幸せそうな表紙をハッピーに彩ってくださいましたデザイナー様、常に最高を更新していく最高コミカライズの藤峰やまと先生。各地の書店の皆様、流通の皆様、その他関わっていただきました全ての皆様、本当にいつもありがとうございます。皆様誰一人が欠けても、こうして発情聖女は世に出ておりません。そして応援してくれる友人たち、家族、祖母への感謝も添えさせていただきます。

お読みいただきまして誠にありがとうございました。
ご意見ご感想など、ぜひ主婦と生活社様にお気軽にお寄せいただけると嬉しいです。

またお会いできることを願っております。

二〇二三年　八月吉日

まえばる蒔乃

未来永劫囲われる!?
仕事も恋も、この男からは逃げられない♡

ワケあって、変装して学園に潜入しています ①～②

著：林檎　　イラスト：彩月つかさ

セシアは怠惰なお嬢様の替え玉として学園に通う、子爵家の下働き。無事に卒業できれば一生暮らしていけるだけの報酬が待っているとあって、学園では令嬢達のぬるいイジメをかわし、屋敷ではこき使われる生活を送っていたが、卒業直前になって報酬がゼロになる罠にハマってしまう。絶対に仕返ししてやるとセシアが息巻いていると突然「仕返しをするなら手伝うぞ」と面識もない第二王子が現れて!?徹底抗戦を信条とするド根性ヒロインと、国のために命をかける悪童王子の、一筋縄ではいかないガチンコ恋物語！

②巻も好評発売中!

コミカライズ企画進行中
漫画：七野なずな

この本を読んでのご意見・ご感想・ファンレターをお待ちしております。
<宛先>〒104-8357　東京 中央区京橋 3-5-7
（株）主婦と生活社　PASH! ブックス編集部
「まえばる蒔乃先生」係
※本書は「小説家になろう」（https://syosetu.com）に掲載されていたものを、改稿のうえ書籍化したものです。
※この作品はフィクションであり、実在の人物・団体・法律・事件などとは一切関係ありません。

PB
PASH! ブックス

婚約破棄だ、発情聖女。2

2023年8月14日　1刷発行

著　者　まえばる蒔乃
イラスト　ウエハラ蜂
編集人　山口純平
発行人　倉次辰男
発行所　株式会社主婦と生活社
〒104-8357　東京都中央区京橋 3-5-7
03-3563-5315（編集）
03-3563-5121（販売）
03-3563-5125（生産）
ホームページ　https://www.shufu.co.jp
製版所　株式会社明昌堂
印刷所　大日本印刷株式会社
製本所　小泉製本株式会社
デザイン　井上南子
編集　黒田可菜

　ISBN978-4-391-16059-8